궁귀검신

弓鬼劍神

궁귀검신 2
조돈형 新무협 판타지 소설

초판 1쇄 찍은 날 § 2002년 1월 2일
초판 1쇄 펴낸 날 § 2002년 1월 10일

지은이 § 조돈형
펴낸이 § 서경석

편집장 § 문혜영
편집책임 § 장상수
편집 § 박영주 · 김희정 · 권민정
마케팅 § 정필 · 강양원 · 김규진

펴낸곳 § 도서출판 청어람
등록번호 § 제1081-1-89호
등록일자 § 1999. 5. 31
어람번호 § 제2-0041호

주소 § 경기도 부천시 원미구 심곡1동 350-1 남성B/D 3F (우) 420-011
전화 § 032-656-4452 팩스 § 032-656-4453
E-mail § eoram99@chollian.net

ⓒ 조돈형, 2002

값 7,500원

ISBN 89-5505-256-1 (SET)
ISBN 89-5505-258-8 04810

※ 파본은 본사나 구입하신 서점에서 교환하여 드립니다.
※ 저자와 협의하여 인지를 붙이지 않습니다.

궁귀검신

弓鬼劍神

2

조돈형 新무협 판타지 소설

도서출판
청어람

목차

제9장 소림행(少林行) __ 7
제10장 무사(武士)에게 바칠 꽃은 없다 __ 75
제11장 폭풍 전야(暴風前夜) __ 107
제12장 선발대(先發隊) __ 163
제13장 서전(緖戰) __ 197
제14장 매복(埋伏) __ 245

제9장

소림행(少林行)

소림행(少林行)

 영락제(永樂帝)가 정난(靖難)의 변(變)을 일으켜 정원을 잡은 후 많은 일들을 하였지만 그중 하나가 환관(宦官)이었던 정화(鄭和)를 내세워 남해(南海)를 정벌한 것이었다. 이는 명나라의 세력을 확대시키고 적극적으로 남해 각지에까지 조공 무역(朝貢貿易) 관계를 확대하려고 하는 의도였는데 그 내용은 관을 중심으로 하는 무역이었다.
 하지만 정부의 이런 의도에도 불구하고 뱃길이 열리자 많은 상인들이 몰려들어 장사를 시작한 바 중원의 상계는 엄청난 발전을 하였다. 온갖 물건들이 바다를 통해 들어오고 중원으로 뿌려졌다. 또한 중원의 물건들이 해외로 나가는 계기도 되었다.
 당연히 중원 내에서 상품의 이동이 빈번하였는데 이렇게 상업이 발달하자 이런 물건을 노리는 녹림도(綠林徒)의 수 또한 기하급수적으로 늘어갔다. 결국 상인들은 자신들의 물건의 안전을 위해 표국을 찾게 되고 표국업은 유래없이 그 규모가 커지고 있었다.

북경에서도 표국업을 하는 사람들이 꽤 있었는데 그중에서 가장 규모가 큰 것이 천리표국(千里鏢局)이었다. 천리표국의 국주(局主)인 일수철권(一手鐵拳) 전원삼(田元三)은 하남성(河南省)에 위치하고 있는 중원무림의 태산북두(泰山北斗) 소림사(少林寺)의 속가제자(俗家弟子)로 특히 소림오권(少林五拳)에 달통한 고수였다. 천리표국은 이런 국주 아래로 많은 표두(鏢頭)들과 뛰어난 표사들이 있어 중원의 오대표국(五代鏢局) 중 하나로 꼽힐 만큼 규모와 실력이 뛰어났다.

당연히 표사가 되려는 사람들은 기왕 표사가 되려면 이런 곳에서 일을 하는 것을 원으로 삼았다. 해서 천리표국이 표사를 뽑는다는 소리에 이처럼 이곳저곳에서 수많은 사람들이 모여든 것은 너무나 당연했다. 그런 상황에 점원은 소문에게 표사가 되는 것을 제시한 것이다.

'천리표국이라……?'

소문은 귀가 솔깃했지만 쉽게 결정을 내리진 못했다. 표사가 된다는 보장도 없었지만 표사가 된다고 하여도 그날 바로 사천으로 떠나는 것이 아니라 다른 곳을 얼마나 돌아다녀야 할지 모르기 때문이다. 소문이 한참 상념에 빠져 있는데, 점원은 소문의 그런 모습을 가만히 보고 있지는 않았다.

"저, 나리. 표사가 되려고 하시면 시간이 별로 없습니다."

"응? 그건 또 무슨 소리지?"

"이제 곧 표사를 뽑을 시간입니다. 게다가 그 기간이 단지 오늘 하루뿐인지라… 잘못 시간을 지체하시다간 애초의 기회조차 잃어버리시니 만약 결심이 서시면 지금 즉시 나서야 할 것입니다."

점원은 적이 걱정된다는 투로 말을 했다. 한참을 고민 끝에 결국 소문은 표사가 되는 길을 선택했다. 어차피 자신 혼자서 사천 땅을 찾아 간다는 것이 불가능한 이상, 다소간의 시간이 걸리더라도 확실하게 갈 수 있는 방법을 택하기로 했다. 기왕 결정한 것 하려면 확실히 해야 했다.

"자네 말을 따르도록 하지. 그래, 천리표국은 어디에 있는가?"

"잘 생각하셨습니다. 천리표국은 그리 멀지 않은 곳에 있습니다. 큰 길로 계속 가시다 보면 큰 정육점이 하나 나옵니다. 거기서 우회전을 하여 이십여 장을 가시다 보면 좌측으로 자그마한 주루가 하나 나옵니다. 이름이 빈청루(貧靑樓)라고 하죠. 거기서 다시 좌회전을 하여 일 다경(一茶頃)쯤 가시다 보면 큰 사거리가 나옵니다. 거기서 계속 직진을 하시다 보면 큰 대장간이 보일 겁니다. 그 대장간에서 우회전하여 반 시진만 계속 올라가시면 그것이 바로 천리표국입니다. 그다지 어렵지 않아서 어린애라도 금방 찾을 수 있을 겁니다."

소문은 아무 생각이 없었다. 착하게 보이다가 갑자기 빌어먹을 놈처럼 보이는 점원이 하는 말 중 소문이 제대로 알아들은 말이 없었다. 소문이 비록 말을 하는 데 어색해서 그렇지 웬만큼 빠른 말도 모두 알아들었다. 하지만 점원의 말은 직업에서 나오는 습관인지는 몰라도 소문이 이해하기에는 그 속도가 너무 빨랐다. 하지만 '어린애라도…' 라는 점원의 마지막 말이 마음에 걸려 다시 물어보지도 못하고 그냥 알아들었다는 듯이 고개를 끄덕일 뿐이었다. 하지만 그것이 엄청난 실수라는 것을 깨닫는 데에는 오랜 시간이 걸리지 않았다.

미치고 환장할 일이었다. 자신은 사람들이 일러주는 대로 제대로 왔건만 그들이 말하는 곳을 가보면 전혀 엉뚱한 곳이었다. 주루가 나오지 않나, 객점이 나오지 않나, 마지막으로 그가 간 곳은 이상하게 생긴

도관이었다.

그렇게 시간은 점점 가고 소문의 마음은 더욱 조급해졌다. 그래서 결국 생각해 낸 것이 만인루에 돌아가 그 점원을 앞세워 천리표국으로 간다는 것이었는데 이 또한 소문의 바람으로만 끝날 공산이 컸다. 그 동안 물어물어 이곳저곳을 돌아다니다 보니 자신이 지금 어디 서 있는지도 몰랐고, 더욱이 만인루가 어디에 있는지 알 리가 없었다. 소문은 혹시나 하고 자신의 어깨에 앉아 있는 철면피에게 하소연을 했다.

"면피야, 너두 모르겠냐?"

중원에 온 철면피는 과거 장백산에서와는 달리 행동에서 상당히 수상쩍은 움직임이 간파되고 있었다. 매일같이 어디론가 날아가 저녁때나 돌아오고 간혹 며칠이 지나야 돌아오는 경우도 있었다. 그런 면피를 보고 소문은 중원의 하늘까지 지배할 모양이라고 웃은 적도 있었지만 면피의 행동은 한결같았다.

지금만 해도 소문이 만인루에서 나오자 어느새 사라졌던 면피가 나타나 어깨에 앉아 있는 것이 아닌가? 한참 전에 헤어진 자신을 용케도 찾아오는 것을 보며 늘 감탄을 하는 소문이었다. 해서 혹시나 하여 물어본 것인데 소문의 말이 끝나자마자 어깨에서 날아오른 철면피는 어디론가 천천히 날아갔다. 소문은 날아가는 면피를 놓치지 않기 위해 재빨리 뛰어갔다.

하늘을 날아가는 면피를 보며 얼마나 뛰었을까? 잠시 후 소문이 도착한 곳은 만인루의 정면이었다. 만인루에 다시 오게 된 소문은 기쁨에 겨워 큰 소리로 웃었다.

"하하하! 면피야, 네가 나를 살리는구나!"

소문은 재빨리 만인루로 뛰어 들어갔다. 체면이고 뭐고 따질 계재가 아니었다. 만인루에 들어선 소문은 아까 자신을 도왔던 점원을 찾았다.

점원은 쉽게 찾을 수 있었다. 아니, 소문이 이곳으로 다시 돌아오는 순간 대강 사정을 짐작한 점원이 알아서 소문 앞으로 나온 것이었다. 그 점원도 소문을 보내놓고 왠지 안심을 하지 못하고 있었다. 말하고 자시고 할 것도 없었다. 시간을 보니 급히 서둔다 해도 빠듯한지라 점원은 뒤도 안 보고 뛰어갔다. 그 뒤를 소문이 역시 재빨리 쫓아가고 있었다.

얼마를 뛰어갔을까? 점원이 차 오르는 숨을 가쁘 몰아쉬고 있는데 그 정면에는 실로 규모가 큰 장원(莊園)이 나타났다. 정문(正門)의 지붕 아래에는 커다란 글씨로 쓴 천리표국(千里驃局)이라는 현판이 걸려 있었다. 소문이 바라보니 그 문을 통해 많은 사람들이 걸어나오고 있었다.

"휴! 이번에 제대로 온 것 같군. 고맙네."

"어서 들어가십시오. 시간이 다 된 듯싶습니다."

점원의 종용을 받고 소문은 천리표국으로 발을 들여놓았다. 한데 그런 그를 막 천리표국을 나오던 사람들이 불러 세웠다.

"어이, 이보시오. 혹시 표사가 되려고 왔으면 다 틀린 일이니 그냥 돌아가시오."

"아니, 어째서요?"

"이미 표사를 뽑는 과정은 다 끝이 나고 이렇게 떨어진 사람들만 돌아가고 있지 않소."

벌써 끝이 나다니, 소문은 마음이 급했다. 그를 만류하는 사람들의 얘기는 듣지도 않고 표국 안으로 들어섰다. 표국 안에는 합격을 한 표사들과 시험관인 듯한 중년인이 서로의 계약 조건과 기타 제반 사항에 대해서 논의하고 있는 듯했다. 소문은 그중 사람들의 중앙에 서서 이야기를 주도하는 중년인에게 다가갔다. 그런 소문을 보고 그 중년인은 이상하다는 듯이 쳐다봤다.

"뉘시오?"

"예. 저는 을지소문이라고 하고 이곳에서 일하고 싶어 왔습니다."

"허, 말은 고맙지만 이미 표사의 선발은 끝났으니 다음에 한번 찾아주시오."

"이곳에서 일하고자 밤에만 달려왔습니다. 아니, 낮에도 달려왔습니다. 시험이라도 보게 해주십시오."

"하지만 이미 끝났으니 나도 어쩔 수 없소. 만약에 당신에게 시험 기회를 준다면 또다시 많은 사람들에게 기회를 주어야 할 터, 이만 돌아가시오."

소문이 아무리 매달리고 애원을 해도 그 중년인의 대답은 한결같았다. 하지만 소문은 중년인의 바짓가랑이를 붙잡고 끝까지 물고 늘어졌다. 중년인은 처음엔 얌전히 타이르다가 나중엔 짜증도 내고 화도 냈다. 그러나 소문은 요지부동(搖之不動)이었다. 한참을 그렇게 실랑이를 하자 중년인은 화도 났지만 한편 이렇게 애쓰는 소문이 가엽기도 하였다.

"허허, 그렇게도 이곳에서 일하고 싶은가?"

"예? 예예."

"흠, 그러면 이미 표사의 선발은 끝이 났지만 쟁자수(爭子手)라면 한번 고려해 볼 수 있네만… 어떤가? 쟁자수라도 한번 해볼 텐가? 한데 자네의 복장을 보면 쟁자수같이 험한 일을 할 사람은 아닌데……."

소문은 귀가 번쩍 뜨였다. 쟁자수라… 그게 뭔지는 몰랐지만 암튼 표국에서 일을 하는 것은 틀림없었다. 중년인의 말이 끝나기가 무섭게 고개를 끄덕였다.

"하, 할 수 있습니다. 사실 이 옷은 이곳에 들어오고자 제 전 재산을 털어 겨우 장만을 한 옷입니다."

"하하, 그런가? 자네의 정성이 남다른 데가 있구먼 그래. 이보게, 아삼(阿三)! 이 친구를 쟁사수들이 기거하는 곳으로 안내하게. 내가 보냈다고 하고."

"예, 총관 어르신!"

중년인은 자신의 옆에서 무엇인가를 적고 있던 사람에게 소문을 부탁했다. 소문이 보니 허리에 검을 차고 있는 것을 보아 그도 이곳 표사인 것 같았다.

"하하! 자네 정말 대단하군. 총관님이 원칙을 어기는 것을 본 적이 없는데. 그래, 나는 아삼이라 하네. 이곳에서 표사 일을 하고 있지."

"예. 저는 을지소문이라 합니다."

"을지소문이라, 암튼 열심히 일해보게."

"예, 감사합니다."

아삼이 소문을 데려간 곳은 천리표국의 본각에서 우측으로 삼십 여 장 떨어진 동쪽에 위치한 건물이었다. 소문이 아까 본 본각과는 다소 차이가 있는 허름한 건물이었는데, 그것이 본각과 다소 차이가 있다는 것이지 어디에 내놓아도 손색이 없는 건물이었다.

"이곳이 이제 자네가 생활할 곳이네. 본 표국에는 자네 말고도 사십 여 명의 쟁자수가 있네. 이곳은 그들이 쓰는 건물이고. 그럼 따라오게."

소문이 아삼을 따라 건물 안으로 들어가자 건물 안에 있던 모든 사람들의 행동이 일순 멈추더니 시선을 소문에게 던졌다. 소문 또한 찬찬히 주위를 살펴보기 시작했다. 우선 건물 안에는 중앙의 넓은 통로를 중심으로 좌우에 길다란 침상이 차지하고 있었는데 얼핏 보아도 이십여 명은 충분히 누워 잘 수 있을 정도였다. 침상 위의 벽 쪽으로는 개인의 물건을 보관할 수 있는 간단한 장식장도 놓여 있었다.

"허, 또 주사위인가? 그만들 하고 여기 좀 잠시 보게. 오늘부터 이곳에서 생활하게 될 을지소문이라는 친구일세. 아직 어리고 경험도 없어 뵈는 듯하니 많이 도와주게."

"쟁자수 일이라는 게 계집질하고 똑같아서 몇 번 해보면 자연 익숙해지는 거지요. 그게 도와준다고 되간요?"

지금 침상 위에선 무얼 하고 있는지 사람들이 뻥 둘러앉아 있다가 잠시 하던 일을 멈추고 아삼과 들어온 소문을 바라보고 있었는데, 아삼의 말에 지금까지 주사위를 던지고 있던 가운데의 사내가 웃으며 말을 하자 주변의 쟁자수들이 맞장구를 치며 웃어 젖혔다. 아삼도 그들과 함께 웃다가 다시 한 번 소문을 부탁하더니 곧 밖으로 발걸음을 했다. 소문은 그런 아삼에게 크게 읍을 했고 아삼도 웃음으로 답례를 해주었다.

"그래, 을지소문이라고?"

"예."

"고향은 어딘가?"

"혼인은 했는가?"

"뭣 때문에 이곳에 왔지?"

아삼이 나가자 그동안 주사위에 정신이 없던 사람들이 갑자기 소문을 둘러싸고 온갖 질문을 해댔다. 소문은 정신이 없어 아무 말도 하지 못하고 그저 어리둥절한 모습으로 서 있을 뿐이었다. 그때 침상 구석에서 크진 않지만 위엄있는 목소리가 들려왔다.

"그만."

구석에서 들려온 한마디의 말은 지금껏 소란스러웠던 상황을 순식간에 잠재우는 위력이 있었다. 소문은 그 목소리의 주인이 궁금해 고개를 돌려 말이 들려온 곳을 바라보았다. 그곳에는 한 명의 노인이 벽에 기대어 소문을 지그시 바라보고 있었다. 머리는 하얀 백색이었는데 곱게 묶어서 뒤로 넘기고 손에는 곰방대를 들고 있는 노인이었다.

'곰방대……!'

"저분이 이곳의 책임자인 강량(康亮) 어르신이네. 인사드리게."

옛 생각을 하며 멀뚱히 서 있는 소문의 곁으로 아까 여자 운운했던 사내가 소문에게 오더니 조용히 일러주었다.

"이름이 무엇인가?"

강량이라는 노인은 소문에게 다가오라는 손짓을 하며 물었다. 소문은 서둘러 나아가 인사를 하며 공손하게 대답을 했다.

"을지소문이라고 합니다."

"흠, 말투를 들어보니 이곳 사람이 아니구먼?"

"예. 저는 조선에서 왔습니다."

"조선? 아니, 조선에서 예까지 무엇 하러 왔단 말인가? 그리고 쟁자수라니……."

"사천에 중요한 볼일이 있어 왔지만 지리도 모르고 말도 서툴러 표국의 힘을 빌어 사천에 가려고 이곳에 오게 됐습니다."

소천은 아주 천천히 말을 했다. 혹시라도 엉뚱한 소리를 할까 긴장을 했더니 온몸에서 식은땀이 흘러내렸다. 하지만 영문을 모르는 노인은 이상하다는 듯이 물었다.

"지리를 모르는 거야 그렇다 쳐도, 말은 제법 잘하는구만 그래?"

"아닙니다. 지금은 우연히 말이 바로 나오지 않은 것입니다. 제가 말을 하면 사람들이 무슨 소릴 하는지 잘 알아듣습니다."

소문이 노인의 말에 쓴웃음을 지으며 편하게 말을 하자 노인은 순식간에 소문의 실력을 알아채고 말았다.

"허허, 과연 문제가 있긴 있구만! 재밌는 친구야."

노인은 잠시 소문을 보며 웃다가 여전히 소문의 뒤에 서 있는 사내에게 조용히 말을 했다.

"이보게, 삼봉(三峯)이! 이 친구가 제법 맘에 드는구만. 저쪽에 자리 하나를 마련해 주고 이곳 생활에 대해 일러주도록 하게."

"예, 어르신."

말을 마친 노인은 소문에게 주었던 시선을 거두고 조용히 눈을 감았다.

'하하, 삼봉이라… 설마 성씨가 장(張)씨는 아니겠지?'

소문은 아까 주사위를 던지다 자신을 강량이라는 노인에게 인도해 준 사람이 삼봉이라는 이름으로 불리는 것을 알고는 실소를 했다. 삼봉이라는 것은 소림과 어깨를 나란히 하는 도문(道門) 성지인 무당파(武當派)의 조사 장삼봉(張三峯)을 말하는 이름인데, 그는 생김이 호방하고 무예가 입신(入神)의 경지에 이르렀었다고 들었다. 한데 그와 이름이 같은 이 사람은 호방과는 거리가 먼, 좋게 말해서는 눈치 빠르게 생겼고 다른 말로 얍쌉하게 생긴 그저 그런 모습을 하고 있을 뿐이었다.

"소문이라 했던가? 반갑네. 나는 장삼봉이라 하네."
"헉!"
"아니, 무슨 일인가?"
"아, 아닙니다."
 소문은 터져 나오는 웃음을 간신히 참고 삼봉이라는 사내가 이끄는 대로 따라갔다. 장삼봉은 소문에게 건물의 입구에서 좌측에 위치한 침상으로 올라가더니 소문을 불렀다.
"이제부터 여기가 자네의 자리네. 짐들은 잠시 후에 풀도록 하고 우선 이곳에서 같이 생활하는 동료들에게 인사를 먼저 하도록 하세."
 장삼봉은 소문의 의사는 물을 것도 없이 뒤돌아 크게 외쳤다.
"어이, 이보게들! 오늘 새로 젊은 친구가 왔으니 인사나 하도록 하지. 들어서 알겠지만 이름은 소문이고 조선에서 왔다고 하네. 나이는… 이보게, 소문이, 자네가 올해 몇인가?"
"스물하나입니다."
"흠, 그래. 나이는 스물하나라네. 이제부터 한식구처럼 지낼 것인즉 잘 대해주라는 어르신의 말씀도 계셨다네."
 장삼봉의 말이 끝나자 이미 소문에게 다가온 여러 쟁자수들이 서로 자신들의 이름을 알려주며 인사를 했다.
"반갑네. 나는 여명(黎明)이라 하고 올해 서른일세."
 이름에 명(明) 자가 들어가서 그런지 환하게 웃는 모습이 인상이 참 좋았다.
"난, 노구(魯邱)라 하고 이 친구는 유금산(柳金山)이라 하네. 이름 그대로 돈이 많으니 잘 우려먹게. 하하하!"
"예끼, 이 사람아. 가지고 놀 게 없어서 이름을 가지고 노나 그래.

반갑네. 자네도 나만큼이나 키가 크구만. 하하하!"

노구라는 사람은 오 척 단구의 작은 몸집을 지녔지만 구릿빛 피부가 말해 주듯 상당히 강인해 보였다. 반면에 노구와 농을 주고받은 유금산이라는 사람은 그 키가 육 척에 달하는 소문과 우열을 가릴 수 없을 정도였고, 빼빼 마른 소문과는 달리 덩치가 우람하여 그 유명한 장군 장비(張飛)를 연상케 했다. 하지만 덩치와 어울리지 않게 순박한 미소를 지었다.

노구와 유금산이 물러서자 두 명의 사내가 소문의 앞에 섰다. 얼굴이 비슷한 것이 마치 형제 같았는데 그중 나이가 들어 보이는 사람이 소문에게 말을 꺼냈다.

"나는 개세기(改世己)라 하고, 이쪽은 내 아우 개지랄(改止辣)이라 하네."

"크헙!!"

'크허헙, 개새끼에 개지랄이라… 환장하겠네……!'

중국식 말로야 아무런 이상이 없는 말이겠지만 소문은 조선 사람, 조선어의 뜻으로 들려오는 말에 어쩔 줄을 모르고 있었다. 소문은 손으로 입을 가리고 필사적으로 터져 나오려는 웃음을 참아냈다.

"돌아가신 우리 할아버님께서 나보고 혼탁한 세상을 고치라 하셨고, 동생에겐 함부로 말을 하지 말고 조심하라는 뜻에서 이런 이름은 지어 주셨건만 우리가 불민하여 그 뜻에 따르지 못하고 있음이 안타까울 뿐이네."

"아, 예, 이름에 그런 심… 오한… 뜻이 있었군요……."

개세기는 소문의 마음을 아는지 모르는지 한술 더 떠 이름에 대한 자세한 설명을 덧붙였다. 소문은 그때마다 밑에서 치밀어 오르는 웃음을 막느라 죽을 고생을 해야 했다.

건물 안에는 그 외에도 두 명의 사람들이 더 있었는데, 그저 평범한 시골 사람처럼 생긴 사람은 채대식(蔡戴識)이라 했고, 가장 어려 보였던 사내의 이름은 양지령(陽芝靈)이었는데, 나이가 소문보다 두 살 아래인 열아홉이었다. 양지령을 제외한 소개한 모든 사람은 소문보다 나이들이 많았다.

"반겨부셔서 감사합니다. 저는 을지소문이라 하고 조선에서 와서 중원 말을 잘 못하니까 이해하지 마십시오. 열심히 안 한다고 말씀드릴 수 있습니다."

소문은 다른 이들의 소개가 끝나자 간단하게 자신의 소개를 했다. 그러나 소문의 말을 듣는 사람들의 표정이 이상해지더니 갑자기 뒤로 넘어가는 것이 아닌가? 특히 자신을 노구라고 소개했던 사람은 어찌나 웃어대는지 눈에 눈물이 고이기까지 했다.

"암. 반겨부셔야지! 안 부시면 큰일 나지. 카카카!!"

"그럼, 그럼! 열심히 하지 않아야 좋은 쟁자수가 되는 것이라네. 크크크큭!"

'지미, 내 이럴 줄 알았다니까……'

말은 안 하고 있었지만 그들이 왜 웃는지를 모를 소문은 아니었다. 그들을 말리고 나선 것은 개씨 형제의 큰형 개세기였다.

"그만들 하게. 말이 서툴러서 그런걸. 흠, 그래도 좀 황당하긴 하구만."

개세기는 말을 하다 잠시 숨을 고르더니 쟁자수에 대해 설명을 하기 시작했다.

"보아하니 자네는 이런 일이 처음인 것 같은데 맞나?"

"예."

"흠, 역시 그렇구만. 그럼 내 잠시 우리 천리표국에 대해 말을 해줌세. 표국은 위로는 국주님과 그 아래로 표국의 대소사를 관장하는 총관(總管)이 있고, 모든 표사들의 우두머리인 대표두(大鏢頭)와 표두가 있으며 그 아래로 일반 표사들이 있네."

개세기가 잠시 뜸을 들이자 그의 동생 개지랄이 대뜸 말을 이었다.

"표사들은 표물(鏢物)을 도적이나 녹림(綠林)의 무리로부터 보호하는 일을 하는 것이고, 표물에 대한 관리에서부터 짐을 운반하는 말과 마차의 관리, 그리고 노숙을 할 경우 그 잠자리까지 마련하는 것이 우리가 하는 일이라네."

"아예……."

소문은 그제야 쟁자수가 하는 일의 성격을 알 수 있었다. 한마디로 표국에서 잡일을 도맡아 하는 사람들이었다.

"보통 한번의 표행에는 표사들의 수는 그 위험에 따라 변동이 있지만 일반적으로 쟁자수의 수는 아홉으로 정해져 있다네. 물론 그 규모가 너무 커서 표물을 감당하지 못한다면야 그 수가 늘어나기는 하지만 웬만해서는 쟁자수의 수는 줄어들지는 않네. 천리표국에서는 이런 쟁자수들이 약 사십여 명이 있어 네 개의 조를 이루고 있네. 지금 다른 조는 표행에 나섰고, 남은 우리들이 자네를 맞이하고 있는 것이지. 그리고 저기 앉아 계시는 분이 우리 조의 조장님이시자 모든 쟁자수의 수장이 되시는 분이지. 많은 것을 알아야 하겠지만 그것들은 차차 알게 되겠고 오늘은 이 정도만 알아도 충분할 게야."

"예, 감사합니다."

말을 마친 개지랄은 장삼봉에게 시선을 던졌다. 아무래도 저 노인을 제외하고는 장삼봉이라는 사람이 이 무리의 우두머리 역할을 하는 것 같았다. 시선을 받은 장삼봉은 고개를 끄덕이더니 조심스럽게 강량에게 다가갔다.

"저기, 어르신?"

"왜 그러나?"

강량은 감았던 눈을 살며시 뜨며 반문을 했다.

"헤헤, 새로 동료도 들어왔으니 술이라도 한잔해야 하지 않겠습니까?"

"흠, 술이라… 그래야겠지. 하나 새로운 표행이 금방 있을 듯하니 너무 무리해서 마시지는 말게."

"예, 어르신. 그런데 어르신께서는?"

"나는 되었으니 자네들끼리 다녀오게. 그리고 이건 술값에 보태게."

강량은 주머니 하나를 장삼봉에게 던져 주었다. 황급히 주머니를 받은 장삼봉은 크게 인사를 하였다.

"예, 그럼 다녀오겠습니다."

장삼봉은 자신을 기다리던 사람들에게 오더니 주머니를 흔들었다.

"호호호, 어르신이 술값까지 주셨으니 오늘은 원없이 먹어보세나!"

"좋지!"

"그나저나 이 친구가 우리들의 주량을 견딜지 몰라? 하하하!"

장삼봉을 필두로 하여 강량을 제외한 건물 안에 모여 있던 모든 사람들이 주루로 향했다. 하지만 다음날 새벽에 멀쩡하게 돌아온 사람은 예상과는 달리 소문과 제일 나이가 어린 양지령이었다. 양지령이야 술을 잘 못해 애초에 먹지를 않아서 그랬다지만 소문은… 과연 늦게 배운 도둑질이 무섭긴 무서운 모양이었다.

"자, 서둘러라. 오전 중으로 모든 준비를 마치고 오후에는 표국을 나서야 한다."

오전부터 천리표국은 몹시 분주하게 움직였다. 아니, 항상 그래 왔으니 오늘 분주하게 움직이는 사람들은 소문이 속한 조의 쟁자수(爭子手)들과 그들을 이끌고 표행(驃行) 길에 나설 표사들이었다.

표국의 대소사를 챙기는 총관 양기(梁驥)는 비록 이번 표행 길이 왕복으로 사흘 거리에 표물도 그리 중요하지 않은 비단 몇 필과 미곡 열 섬에 불과했지만 그래도 천리표국의 신용에 금이라도 갈까 조바심이 나는 듯 짐을 싣고 있는 쟁자수들을 다그쳤다.

총관의 다그침이 효과가 있는지는 몰라도 물건을 마차에 싣는 일이며 밤에 노숙할 준비며 표행에 필요한 모든 것들이 갖추어진 것은 순식간이었다.

소문이 속해 있는 곳의 쟁자수들은 이미 막내인 양지령의 쟁자수 경험이 이 년에 가까워올 만큼 경험들이 모두 풍부하다 보니 언제 무엇을 해야 할지 잘 아는 모양이었다. 다만 총관이 저리 서두르는 것은 그 이유가 쟁자수에게 있는 것이 아니라 한쪽 구석에 멍청히 서서 노가리를 풀고 있는 표사들에게 있었다.

이번 표행 길에 나서는 표사들은 모두 다섯이었다. 더구나 표행을 이끄는 우두머리가 표두도 아니고 단지 고참 표사인 아삼이고 나머지 네 명의 표사가 모두 이번에 새로 모집한 신출내기 표사들인지라 은근히 걱정이 되는 터였다.

모든 준비가 끝나자 표물을 실은 마차를 중심으로 맨 앞에 이번 표행의 우두머리인 아삼이 말을 타고 서 있었고 좌우에 표사 둘, 그리고 수레 뒤에 나머지 두 명의 표사가 역시 말을 타고 있었다. 소문을 포함한 열 명의 쟁자수들은 각기 수레 주변에서 간단한 취사 도구와 야영 도구를 봇짐에 챙겨 짊어지고 있었다. 수레에는 개세기, 개지랄 형제가 앉아 말을 몰 준비를 했고, 쟁자수의 우두머리인 강량은 소문의 바로 옆에 서 있었는데 그는 아무것도 짊어지지 않고 그저 하나의 곰방대를 들고 있을 뿐이었다.

"비록 거리가 짧다고는 하지만 항상 그렇듯이 표물을 노리는 적들이 언제 나올지 모르는 일, 주의해서 다녀오기 바라네. 특히 아삼은 첫 표행에 나서는 표사들에게 좋은 경험을 시켜준다는 의미로 특별히 신경을 쓰도록 하고."

"예, 총관 어른. 염려 놓으십시오!"

아삼은 마상에서 당당히 허리를 펴고 자신감을 내비쳤다. 그런 아삼의 모습에 흡족한 미소를 지은 총관은 수레 뒤에 서 있는 강량에게 다가오더니 조용히 인사를 했다.

"어르신께서도 잘 보살펴 주시기 바랍니다. 조심하시고요."

"그저 제 할 일을 할 뿐이지요."

강량도 총관을 향해 허리를 숙였다.

"자, 갑시다. 그럼 다녀오겠습니다."

히히힝!!

아삼의 출발 신호에 마차에 타고 있던 개지랄이 힘차게 채찍질을 했다. 말의 힘찬 울음은 이번 표행을 모두에게 알리는 신호가 되었다.

달그락, 달그락!

끝없이 길게만 늘어져 있는 관도의 저 멀리에 또 하나의 작은 마을이 눈에 띄었다. 길 위로 천천히 울려 퍼지는 수레 소린 가뜩이나 더운

여름의 햇살처럼 모든 이들을 지치게 만들었다. 비단과 쌀을 실은 수레 앞에는 말을 탄 아삼이 선두를 이끌고 있었고 그 옆에 있던 표사들은 어느새 수레의 맨 뒤로 처져 나머지 표사들과 쓸데없는 잡담들을 나누거나 말 위에서 꾸벅꾸벅 졸고 있었다. 하나같이 짙은 회색(灰色) 무복을 단정히 입고 허리 옆에는 하나의 검을 차고 있었는데 그 모습이 실로 태평했다. 하지만 그걸 아는지 모르는지 아삼은 뒤도 돌아보지 않고 앞으로만 나아갈 뿐이었다.

"이보게, 천기(天氣)."

한가로이 여행을 떠나는 양 여유를 부리던 사내들 중에서 나지막하게 그 옆의 동료를 부르는 이는 여태까지 하품을 하며 졸고 있던 고승명(高昇鳴)이란 표사였다.

"왜 그러는가?"

이제 서른이나 된 듯싶은 사내가 쳐다보지도 않고 대답을 했다. 천기라는 사람의 목소리 또한 그를 부르는 사내의 목소리와 마찬가지로 졸음으로 가득 차 있었다.

"표행은 오늘이 처음이지?"

"뜬금없긴. 그건 자네도 마찬가지 아닌가?"

두 사람의 대화가 이어지자 그 옆에 가던 나머지 표사들도 흥미를 가지고 대화에 끼어들었다.

"이번 표행에 참가한 사람들은 저기 아삼 표사를 제외하고는 다 초행이라 알고 있네만……."

"빌어먹을! 기껏 비단 몇 필과 곡식을 사흘도 안 되는 거리에 날라주는 것이 첫 표행이라니… 재수도 지지리 없지."

첨에 말을 꺼냈던 고승명과 나이가 비슷해 보이는 표사가 불만을 터뜨리자 여태까지 침묵을 지키던 한 사내도 슬그머니 자신의 의견을 내놓았다.

"그러나 이게 끝이 아니지 않는가? 곧 온갖 보물을 가득 실은 수레를 끌고 중원을 누빌 날이 올 것이야!"

"에휴, 그게 언제란 말인가?"

"그러게 말일세. 지루해 죽겠네그려."

"그 흔하다는 녹림도들은 다 어디로 갔지? 나타나기만 하면 내 이 칼로 본때를 보여주는 건데……."

한 표사는 허리에 차고 있던 칼을 빼 들고 호기롭게 외쳤다. 그런 표사들의 한심한 짓거리를 보고 있던 강량이 조그맣게 중얼거렸다.

"미친놈들……."

소문이 슬쩍 고개를 돌려 강량을 바라보자 강량 또한 소문을 바라보았다.

"너도 저들과 같은 생각을 하고 있느냐?"

"아닙니다."

"그럼 아까부터 무슨 생각을 그리 하고 있는 것이냐?"

"아, 저… 그냥… 사천……."

"흠, 사천에 간다고 했던가? 그래, 걱정이 되긴 하겠구나. 하지만 너무 마음 쓰진 말거라. 조만간 사천에 갈 기회가 있을 것이다."

"예, 어르신."

대답은 공손하게 했지만 사실 소문은 지금까지 엉뚱한 생각을 하고 있었다. 자신이 표사가 아닌 쟁자수가 된 게 얼마나 다행스런 일인지… 표사가 됐음 영락없이 말을 탔어야 할 것이고, 그랬다면 온갖 체면을 다 구겼을 것이라는 생각에 몸서리를 치며 소문은 놀란 가슴을 쓸어 내리고 있었다.
 '그런데 왜 저 표사들을 미친놈이라고 그랬지?'
 소문은 은근히 그 이유가 궁금했다. 해서 조심스럽게 그 이유를 물어보았는데…….
 "저자들은 표사의 진정한 의무를 잊고 있다. 표사의 의무는 물건이 주인에게 도착할 때까지 안전하게 보호하는 것이지 싸움을 하는 것이 아니다. 피할 수만 있다면 어떤 수를 써서라도 싸움은 피해야 한다. 싸움에 이긴다 한들 무엇 하겠느냐? 우리 측에 한 사람의 피해라도 온다면 이미 진 싸움인 것을. 게다가 싸움이 일어나면 가장 많이 피해를 보는 것이 우리같이 무공을 모르는 쟁자수들이다. 일반적인 녹림도들은 그런 사정을 알고 우리 같은 쟁자수들에겐 피해를 주지 않으려고 은연중 노력은 하지만 어디 싸움이 뜻대로 되느냐? 싸우다 보면 어느새 태반의 쟁자수들이 죽어가는 것을. 그런데 저들은 잠시의 지루함을 참지 못하고 저따위 말들을 하다니 표사의 기본 자질이 없는 인간들이야. 하긴, 처음 표행을 나서는 대부분의 표사들이 저런 마음을 지니고 있기는 하지."
 강량은 아무런 감정이 담기지 않은 어조로 천천히 이유를 설명했다. 너무나 당연한 말이었다. 무명(武名)을 날리고 싶어하는 일반 표사들에게는 별로 가슴에 와 닿지 않는 말이겠지만 과거 여진족 간의 싸움에서도 결국은 힘없는 마을 사람들이 떼로 죽어가는 것을 경험한 소문은 그 말이 하고자 하는 바를 정확하게 알고 있었다.
 하루하고 반나절 만에 목적지에 도착한 일행은 물건을 인도하고 대금을 받자마자 마을을 떠나 천리표국으로 다시 돌아왔는데 짐이 없어서인지 돌아오는 길은 가던 때와는 다르게 이동 속도가 훨씬 빨랐다.

이렇게 소문의 첫 표행은 너무도 간단하게, 그리고 무사히 끝을 맺었다.

소문은 아침부터 들떠 있었다. 그가 천리표국에서 쟁자수의 일을 시작한 지도 벌써 두어 달. 몇 차례의 표행이 있었지만 대개가 북경 근처의 인근 지역으로의 표행이다 보니 길어야 열흘을 넘기지 않는 짧은 표행이 전부였다. 아무리 안전한 표행을 원한다지만 이쯤 되고 보면 젊은 혈기에 충분히 지루하다 여길 정도였다. 한데 이번에 나서는 표행은 그 질이 달랐다.

표행지가 우선 북경이 위치한 이곳 하북성(河北省)을 벗어나 남쪽으로 한참을 내려간 하남성(河南省)의 정주(鄭州)에 있는 태화전장(太和錢莊)이었기 때문이다. 강량 어르신의 말로는 족히 한 달은 걸리는 긴 표행이라고 했다. 게다가 비단이나 곡식 몇 섬을 나르던 것과는 달리 엄청난 양의 금괴를 나르기 때문에 표물의 부피는 작지만 그 값어치는 실로 헤아리기 어려울 정도라 했다.

표물의 값어치가 상당했기 때문에 표물의 안전에 만전을 기하기 위해서 보통 때와는 달리 많은 표사들이 표물의 운송을 맡게 되었다. 그동안 소문이 한 번도 보지 못했던 표두(驃頭)를 필두로 삼십여 명의 표사들이 이번 표행에 나서게 되었는데, 표행의 규모가 커지다 보니 당연히 쟁자수들 또한 그 수가 늘었다. 해서 이번 표행 길에는 소문이 속한 조의 쟁자수 외에 한 개의 조가 더 추가되었다.

점심때가 다 되어 표국을 나선 표행은 순조로웠다. 천리표국을 떠난 표행단은 하루 만에 북경을 벗어났고 다시 사흘 만에 석가장(石家莊)에서 약 백여 리 떨어진 조현(趙縣)이라는 마을에 이르렀다.

저녁 늦게 이곳에 도착한 쟁자수와 표사들은 표두인 이진(李珍)의 명에 따라 노숙(露宿)을 준비했다.

이렇게 표행의 노숙이 결정되면 가장 바삐 움직이는 것은 소문과 같은 쟁자수들이었다. 과거엔 노숙이라 해봐야 모닥불 몇 개 피워놓고 각자의 모포를 들고 잠을 청하는 것이 보통이었지만 요즘은 자그마한 천막이라도 치는 것이 일반화되어 있었다. 물론 그 천막에 들어갈 수 있는 사람들은 극히 제한되기는 하였지만.

잠자리를 마련하는 것은 물론이고 일행의 식사 준비도 쟁자수의 몫이었다. 표사들은 항상 최상의 몸 상태를 유지하기 위해서 모든 식량은 따로 수레에 싣거나 쟁자수들이 그들의 식량까지 메고 왔다. 표사들은 단지 그들의 무기만을 휴대할 뿐이었다. 쟁자수들은 그런 표사들의 처우에 많은 불만이 있었지만, 만약 싸움에서 이들 표사들이 진다면 자신들의 목숨도 부지하기 힘들었기 때문에 그 불만을 직접적으로 내색하진 않았다.

"이보게, 소문이!"

"예, 형님."

"자네는 표행에 몇 번 따라오지도 않았고, 거리도 그리 멀지 않았음에도 잠자리 준비하는 거 하며 음식 만드는 것을 보니 노련한 쟁자수가 따로 없네그려."

한참 요리에 정신이 없는 소문에게 다가온 노구가 말린 육포(肉脯)를 뜯으며 소문에게 말을 걸었다.

"하하, 뭘요. 이런 건 제가 조선에서 매일같이 한 것인데요."

"그래? 한데 지금 만드는 게 무엇인가?"

노구는 사뭇 궁금한 듯 소문의 뒤에서 펄펄 끓고 있는 국을 넘겨보았다. 소문은 이들에겐 특별한 존재였다. 그동안 표행에서는 객점에 이르지 못하고 노숙을 하게 되면 말린 육포나 떡을 씹던 이들에게 소문은 항상 새로운 음식을 만들어주었다. 음식에 들어가는 재료야 말린 육포나 약간의 곡식, 그리고 그때마다 주변에 흩어져 있는 풀뿌리 몇 개 뜯어다가 집어넣는 것이 전부였지만 그 맛이 상당했다. 게다가 그때마다 항상 맛이 달랐으니 지금 노구가 궁금해하는 것도 이해는 갔다.

소문은 이런 노구를 보며 슬쩍 웃더니 한쪽 구석에서 무언가를 하고 있는 개씨 형제를 가리켰다. 노구는 소문의 손을 따라 고개를 돌렸다. 개씨 형제는 나란히 한 손에 꿩을 들고 털을 뽑고 있었다. 이미 끓는 물에 한번 담가졌는지 축 늘어져 있는 꿩은 형제들의 손이 움직일 때마다 한 움큼씩의 털이 뽑혀 나갔다. 개씨 형제의 행동을 바라보던 노구는 다시 고개를 돌려 소문의 어깨에 앉아 있는 철면피에게 웃음을 지어 보였다.

"또 잡아왔냐? 대단하다, 대단해! 네가 우리를 먹여 살리는구나! 하하하!"

무슨 바람이 불었는지 철면피는 요즘 소문의 곁을 잠시도 떠나지 않았다. 표행을 나설 때는 물론이고 표국 안에서 쉬고 있을 때도 항상 어깨에 올라탔다. 처음엔 이런 소문과 철면피를 못마땅해하던 쟁자수들과 표사들은 소문이 면피가 조선에서 온 자신의 유일한 친구라고 거듭 해명하고 사과하자 어느 정도는 양해를 해주었다. 그러다가 표행을 갈 때마다 면피의 상상을 불허하는 사냥 솜씨는 이들에게 매일같이 꿩이며 토끼며 많은 고기를 제공해 주었는 바 이제는 철면피가 안 보이면 소문을 다그치는 상황이 되어버렸다.

"꿩으로 만들 건가?"

소림행(少林行) 31

"굽는 게 더 맛있기는 하지만 그러면 많은 사람이 못 먹어서요. 그래서 탕을 만들었습니다."

표국에서 지낸 지 벌써 오래, 소문도 이제는 제법 능숙하게 중원 말을 하고 있었다.

"흠, 탕국이라… 기대되는군 그래."

노구는 계속해서 끓고 있는 탕국을 바라보며 입맛을 다셨다.

한편 노구와 소문이 이렇게 한가로이 대화를 나누고 있을 때 천막에서는 진지한 대화가 이루어지고 있었다.

"지금까지는 관도(官道)도 넓게 트여 있고 황도(皇都)와 가까운 곳이다 보니 별 이상 없이 무사히 왔지만 이제 이곳부터는 그 양상이 다르오. 가는 길마다 상당한 주의와 경계가 필요할 것이오. 지난번 표행에서도 이곳에서 가벼운 마찰이 있었다고 들었소."

천막 안에는 길게 깔아놓은 모포 위에 대략 칠팔 명의 표사와 쟁자수로는 유일하게 강량이 앉아 있었다. 그리고 그 중앙에 이번 표행의 우두머리이자 천리표국의 표두 이진이 앉아 있었다. 천풍도(天風刀) 이진은 하북무림(河北武林)에서 상당한 고수로 꼽히는 자였다. 애도(愛刀)인 천풍을 들고 나서면 근처의 녹림도는 물론이고 한다 하는 무림인들도 두어 수 양보할 정도의 위명(威名)을 가지고 있었다. 특히 그의 성명절기(姓名絶技)인 칠초의 풍뢰도법(風雷刀法)은 강호에서도 제법 알아주는 무공이었다.

이진이 말을 꺼내자 주위에 앉아 있던 초로의 표사가 말을 받았다.

"그리 염려 마십시오. 표사의 수가 삼십이 넘고 모두 경험이 많고 노련한 표사들입니다. 게다가 표두님이 계시는데 뭐 그리 걱정을 하십니까?"

"하하! 소(蘇) 표사가 내 얼굴에 금칠을 하는구려. 하나 만일을 대비해서라도 주의를 기울여야 하오. 안 그렇습니까?"

이진은 구석에서 가만히 앉아 있는 강량에게 슬며시 말을 돌렸다. 사실 아무리 쟁자수의 우두머리라고는 하나 이런 자리에 한낱 쟁자수인 그가 올 수는 없었다. 하지만 강량이라는 이 노인은 그 정도의 대접을 받을 만한 충분한 위치에 있었다. 천리표국이 세워지며 제일 먼저 들어온 쟁자수가 그이고, 표국이 한 번의 실수로 문을 닫을 위기까지 처해 있었지만 끝까지 표국에 남아준 유일한 쟁자수가 바로 그였다.

그때는 지금의 국주인 일수철권 전원삼(田元三)의 아버지인 전추혁(田秋奕)과 단둘이 표행에 나서기도 했다고 했다. 또한 수없이 많은 죽음의 위협에서도 살아온 강량이었다. 비록 그가 무공은 없지만 지금껏 표행을 하며 익힌 경험들은 그 어떤 무공보다 귀중한 것이었다. 해서 국주인 전원삼은 물론이고 천리표국의 많은 표두와 표사들마저 쟁자수인 그를 존경하고 존중하였다.

그런 강량에게 이진이 의견을 구한 것이다. 강량은 그런 이진의 물음에 천천히 말을 하기 시작했다.

"여기서 남쪽으로 반나절을 더 가다 보면 삐죽삐죽한 산봉우리와 깎아지른 듯한 절벽 등으로 유명한 창암산(蒼巖山)이 나옵니다. 하남(河南)으로 가려면 꼭 이 길을 지나야 합니다. 우회로(迂廻路)도 있긴 하지만 사나흘은 더 돌아가야 하니, 어쩔 수 없이 이 길로 가야겠지요. 문제는 이곳에 호구채(虎口寨)라는 곳이 있습니다. 지난번 표행에서도 여후량(呂侯亮) 표두가 이끄는 일행과 잠시 부딪쳤던 곳이기도 합니다. 이곳 이외에도 정주까지는 많은 산채와 녹림도가 있습니다만 그 규모가 작아 이곳만 무사히 잘 지나면 앞으로는 별문제가 없을 것입니다."

"흠, 그래요?"

"하지만 너무 걱정하지는 마십시오. 비록 한번의 마찰은 있었지만 우리 표국과는 그리 소원(疏遠)한 관계가 아닙니다."

"하하! 다행입니다. 난 또 지난번 마찰이 있었다길래 일반적인 인사치레론 문제가 생길 줄 걱정을 했습니다."

이진이 강량의 말에 한시름 덜었다는 듯이 크게 웃자 나머지 표사들도 입에 미소를 머금었다.

조현(趙縣) 마을 어귀의 야산에서 하룻밤을 지낸 표행단은 아침을 빌어 다시 길을 재촉했다. 그들이 창암산(蒼巖山)의 초입에 들어선 건 해가 중천에 떠서 서쪽으로 천천히 달려가고 있을 무렵이었다.

"자, 지금부터는 모든 표사들은 한 치의 방심도 있어서는 안 될 것이다. 어제도 말했듯이 이곳은 호구채(虎口砦)가 있는 곳, 경계에 만전을 기하라!"

맨 앞에 서서 표행단을 이끌고 있는 이진은 마상에서 몸을 돌려 표사 및 쟁자수들에게 다시 한 번 당부를 했다. 하지만 노호채의 녹림도들은 한참이 지나도 나타날 생각을 하지 않고 있었다.

극도로 긴장을 했던 표사들은 차츰 그 긴장이 풀리고 경계의 눈초리 또한 약해지고 있었다.

"이보게, 승명이."

"왜 그러나?"

"쉿! 목소리를 낮추게!"

"알았네. 그런데 왜 불렀나? 고참 표사들이 보면 뭐라 할 텐데……."

"흥, 뭐라 하려면 하라지. 입은 말하라고 달린 거지… 달고 있으라고 달린 게 아니라네."

"아, 알았으니 음성을 낮추게. 좀 전에는 나보고 핀잔을 주더니만 자네의 음성은 왜 그리 높은가?"

"하하, 그랬나? 그런데 이번의 표행은 뭔가 신나는 일이 있을 줄 알았는데 지난번과 마찬가지로 또 그저 그럴 모양이네."

"아무 일도 없다면 좀 심심하긴 해도 그걸로 다행이지. 자네는 꼭 도적이라도 나타났음 하는 말투네그려."

"하하! 그랬나? 하긴 지금 심정 같아선 그놈들이라도 나타나 주었으면 하네. 내 나타나기만 하면 단번에 목을 쳐버릴 텐데……."

'미친놈들!'

지금 표행단의 맨 뒤에서 잡담을 하는 두 표사는 소문도 익히 알고 있는 사람들이었다. 소문과 마찬가지로 첫 표행을 북경의 근처로 같이 갔던 사람들이었다. 제 버릇 개 못 준다고 여전히 만고의 쓸데없는 소리만 해대고 있었다. 하지만 그들은 표사고 자신은 쟁자수, 그들을 상관할 필요도 이유도 없었다. 그들을 한심하게 쳐다보던 소문은 이내 시선을 거두고 다시 정면으로 고개를 돌리는데 그런 소문을 은근하게 자극하는 무엇인가가 있었다. 소문은 온몸의 감각을 극대화시켰다. 그러자 확연히 느껴지는 기운들이 있었다. 소문은 자기도 모르게 뒤를 돌아 지금까지 잡담에 정신이 없는 표사들을 보았다.

'호오, 네놈들 말대로 재밌는 친구들이 왔으니 어디 한번 두고 보마!'

소문이 느끼기에 삼십여 장 앞에서 쏟아져 나오는 살기들의 주인은 적어도 오십여 명이 넘는 듯했다. 오십여 명이면 삼십 명의 표사들보다 거의 배나 되는 수치였다. 그들이 기다리는지도 모르고 표행단은 점점 그들에게 다갔다.

"멈춰라!"

이진의 갑작스런 말에 수레를 몰던 개씨 형제들은 급히 말을 멈추고, 표사들은 어느새 자신들의 무기를 빼어 들었다.

"어느 호걸께서 행차하시었소? 모습을 보여주시구려."

이진은 십여 장 떨어진 숲을 노려보며 차분하게 말을 했다.

"와!! 와!"

그러자 조용했던 숲이 마구 흔들리며 칼과 도로 무장한 녹림의 무리들이 쏟아져 나왔다. 그들은 함성을 지르며 천리표국 표행단에게 달려왔는데 그 기세가 실로 대단했다. 하지만 표사들도 그리 만만치 않았다. 쟁자수들은 벌써 수레에 오르거나 바싹 붙어 있었고, 표사들은 수레를 빙 둘러싸고 방어의 태세를 갖추었다. 호구채의 녹림도는 순식간에 표행단을 포위했다. 이진은 다른 표사와는 달리 말 위에 오연히 앉아 그런 그들을 가만히 쳐다보았다.

잠시 후 거세던 함성 소리가 멈추며 한 명의 사내가 포위망의 중앙에서 이진의 앞으로 걸어나왔다.

"하하! 이게 누구신가요? 천리표국의 표사님들이 아니신가요?"

"그렇소. 우리는 그대 말대로 천리표국의 사람이고 나는 이 표행을 담당하고 있는 이진이라 하오."

"아! 천풍도 이진 대협이셨구려. 몰라뵈었소이다. 나는 이곳 호구채를 이끄는 거력웅(巨力熊) 능패(陵覇)라 합니다."

"아, 능 호걸이셨구려. 그래, 어찌 우리의 길을 막은 것이오?"

"하하! 막다니요. 저희는 이곳을 지나가는 분들이 계시다기에 그저 인사를 드리러 왔을 뿐인데요."

"호오, 그렇구려."

잠시 서로의 얼굴에 금칠을 하는 인사치레가 이어졌다. 이진은 어차피 그들이 원하는 것이 무엇인지 다 알고 있었지만 처음부터 다짜고짜 '돈 줄 테니 물러서라' 하는 것은 예의에 어긋나는 것이라 생각하여 정중히 말을 했다. 아니, 예의라기보다는 표국을 하는 사람들과 녹림도의 은연중의 약속이라고나 할까? 그러자 능패 또한 능청스럽게 한참을 둘러대더니 결국은 돈을 좀 내놓으라고 했다. 산채가 부서져서 수리비가 든다나 어쩐다나…….

"휴, 그들이 하두 험하게 달려오는 바람에 협상이고 뭐고 없이 바로 싸우는 줄 알았네그려."

"그러게 말일세. 난 깜짝 놀란 가슴이 아직도 뛰네."

수레에 달라붙어 추이만 살피던 쟁자수들은 대화의 분위기가 차분히 가라앉고 사태가 안정되는 것을 보곤 적이 안심을 했다. 하지만 그런 그들의 의도를 비웃기라도 하듯이 일은 엉뚱한 곳에서 터지고 말았다.

"으악!"

표행단의 뒤에서 처절한 비명성이 울리자 막 산채의 수리비 명목으로 호구채의 두목인 능패에게 은자를 주던 이진의 손이 멈추고 역시 그 돈을 받으러 가던 능패의 손 또한 순간 멈춰 버렸다. 동시에 한 단어가 이들의 머리에 스쳐 지나갔다.

'빌어먹을!!'

서로를 쳐다보는 눈빛에는 당황함이 가득했다. 그것도 잠시 그들 손에는 어느새 자신의 무기가 들려 있었고, 그것을 신호로 하여 호구채의 녹림도와 표사들의 싸움이 시작되었다. 녹림도의 수가 표사들에 비해 훨씬 많았지만 개개인의 능력은 표사들을 따라오지 못했다. 하지만 동료들의 피를 본 그들이 물불을 가리지 않고 덤비고, 무엇보다 지난번 이진과 대화를 했던 표사 소삼중(蘇叁重)의 말과는 달리 표사들 중에는 경험이 적고 싸움을 제대로 해보지 못한 표사들이 몇 명 끼어 있어서 전체적인 싸움은 호구채의 우위로 흘러갔다.

'역시… 말 많은 놈치고 제대로 된 놈을 못 봤다.'

소문은 얼굴을 찌푸리고 겨우 호구채 졸개 한 명을 맞아 쩔쩔매며 뒤로 밀리고 있는 고승명을 바라보았다. 이미 싸움의 발단이 된 백천기(白天氣)는 어디서 날아오는지 모르는 창에 가슴을 뚫리고 죽어 있었다. 다른 사람은 몰라도 소문은 이 싸움이 어찌 시작되었는지 잘 알고 있었다.

허풍을 떨 때와는 달리 호구채의 사람들이 자신들을 포위하자 고승명과 백천기는 겁에 질려 버렸다. 그때 우두머리끼리의 협상이 잘 진행되는 듯싶자 호구채의 졸개 하나가 그들에게 다가와 농을 걸었다. 보통 이쯤 되면 긴장을 풀고 웃는 얼굴로 상대를 대하곤 했던 졸개였는지라 아무 생각 없이 다가왔는데 그의 이런 생각은 백천기라는 어설픈 표사에게 걸려 산산이 부서지고 말았다. 겁에 질려 웃으며 다가오는 사내를 자신을 죽이려는 의도로 착각한 백천기는 자기도 모르게 칼을 휘두르고 말았으니, 반항도 못하고 목숨이 달아난 졸개가 할 수 있는 것은 단지 외마디의 비명뿐이었다.

소문이 잠시 한눈을 파는 사이 어느새 한 명의 표사가 또 쓰러졌다. 표두인 이진마저도 호구채의 두목인 능패와 능패를 돕는 아홉 명의 부하들에게 둘러싸여 천풍도라는 호가 무색할 정도로 이렇다 할 활약을 하지 못하고 있었다. 쟁자수들은 겁에 질려 벌벌 떨고 있었다. 결국 자신이 나설 수밖에 없음을 안 소문은 천천히 신형을 일으켜 수레 위로 올라갔다.

"아서라. 괜히 싸움에 나섰다가 네 목숨마저 잃는다. 저들이 비록 표사들과 싸움을 하곤 있지만 우리 같은 쟁자수는 쉽게 죽이지 않으니 조용히 앉아 기다리거라."

강량은 소문이 젊은 혈기에 싸움에 나서려고 한다고 생각했다. 해서 수레 위로 올라가는 소문을 만류했는데 소문은 그런 강량에게 조용히 미소를 짓더니 말리는 강량의 손을 뒤로한 채 수레에 올랐다. 그리고는 표행 때면 항상 수레 위에 올려놓는 자신의 철궁을 집어 들었다.

화살이 많지는 않았지만 여차하면 나뭇가지를 잘라 쓰면 되는 것, 크게 문제될 것은 없었다. 소문이 우선 정한 목표는 이진을 압박하고 있는 호구채의 졸개들이었다.

핑!

날카로운 파공성(破空聲)과 함께 한 명의 졸개가 쓰러졌다. 아니, 연이어 날아온 화살에 이진을 막는 것에만 정신이 팔려 있던 호구채의 졸개들이 줄줄이 쓰러지고 말았다. 이리되니 당황한 것은 지금껏 여유 있게 이진을 몰아붙이고 있던 능패였다. 자신들이 이 싸움에서 이기려면 가장 실력이 뛰어난 이진을 묶는 것이 급선무라 생각한 그는 수하 아홉과 함께 이진을 합공하고 있었는데 그런 그들이 순식간에 쓰러지고 말았으니 당황할 만도 했다.

"자, 그럼 이제……."

그쪽의 상황이 어느 정도 정리되자 소문은 한창 치열하게 싸움이 벌어지고 있는 곳으로 활을 돌렸다. 이미 촉이 있는 화살은 떨어졌지만 몸이 날랜 쟁자수 양지령과 노구가 소문의 눈짓에 따라 벌써 상당수의 나뭇가지를 발 아래에 모아놓은 상태라 화살은 충분했다. 싸움에서 표사들이 진다면 그들 역시 위험하기는 마찬가지인지라 나뭇가지를 모으는 노구와 양지령의 모습은 필사적이었다.

소문이 활을 돌린 순간부터 상황은 급변했다. 호구채의 졸개들이 결정적인 기회를 맞이하여 표사를 핍박할라치면 어느새 날아온 화살에 주춤하게 되고, 그 순간 표사의 검이 그들을 베고 있었다. 그들로서는 환장할 일이었다. 뻔히 날아올 화살에 대비하자니 앞에 있는 표사의 검이 춤을 추었고, 표사에 집중하자니 언제 날아오는지도 모르는 화살의 공격에 노출되었다.

결국 몇 명의 졸개들이 소문을 향하여 필사적으로 다가왔지만 수레에 채 이르기 전에 소문이 날린 화살의 재물이 되고 말았다. 소문이 속사라는 것을 괜히 배운 것이 아니었다.

"크악!"

이진의 도가 능패의 목을 몸과 분리시키면서 호구채와의 치열한 싸움은 끝이 났다. 두목을 잃은 졸개들은 뒤도 안 돌아보고 산채로 도망을 갔다. 그런 졸개들을 보며 한숨을 쉰 이진은 표행단의 상황을 살피기 위해 수레로 다가왔다.

호구채의 녹림도는 그 대부분이 죽고, 도망친 자가 몇 되지 않았지만 천리표국이라 해서 무사한 것은 아니었다. 제일 먼저 죽은 백천기를 비롯하여 표사가 열넷이 죽었고, 부상자는 부지기수였다. 무사한 것은 싸움에 참가하지 않은 쟁자수들뿐이었다.

"허허, 이를 어쩔꼬… 그 많은 표사들이… 그 가족들과 국주에게 뭐라 말을 해야 하나? 허허허!"

참담했다. 자신도 온몸에 상처를 입은 이진은 싸움의 결과에 망연자실했다. 잘 되어가던 협상이 왜 갑자기 깨어졌는지 그 이유를 알 수 없었다. 하지만 마냥 그러고만 있을 수는 없는 일. 허허로운 웃음을 터뜨렸던 이진은 곧 강량에게 이곳의 뒷수습을 맡겼다. 그리고 그 자신은 소문에게 다가왔다.

"자네 이름이 소문이었던가?"

"예, 표두 어른."

"참으로 신기에 가까운 활 솜씨였네. 자네 덕에 우리가 살았구만."

"당치 않은 말씀이십니다. 저야 그저 활로 적들의 정신을 혼란시켰을 뿐입니다."

"아니야, 아니야. 자네의 활약이 없었다면 그 포위 속에서 내가 어찌 살고, 표사들이 어찌 도적들을 벨 수 있었겠나? 정말 대단한 솜씨였어!"

"제 고향에서 사냥꾼으로 일한 게 약간의 도움이 되었을 뿐입니다."

"어찌 되었든 자네의 공은 내 잊지 않음세. 우리들의 은인이야."

이진이 소문의 활약에 칭찬과 감탄을 하는 동안 강량의 지휘에 따라 쟁자수들은 신속하게 움직였다. 우선 시체를 한곳에 모으고 부상자들을 부축하여 상처가 심한 표사들을 우선적으로 치료했다. 다행히 상처를 입은 표사들의 대부분이 가벼운 외상을 입었을 뿐이었다. 이유는 간단했다. 표사들의 실력이 뛰어난 것도 있었지만 죽은 이들은 거의다가 소문이 싸움에 참여하기 전에 당한 것이고 소문의 지원을 얻은 표사들은 그다지 힘들지 않게 싸움을 이길 수 있었기 때문이다.

"일단 시신들은 한데 모아 가매장을 했으니, 후에 다시 이들을 돌보기로 하세. 우선은 이곳을 벗어나 상처들을 치료하도록 하고… 어서 가세나. 이곳은 정말 다신 오고 싶지 않구만……."

 침울한 이진의 말에 모든 이들이 힘없이 움직였다. 다리에 상처를 입은 두 명의 표사는 수레에 올라탔고, 나머지 표사들은 말을 타면 몸이 흔들려 상처 자리에 고통이 온다는 이유 때문에 수레 뒤에서 천천히 걸어왔다. 처음 천리표국을 나설 때만 해도 당당했던 그들은 비록 싸움에서는 이겼지만 너무 많은 희생을 감수해야만 했기에 승리의 기쁨보다는 패배의 슬픔을 맛보고 있었다.

 창암산(蒼巖山)을 벗어난 표행단은 비봉현(飛鳳縣)에 도착할 수 있었다. 이곳에서 사흘을 머물고 다시 정주(鄭州)로 향한 그들은 강량의 예측대로 이후 아무 일도 없이 무사히 목적지에 도착할 수 있었다.

 창암산(蒼巖山)에서의 처절한 전투가 있은 지 보름, 그들이 천리표국을 떠난 지 정확히 열아흐레 되던 날이었다.

 험로를 뚫고 목적지에 도착한 표행단은 비록 표물은 무사히 태화전장(太和錢莊)에 전할 수 있었지만 그동안에 쌓인 피로며 상처가 그들을 더 이상 움직일 수 없게 만들었다. 창암산을 벗어나 잠시 치료를 했지만 그건 단지 임시 방편일 뿐이었고, 계속된 표행 길에 표사들은 물론이고 표두인 이진까지 몸져 누워 있는 상태였다. 태화전장에서는 이들을 위해 세 개의 전각을 내주고 편의를 봐주고 있었다. 그들의 뒷바라지는 표사 덕에 무사히 살아남은 쟁자수들이 맡고 있었다.

"제길, 여기까지 와서 환자나 돌보고 있어야 하다니……."

 마당 한 구석에서 십여 개의 약탕기를 돌보고 있던 노구가 굽혔던 허리를 쭈욱 펴며 투덜거렸다. 그러자 대청마루에 앉아 장기를 두고 있던 장삼봉과 여명이 그런 그를 보며 한소리 했다.

"아, 그러게 누가 긴 종이를 뽑으라나?"

"암, 짧은 걸 뽑았으면 그깟 약탕기를 만지고 자시고 할 필요도 없었을 것을. 하하하!"

"흥! 그리 자신만만해하지는 말게. 내일은 자네가 내 꼴이 될 것이야. 그나저나 소문이는 어디 갔는가?"

"어딜 가긴, 약 달이는 것을 보더니 경기(驚氣)를 하고 도망가지 않았나. 어디서 한숨 자고 있겠지."

"나참, 누가 지 먹으라고 달이나? 겁을 내긴, 그나저나 이곳까지 왔으면 소림사는 한번 둘러보고 가야 하는 것인데……."

"예끼! 이 사람아, 지금 우리의 처지를 보고도 그런 말이 나오는가? 표사들이 다 앓아 누웠는데 우리는 한가로이 유람이나 간다고 하면 강량 어르신이 얼씨구나 하고 보내주시겠다. 나참……."

"누가 뭐라나, 그냥 그렇다는 것이지……."

'어라? 소림사? 소림사가 이 근처에 있었나?'

표사들을 위해 약을 달인다는 소리에 소문은 꽁지가 빠져라 도망을 쳤다. 탕약이라니… 치가 떨리는 소문이었다. 그래도 허겁지겁 도망친 게 미안해서 간단히 술과 안주를 준비해 오는데 때마침 소림사라는 소리 듣게 됐다.

"형님, 소림사라뇨? 소림사가 이 근처에 있나요?"

"흥, 이제사 나타나시는구만. 한데 들고 있는 건 뭔가?"

"헤헤, 술이나 좀 드시라구요."

"술? 허험!"

술이라는 말에 노구는 물론이고 장기에 정신을 빼앗겼던 장삼봉과 여명도 고개를 번쩍 들었다. 소문은 재빨리 대청마루 한곳에 술자리를 만들었다. 장삼봉과 여명은 좋다구나 하고 자리를 차지하고 앉았지만 노구는 소문이 여러 차례나 권하고야 마지못해 끼어들게 되었다.

"한데 아까 하신 말씀 있잖아요?"

"뭐?"

"아, 소림 말입니다. 그게 이 근처에 있나요?"

"그럼, 소림사는 이곳에서 얼마 떨어지지 않은 숭산에 있지. 저기 보이나? 저 산을 돌아 넘어가면 바로 숭산이 보이지."

장삼봉은 연신 술을 들이키며 뜯고 있던 닭다리를 들어 가물가물하게 보이는 산 하나를 가리켰다.

"이곳에서 얼마나 걸립니까?"

"글쎄, 한 이백 리 길은 되지 않나?"

"아니야, 여기서 정확하게 백오십 리 길이지."

저마다 의견이 분분했지만 그건 중요한 게 아니었다. 소문은 그 길로 강량에게 달려갔다.

"소림이라고?"

"예, 어르신. 소림입니다."

"아니, 소림은 왜?"

"제게 꼭 가야 할 일이 있습니다. 그러니 잠시 다녀오도록 허락해 주십시오."

"흠, 어차피 표사들이 저리 누워 있어 당분간 움직이지도 못할 것이니 문제는 없겠지만, 그래도……."

"부탁드립니다. 꼭 가야 할 일이 있습니다."

강량은 잠시 동안 생각에 잠겼다. 그리고는 소문에게 기다리란 말을 하고 밖으로 나갔다. 강량이 다시 방 안으로 돌아온 건 차 한 잔 마실 정도의 시간이 지나서였다.

"그럼 빨리 다녀오도록 하게. 내 표두님께 말씀을 드리니 흔쾌히 허락하시더군. 하지만 될 수 있으면 빨리 와야 하네."

"정말이십니까?"

"허참, 그럼 내 자네에게 거짓말을 해서 무엇 하겠나?"

"예, 어르신. 감사합니다."

소문은 그렇게 신경을 써주는 강량이 고마웠다. 머리를 숙여 여러 번 인사를 한 후 소림사로 떠날 준비를 하고자 방을 물러났다.

소문은 일행이 거주하고 있는 태화전장(太和錢莊)을 떠나 남서쪽으로 백오십 리 정도 떨어진 숭산을 반나절 만에 도착할 수 있었다. 사람이 없는 곳에서는 경공을 시전하며 서둘러서 그런지 자신에게 길을 알려준 장삼봉의 말보다는 훨씬 빠르게 도착할 수 있었다.

"역시 다르군, 달라. 소림이 있는 곳이라 그런가?"

그저 하나의 산일 뿐인데 보면 볼수록 숭산은 뭔가 모를 위엄이 있었다. 그때 갑자기 들려오는 함성이 있었다.

"이얍, 나의 백보신권(百步神拳)을 받아랏!"

"으윽! 좋다. 그럼 나는 탄지신통(彈指神通)이다."

"하하하! 어서 이쪽으로 와 나한진을 펼쳐라!"

한참 언덕에서 무리를 지어 뛰어노는 아이들이 있었는데 그 아이들의 입에서 나오는 말들이 하나같이 소림사의 무공이었다. 소문은 가던 길을 잠시 멈추고 마을 아이들을 지켜보았다.

'역시, 숭산(嵩山) 근처에 오니 분위기가 다르구나. 아이들까지 소림의 무공을 가지고 놀이를 하고……'

소문은 아이들을 바라보며 빙그레 웃음 짓다가 고개를 들어 정면에 보이는 산을 바라보았다.

숭산(嵩山)이 한눈에 들어왔다. 중국 오악(五嶽) 중의 하나로서 태실산(太室山)과 소실산(小室山)의 칠십이 개의 봉우리로 이루어져 있는 산. 하나 사람들에겐 소림사(少林寺)가 위치한 산으로 더욱 잘 알려진 산이었다.

소림사(少林寺)!

북위(北魏)의 효문제(孝文帝)가 발타 선사(跋陀禪師)를 위하여 창건했다고 전해지는 소림사가 일반에 널리 알려진 것은 달마 대사(達磨大師)가 천축(天竺)에서 이곳 소림사로 와 선종(禪宗)을 전파하면서부터다. 달마 대사는 토굴에서 구 년의 면벽을 하고(面壁九年) 얻은 깨달음을 두 권의 책에 나누어 기술하니 그 하나가 역근경(易筋經)이고, 다른 하나는 세수경(洗髓經)이었다.

이 두 권의 비서(秘書)로 수천 년 무림사에 태산북두 격인 소림사의 역사는 시작되었다. 수백 년에 걸쳐 많은 고승(高僧)과 기승(奇僧)이 배출되고 거듭되는 연구와 노력으로 인해 소림의 무학은 날이 가면 갈수록 발전하였다. 특히 역근경과 세수경이 이론적 무공의 최고봉(最高峰)이라면 소림칠십이절예(少林七十二絶藝)는 실전적인 무공으로 자타가 공인하는 최고의 무공들이었다. 그 외에도 많은 무공들이 있으나 얼마나 많은 무공들이 있는지 실제로 알고 있는 사람들은 아무도 없었다.

천년의 역사를 자랑하는 소림사는 이미 숭산 자체를 감히 누구도, 어떤 세력도 넘볼 수 없는 불문무학(佛門武學)의 성지(聖地)로 만들어

버렸다.

　소문은 숭산의 초입에 들어서자 발걸음을 더욱 서둘렀다. 그러나 숭산의 산세는 크고 험해 해가 다 지고 나서야 소림사의 산문(山門)에 겨우 당도할 수 있었다. 요란한 치장도 없이 그저 소림사라 쓴 현판 하나만이 달랑 걸려 초라한 문이었지만 그 낡은 현판 하나를 꺾은 세력이나 사람은 아무도 없었다. 소문은 떨리는 마음을 진정시키며 산문으로 들어서려 하였다.
　"아미타불, 시주는 잠시 발걸음을 멈춰주시오."
　산문에 들어서는 소문을 막는 두 개의 신형이 보였다. 각각 한 손에 봉을 들고 있는 젊은 승려였다.
　"시주, 지금은 예불 시간이 지난지라… 죄송하오나 내일 다시 올라와 주시지요."
　"예? 소림사에도 예불을 하나요?"
　"아미타불, 물론입니다. 절에서 예불을 하는 것은 당연한 일이지요."
　"전 예불을 드리러 온 것이 아니오라……."
　소문은 말을 하다 말고 입을 다물었다. 왠지 소림사에서는 말하는 것도 일반 사람들과는 달라 보였다. 자신이 말실수를 할 듯싶었다. 다른 곳도 아니고 소림에서 말실수라… 안 될 말이었다. 그래서 입을 다물었는데, 산문을 지키는 무승들은 그런 소문을 이상하다는 듯 바라보았다.
　'젠장, 뭐라 말을 하지? 빌려간 반야심경도해(般若心經圖解)를 되돌려주려 한다고 말하기도 뭐하고… 흠, 에라, 모르겠다.'

"저기, 이곳 주지 스님을……."

"허, 방장님은 무슨 연유로 찾으시는게요?"

"주방장이 아니라 주지 스님을……."

"커험, 주지스님을 방장님이라 하오이다. 주방장이라니요!"

약간은 노기 띤 무승의 말에 소문은 깜짝 놀랐다.

'제길, 주방장이면 주방장이지 무슨 방장은…….'

하지만 재빨리 사태를 수습했다.

"아이쿠, 제가 실수를… 저기… 방장님을 뵙고 싶은데…….'

"무슨 연유에서 그러십니까?"

"그게, 방장님을 뵈어야……."

"죄송하오나 방장님은 아무나 만날 수가 없으니 그 연유를 말씀해 주시면 위에 알려보도록 하지요."

"그럼, 저는 을지소문이라는 사람이고 반야심경도해에 대해 말씀을 드리고자 하여 왔다고 전해주십시오."

"흠, 반야심경도해라… 이보게, 무애(無愛). 자네는 반야심경도해라는 것을 알고 있나?"

"글쎄요, 반야심경(般若心經)은 알고 있지만 반야심경도해라는 것은 처음 들어봅니다. 무허(無虛) 사형이 모르시는데 제가 알 리가 없지요"

"아무튼 위에 보고하고 올 터이니 잠시 이분을 모시고 있게."

"예, 대사형. 알겠습니다."

무허라는 사람이 산사 안으로 들어간 지 얼마의 시간이 흘렀을까? 갑자기 부산한 발소리가 나더니 아까 보았던 무허라는 무승과 눈썹이 길게 뻗어 볼까지 이른 이상한 노승 한 분이 소문에게 다가왔다.

"소승은 지객원(知客院)을 맡고 있는 영각(迎覺)이라 합니다. 시주께서 반야심경도해의 행방을 알고 계신다는 분이오?"

자신을 영각이라고 소개한 노승은 다짜고짜 소문에게 질문을 했다.

"예? 아, 예. 제가 알고 있습니다."

소문이 아무 생각 없이 말을 했건만 듣는 영각 대사의 반응은 실로 놀라웠다. 두 손은 부들부들 떨리고, 볼까지 길게 내려온 백미(白眉)는 바람이 없음에도 흩날렸다. 무허와 무애는 그런 노승을 보며 깜짝 놀랐다. 자신들이 소림에 들어온 이래 사부인 영각 대사의 이런 모습은 처음 보는 것이었다. 항상 모시고 있는 이들이 이러니 소문은 더 놀랄 수밖에 없었다.

"뭣들 하느냐? 무허는 어서 가서 방장께 알리고 무애는 시주를 지객원으로, 아니다… 방장실로 모셔라. 오호, 부처님의 은덕이로다. 실로 오십 년 만에 도둑맞은 반야심경도해의 행방을 알게 되다니… 홍복(洪福)이야, 홍복!"

말하는 영각 대사의 목소리는 아까보다 더욱 떨려 있었다. 그러나 이 말을 듣고 있던 소문은 떨리는 정도가 아닌 절벽에서 떨어지는 기분을 느껴야만 했다.

'도… 도둑을… 맞아? 할아버지는 틀림없이 소림에서 빌려온 것이라 했는데… 지미! 그럼 그렇지! 어느 미친놈이 자기 문파의 진산지보(鎭山至寶)를 빌려준담. 어쩐다… 꼼짝없이 죽게 생겼으니… 이대로 도망을……? 아냐… 미치겠네!'

무애 대사를 따라가는 소문은 풀이 죽어 있었다. 도무지 방도가 떠오르지 않았다. 몇 개의 전각을 지나 소문이 도착한 곳은 중원무림의 태산북두(泰山北斗) 소림을 이끄는 방장실이었다.

"방장 사형, 소승 영각입니다."

"어서 오게. 어서!"

소문이 방장실에 들어서자 그곳에 앉아 있는 사람들의 시선이 소문에게 집중되었다. 일견하기에도 한두 사람이 아니었다. 어림잡아도 십여 명은 되어 보이는 노승들이 중앙의 탁자를 중심으로 좌우에 앉아 있었다. 정중앙에 앉아 있는 사람이 소문에게 자리를 권했다.

"어서 오시오. 거기에 편히 앉으시구려. 소승은 이곳 소림을 책임지고 있는 영오(迎悟)라 하오이다. 듣자 하니 시주께서 반야심경도해의 행방을 알고 계신다다고 들었습니다만……."

영오 대사는 떨리는 마음을 진정시키며 막 자리에 앉은 소문에게 질문을 했다. 하지만 이미 소문의 머리 속은 딴생각으로 가득 차 있었다.

'허미, 도망도 못 치겠구나. 이 많은 사람들을 어찌 뚫고 도망을 간다……'

"시주……?"

"네? 아, 예. 제가 알고 있습니다."

소문이 얼떨결에 대답을 하자 방 안에 있던 많은 스님들이 웅성거리기 시작했다.

"오오! 그토록 애타게 찾았건만… 이제야……."

"부처님이 도우신 겝니다!"

"그렇구 말구요! 그렇지 않다면야 어찌 오십 년이 지난 오늘에서야 나타나겠습니까? 안 그렇습니까?"

방 안에 있던 노승들의 반응이 크면 클수록 소문의 근심은 커져만 갔다.

'제길 반응들을 보아하니 훔쳐 간 놈을 잡기라도 한다면 그 자리에서 갈아 마실 분위길세… 아이고! 여기가 내 무덤이 되는구나!'

그런 웅성거림을 잠재우는 소리가 있었다.

"자자, 조용히들 하시고 시주의 말을 들어봅시다. 그래, 반야심경도해는 지금 어디에 있습니까?"

"그게……."

"어려워 말고 말씀하시지요. 혹여라도 문제가 생긴다면 소림이 나서서 책임을 지도록 하겠습니다. 그러니 말씀해 보시지요!"

"그게, 실은……."

"설마, 농을 한 것은 아니겠지요?"

"아닙니다! 그럴 리가요!"

갑자기 엄숙해지는 영오 대사의 반응에 깜짝 놀란 소문이 손사래를 쳤다.

'하늘이시여, 저를 굽어살피시옵소서!'

소문은 마침내 결심을 했다. 죽이든 살리든 이미 소림을 찾아온 것, 소문은 자신의 품에서 반야심경도해를 싸고 있는 보자기를 꺼내 영오 대사에게 넘겨주었다.

"아미타불, 아미타불, 오오!"

영오 대사는 연신 불호를 외치며 천천히 보자기를 풀었다. 그러자 드러나는 책! 낡은 표지 중앙에는 반야심경도해라고 쓰여진 비급이었다.

"아미타불!!"

"오! 오!"

방 안의 모든 사람이 엄숙하게 합장을 하였다. 무허나 무애도 얼떨결에 합장을 하기는 하였지만 무슨 영문인지는 알지를 못했다. 해서 그들의 사부인 영각에게 조용히 그 연유를 물어보았다.

"사부님, 도대체 어찌 된 영문인지……."

"흠, 너희들은 잘 모르겠구나. 내가 소사미 때에 일어난 일이니……."

영각 대사는 자신의 두 제자에게 지난날의 사연을 얘기해 주려고 했지만 방장의 목소리에 곧 묻혀 버리고 말았다.

"아미타불! 시주, 진정 고맙소이다. 이 비급은 저희 소림의 최고의 무공비급 중 하나로 오십여 년 전에 악적에게 도둑을 맞고 영영 잃어버리는 줄 알았소이다. 한데 시주 덕에 이리 찾게 되었으니 무어라 감사의 말을 해야 할지 모르겠소이다!"

"아닙니다. 별말씀을요. 저도 우연히 얻은 것에 불과합니다."

"아니, 우연히 얻다니요?"

"예, 저는 조선으로 건너온 사람으로 지금은 천리표국에서 쟁자수로 일하고 있습니다. 며칠 전에 이곳 정주로 오는데 음식을 구하다가 길을 잃고 헤매던 중 우연히 하나의 동굴에서 하루를 묵게 되었습니다. 그곳에서 잠을 자는데 갑자기 한기가 치솟더니 땅속에서 하나의 목합이 보이는 것이었습니다. 그것을 재빨리 파내어 열어보니 이 책과 이것은 소림의 것이라는 글이 놓여 있었습니다. 해서 그 동굴을 벗어나 이곳으로 오게 된 것입니다."

"……?"

아무도 몰랐다. 도대체 소문이 무슨 소리를 하고 있는지는 방장도 몰랐고, 주변의 많은 노승들도 이해를 할 수 없었다. 하긴 말을 한 소문 자신도 무슨 소리인지 헷갈리고 있는데 그들이 알 까닭이 없었다. 물론 일부러 그렇게 혼란스럽게 말을 한 것이지만 소문은 여기서 만족하지 않았다. 작업을 하려면 확실히 해야 했다.

"제 말이 다소 이해하기 어려워도 이해를 해주십시오. 제가 조선에서 건너가 중원 말을 배운 지가 얼마 되지 않아서 말의 앞뒤가 잘 이어지지 않습니다."

"아, 그렇소이까? 그래도 상당히 잘하시는구려."

그제야 약간의 감을 잡은 계율원주(戒律院主) 영묘(迎妙)가 이해를 했다는 듯이 말을 받았다.

"그러니까 시주의 말은 우연히 동굴에서 반야심경도해를 얻었고, 소림의 것이라 쓰여 있어서 본사로 가져오셨다는 말씀 아니오이까?"

'옳지! 바로 고거거든… 크크크!'

소문은 자신의 의도가 맞아 들어가자 회심의 미소를 지었다.

"예, 대사님, 그리 말을 하였습니다."

"허허, 이리 고마울 데가… 한데 시주께서는 천리표국에서 일하신다고 하셨소?"

"예. 그곳에서 쟁자수로 일하고 있습니다."

소문은 방장의 말에 공손하게 대답을 했다.

"아미타불! 이런 인연이… 그곳의 국주가 소림의 속가제자(俗家弟子)거늘……."

"그렇습니다. 전원삼이라고 제가 잠시 가르쳤습니다. 상당히 뛰어난 자질을 지니고 있었던 아이지요."

방장의 옆에 있던 한 노승이 한 마디 거들었다.

"아무튼 정말 고맙소이다. 우리 소림은 결코 시주의 고마움을 잊지 않을 것이오."

"아닙니다. 제가 뭘… 그저 소림에 전해주게 되어 다행일 따름입니다. 그럼 제가 할 일은 끝났으니 저는 이만 돌아가도록 하겠습니다."

소문은 어서 빨리 이곳을 벗어나고 싶었다. 지금이야 이들이 포기하고 있던 반야심경도해를 찾은 기쁨에 들떠 자신의 말을 한쪽 귀로 듣고 있었지만 시간이 지나게 되면 어떻게 상황이 변할 줄은 아무도 몰랐다. 언제 자신을 쳐 죽이려고 달려들지 모르는 일이었다. 하지만 그런 그를 순순히 놔줄 소림은 아니었다.

"무슨 소리를 하시는 겝니까? 저희 소림의 은공을 이리 보내면 강호의 동도들이 비웃습니다. 아니 되지요. 무허와 무애는 무얼 하는가, 어서 모시지 않고! 이 시주를 모시게!"

"아니요. 괜찮습니다만······."

'지미, 돌아가시겠고만!'

소문이 어떻게든 이곳을 벗어나려고 머리를 굴릴 때였다. 아주 천천히, 그리고 조용히 방장실로 들어오는 오 척 단구의 노승이 있었다.

"반야심경도해가 돌아왔다지?"

"예, 사숙조님."

"아미타불, 다행이군··· 그래, 그걸 가지고 왔다는 젊은 시주가 저 친구인가?"

"그렇습니다. 동굴에서 우연히 구해 본사에 가지고 왔다고 합니다."

'이야, 저 스님이 이곳에 최고 어른인 모양이네그려. 다들 꼼짝 않고 서 있네.'

오 척 단구의 노인이 들어서는 순간 방 안에 앉아 있던 모든 스님들이 깜짝 놀라 일어서더니 그 노승에게 일제히 합장을 했다. 그건 방장이라고 예외는 아니었다. 하긴 소림사의 방장이라는 사람이 그 노승에게 사숙조라 부를 정도니 그런 행동들이 이해가 갔다.

소문은 자신에게 천천히 걸어오는 노승을 자세히 살펴보았다. 키는 작고 힘이라고는 하나도 쓸 수 없을 정도로 깡마른 스님이었다. 한데 보면 볼수록 묘한 기분이 들었다. 노승이 걸음을 옮길 때마다 은근히 전해지는 무형(無形)의 압력이 있었다. 순간 깨닫는 바가 있었다.

'고수다! 그것도 엄청난 고수다!'

그 노인은 이미 자신의 실력을 가늠하고 있는 듯했다. 계속해서 가중되는 압력, 소문도 어쩔 수 없이 기를 모으고 있었다. 그런데 갑자기 자신에게 밀려오던 압력이 씻은 듯이 사라졌다.

"허허, 선재(仙才)로다. 아미타불!"

노승은 뭐가 그리 좋은지 입가에 가득 미소를 짓고 있었다. 노승은 소문에게 둔 시선을 거두고 영오 대사에게 말을 했다.

"이 시주와 잠시 나눌 말이 있으니 그를 장경각(藏經閣)으로 보내도록 하게."

"그리 하지요."

"그리고, 무무(無武)도 불러주고."

"옛? 무무는 어인 연유로 그러시는지요?"

"무무가 요즘 도통 발전이 없다네."

"그리 하겠습니다."

영오 대사는 노승의 말에 상당한 놀라움을 표시했지만 곧 노승이 원하는 대로 조치를 취했다. 다른 스님들은 도대체 무슨 영문인지 몰라 어리둥절했지만 감히 물어볼 엄두를 내지 못했다.

지금 그들 앞에서 말하고 있는 노승이 누구인가? 자신들의 사부의 사숙뻘 되는, 소림에서는 유일하게 남은 광(光) 자 배의 스님으로 아직도 장경각을 담당하고 계신 어른이 아니신가? 그들이 숨도 제대로 못 쉬고 있는 것은 너무나 당연했다.

"무애는 무무를 불러 장경각으로 데리고 가고, 무허는 이 시주를 모시고 가라."

"예."

노승은 뭐가 좋은지 연신 웃으며 소문을 보았다. 소문은 그런 노승에게서 왠지 모를 불안감을 느끼며 장경각으로 가야 했다. 장경각에 도착하자 이미 무애 스님이 도착해 있었다.

"태사숙조를 뵈옵니다."

무애와 같이 온 젊은 승려는 공손하게 인사를 했다. 무무라 했던가? 노승은 역시 웃음을 지을 뿐이었다. 그리고는 무허와 무애에게 조용하게 말을 했다.

"이제 너희들은 가보도록 해라."

"예, 그리하겠습니다."

무허와 무애가 장경각을 빠져나가자 노승은 중앙에 마련된 의자를 소문에게 권하고 노승 또한 의자에 앉았다. 무무라고 한 젊은 승려는 노승의 옆에 가지런히 서 있었다.

"반야심경도해를 본사에 돌려주었다지?"

"예? 아, 예. 우연히 그것을 얻게 되어······."

"허허, 시주는 거짓말도 참 잘하는군."

"옛? 거짓말이라뇨. 제가 어찌······."

그렇게 말하는 소문의 목소리는 상당히 떨려 있었다. 하지만 노승은 소문의 반응은 상관하지 않았다.

"주(主)였나, 아님 보(補)였나?"

"······."

"괜찮으니 말을 하도록 하게."

'제길, 다 알고 있었고만… 어쩔 수 없지…….'
"보였습니다."
"허, 진정 보란 말인가? 아니, 그것이 보로 쓰일 정도의 물건이 세상에 있더란 말인가?"
혹시나 하던 노승은 소문의 말에 경악을 금치 못했다. 옆에 가만히 시립해 있던 무무는 도통 무슨 소리를 하는지 몰랐다. 주는 뭐고 보는 또 뭔지…….
"그래, 그때 그의 무공 실력을 감안한다면 보가 될 수도 있음이니. 그때 그는 자네와 어찌 되는 사이인가?"
"저의 고조부 되십니다."
"그는 정말 대단했어! 나의 모든 무공을 단지 보법 하나로 쉽게 막아내더군. 결국 연대구품(連臺九品)과 함께 시전한 백보신권(百步神拳)으로 한 번의 공격은 성공할 수 있었지만 아무래도 그것은 그가 일부러 맞아준 것 같은 기분이 든단 말이야… 그는 나에게 한 번의 공격도 하지 않았지. 그가 말하길 때가 되면 반야심경도해를 반드시 돌려주겠다고 하고는 사라졌지."
'흠, 출행랑 얘기군. 연대구품이라… 그래 할아버지가 출행랑에 비견될 보법으로 말한 적이 있는 것도 같은데…….'
"그래, 어떤가? 반야심경도해를 익히기는 다 익혔나?"
"다 익힌 건지 잘 모르겠습니다. 하지만 더 이상 제게 필요없는 물건이 되었으니 다 익혔다고 봐도 무리는 아닐 듯싶습니다."
"역시! 내 보기에도 이미 자네는 상당한 경지에 이르렀군, 그래."
"과찬이십니다."
노승은 잠시 말을 멈추더니 무무를 가리키며 말을 이었다.

"이 녀석도 지금 상당한 실력을 쌓았다네. 소림에선 방장을 빼고는 상대할 사람이 별로 없을 걸세."

소문은 상당히 의외라는 표정을 지었다. 무무의 나이는 많게 보아줘도 서른 초반이었다. 한데 어찌 소림의 노승들을 능가한단 말인가? 자신이야 좀 특이한 경우지만 소림같이 명문정파들의 내공은 단기간에 속성으로 익히기가 쉽지 않기 때문에 어린 나이에 윗사람을 뛰어넘는 것은 웬만한 자질과 노력이 없으면 어림도 없는 소리였다. 그런 소문의 심정을 안다는 듯이 노인은 한마디를 덧붙였다.

"그가 다음대의 소림의 수호신승일세(守護神僧)."

"그게 뭐지요?"

"……."

노승은 태연하게 대꾸하는 소문의 말에 처음으로 황당하다는 표정을 지었다.

수호신승(守護神僧)!

노승의 말에서 나온 말은 틀림없이 수호신승이었.
소림에는 두 가지의 전설(傳說)이 있었다. 하나는 사람들에게 익히 알려진 전설이고, 다른 하나는 그 누구에게도 알려지지 않은 오직 단 한 사람 소림사의 방장에게만 구전(口傳)되어 내려오다가 최근에야 사람들 입에 오르내리는 전설이었다.

사람들에게 익히 알려진 전설은 소림사가 자랑하는 백팔나한진(百八羅漢陣)이었다. 백팔나한진은 소림사의 나한전(羅漢殿)에 속한 무승(武僧) 백팔 명이 하나의 거대한 진을 만드는 것으로 지금까지 수많은 도

전에도 불구하고 한 번도 꺾이지 않은 절대의 위력을 지닌 최고의 진(陣)이었다.

지금으로부터 약 사백 년 전 희대의 살인마(殺人魔)였던 인도부(人屠斧) 궁태악(宮太惡)이 혈세궁(血世宮)을 만들어 무림을 도륙(屠戮)하고 있을 때 아무도 그를 막아서지 못했다. 하지만 그런 그도 백팔나한진에 힘 한번 써보지 못하고 무릎을 꿇고 말았다. 삼백 년 전에도 같은 일은 되풀이되었다. 강남(江南)에 있는 거의 모든 문파를 무릎 꿇린 수라마제(修羅魔帝)는 마도 사상 최고의 고수로 손꼽혔다. 그러나 당당하게 소림에 도전한 그도 백팔나한진을 뚫지 못하고 쓰러져 갔다. 그 외에도 많은 세력과 개인이 백팔나한진을 뚫어보고자 애를 썼지만 누구도 해내지 못했다. 이것이 사람들에게 알려진 소림의 첫 번째, 불패(不敗)의 전설이었다.

약 사십여 년 전 또 한 번의 전설이 만들어지는 듯했다. 중원 무림은 한 사내의 출현에 전전긍긍했다. 아니, 그는 철저하게 마도만 상대했으니 마도무림이라 일컫는 것이 옳을 것이다. 최초 그가 하나의 검을 들고 출도했을 때 그를 주목하는 사람은 아무도 없었다. 하지만 사의 종주라 자부하던 혈사제(血師帝)가 단 삼 초만에 목이 달아나자 그 시선이 달라지기 시작했고, 이후 구류마존(九流魔尊)과 뢰마신(雷魔神) 율사(率絲)마저 꺾자 모든 이들은 경악을 했다. 그의 보보(步步)마다 시선이 따르고 행동 하나하나에 중원의 눈과 귀가 주시했다. 그는 약 삼 년간 그렇게 중원의 마도고수(魔道高手)들과 비무행(比武行)을 가졌다.

정확하게 사백일흔일곱 번의 비무의 승리를 통해 그는 이미 마도무림의 신으로 추앙받기 시작했다. 효웅(梟雄)과 패웅(覇雄)들이 앞을 다투어 그의 발 아래 무릎을 꿇었고, 그의 강함을 추종하는 무리들이 모여 하나의 단체를 만들게 되니 전 중원무림의 절반을 지배하는 마도무림의 하늘 패천궁(覇天宮)은 그렇게 탄생하게 되었다.

하지만 그게 끝이 아니었다. 그동안 정도와는 철저하게 거리를 두어 온 그가 갑자기 발걸음을 소림으로 돌렸다. 그와 발맞추어 정도의 무림인들과 마도의 무림인이 일제히 숭산을 오르기 시작했다. 온 중원의 시선이 쏠린 가운데 그는 백팔나한진에 단신으로 도전했다. 이틀의 낮과 밤을 꼬박 세운 싸움에서 모든 무림인들의 예상을 뒤엎는 결과가 나왔다. 지금까지 그 누구도 넘보지 못하던 백팔나한진이 처음으로 깨진 것이었다. 마도무림은 환호했고, 정도무림은 망연자실할 수밖에 없었다. 정도무림 최후의 보루인 소림이 무너졌다면 다가올 패천궁과의 중원 다툼의 결과는 손금 보듯 뻔했기 때문이다. 백팔나한진을 깨뜨린 그는 한자리에 모여 있는 정도무림의 영수들에게 당당하게 물었다.

"내가 중원을 접수해도 되겠소?"

아무도 그의 말에 토를 달지 못했다. 정도무림이 결딴나는 순간, 조용히 나선 사람이 있었다.

[시주, 빈승을 따라오시지요. 소림의 진정한 힘을 보여드리겠소이다.]

당시 소림사의 방장이었던 혜명(慧冥) 대사는 그를 조용히 나한전(羅漢殿)으로 청했다.

'진정한 힘이라… 소림에 백팔나한진 말고 다른 것이 있단 말인가? 좋군!'

혜명 대사의 전음을 듣고 호승심이 생긴 그는 혜명 대사가 이끄는 대로 나한전 안으로 들어갔다. 하나 그의 기대와는 달리 그곳 연무장에는 오 척 단구의 노승이 지팡이 하나를 들고 서 있을 뿐이었다. 그는 벌컥 화를 냈다.

"장난하시는 게요?"

그의 목소리는 나직했지만 힘이 있었다. 여차하면 소림을 쓸어버리겠다는 살기도 은은히 내포하고 있었다. 하지만 그런 그에게 시선을 거둔 혜명 대사는 오 척 단구의 노승에게 공손하게 말을 했다.

"죄송합니다. 백팔나한진이 무너진 이상 소림을 지켜주실 분은 사숙뿐이 아니 계십니다. 이 죄는 방장의 직위를 내놓고 십 년 간 묵언정진(默言精進)을 하는 것으로 대신하겠습니다."

"그럴 필요 없네. 어차피 내가 맡은 숙명인 것을……."

오 척 단구의 노인은 노기를 띠고 있는 그에게 다가갔다.

"대단한 기세를 지녔구먼. 그 정도면 십여 년 전에 본사를 다녀간 인물과 비견되는 기세야. 하나 실력은 어떤지……."

"스님이 뉘신지는 모르나 비켜서시지요!"

"허허! 적에게 아량을 베푸는 걸 보니 그대의 심성이 과히 나쁘지는 않군……."

노승은 뭐가 좋은지 입에 웃음을 머금었다. 그리고는 들고 있던 지팡이를 그에게 조용히 겨누었다.

"자네에게 지금부터 세 번의 공격을 하겠네. 한번 피해보게나!"

"더 이상 농을 하면 참지 않겠소이다!"

그는 노승이 자신을 우롱하는 것 같아 불같이 화를 냈다. 그러나 천천히 날아오는 지팡이는 그런 그의 마음을 천리 밖으로 던져 버렸다.

"헛!"

어느새 노승의 지팡이는 그의 가슴에 살며시 닿아 있었다. 노승은 웃고 있었지만 그는 결코 웃을 수 없었다.

"자, 다시 가네. 이번엔 정신을 차려 막아보게!"

노승은 다시 한 번 지팡이를 움직였다. 그는 정신을 집중하고 지팡이의 움직임을 바라보고 있었다. 하나였던 지팡이가 두 개로, 두 개에서 네 개로, 그리고는 온 나한전을 지팡이의 그림자로 뒤덮어 버렸다. 어찌 손을 쓸 방법이 없었다. 자신이 아는 모든 무공을 동원해도 저 지팡이를 막을 방법이 없었다. 그가 정신을 차렸을 때는 아까와 마찬가지로 지팡이가 그의 가슴을 지그시 누르고 있었다. 만약 상대가 자신에게 조그마한 살심(殺心)이라도 가지고 있었다면 이미 싸늘한 시체가 되어버렸을 자신이었다. 무림에 출도해 처음 당해보는 치욕이었다. 엄청난 패배감에 몸을 떨었지만 그는 진정한 무인이었다.

"하나의 초식이 더 남았겠지요? 하나 두 번째의 초식으로 충분했습니다. 이제야 세상이 얼마나 넓은지를 알았습니다. 정저지와(井底之蛙)라더니 제가 그 꼴이었군요. 한데 그 무공의 이름은 무엇입니까?"

그는 깨끗하게 자신의 패배를 인정했다. 그리고 자신을 패배시킨 무공이 무엇인지를 당당하게 물었다. 그런 그를 보는 노승의 얼굴에 다시 미소가 지어졌다.

"달마삼검(達摩三劍)이라 한다네. 수호신승(守護神僧)에게만 전해지는 소림의 비전(秘傳)이라네……."

'달마삼검이라…….'

"언젠가 그것을 꺾을 검을 가지고 오겠습니다. 그럼……."

그는 노승을 바라보며 정중하게 인사를 했다. 그리고는 들어올 때와 마찬가지로 당당하게 나한전을 벗어났다. 그런 그를 보며 노승은 여전히 자애스런 미소를 짓고 있었다.

"인물이야! 인물… 아미타불."

나한전을 벗어난 그는 자신을 바라보는 많은 사람들 앞에서 당당하게 자신의 패배를 시인했다.

"내가 오늘 백팔나한진을 깨뜨리기는 했으나 소림의 진정한 힘은 따로 있었다. 수호신승(守護神僧)이 지닌 무공은 지금의 나로서는 도저히 넘을 수 없다. 하지만 언제가 그 힘을 이겨낼 때 내 다시 소림에 오를 것이다."

그는 그를 추종하는 무리를 이끌고 그들이 만든 패천궁으로 돌아갔다. 수호신승이라는 이제껏 알려지지 않은 소림사의 힘이 세간에 알려지고 또 하나의 전설이 만들어지는 순간이었다.

이후 지금까지 다시 돌아오겠다는 말을 남기고 돌아선 그는 소림에 도전을 하지 못하고 있었다. 하지만 여전히 패천궁의 자리를 지키며 마도무림을 호령하고 있었으니 그의 나이 올해 일흔둘, 파멸신검(破滅神劍) 구양풍(邱暘風)이라는 이름을 가지고 있었다.

그런데 여기서 다시 그 수호신승이 거론되고 있었으니…….

"내가 육십 년을 했으니 이제 물려줄 만도 하지. 한데 문제는 이 녀석일세. 수호신승은 대대로 일맥으로 내려오도록 되어 있고, 그 정체를 아는 사람도 오직 장문인으로 한정되어 있다네. 아직까지는 학승(學僧)의 신분으로 제 본분을 숨기며 잘 하고 있지만 스스로의 실력에 자만하여 그 실력이 도무지 나아가지 않고 답보 상태에 머물러 있으니 내 걱정이 이만저만이 아니네. 해서 그 자만심을 자네가 깨뜨려 주었으면 하는데… 어떤가?"

"제가 무슨 힘이 있다고 그러십니까? 저는 그저 약간의 성취를 보았을 뿐입니다."

"흠, 그래. 그렇다면 할 수 없지. 참, 아직 장문과 그곳에 모인 아이들이 자네의 고조부가 반야심경도해를 가지고 간 것을 모르지 아마……."

노승은 말하면서 소문의 눈치를 곁눈질로 바라보았다. 과연 예상대로 소문의 얼굴은 처절하게 일그러졌다.

소문은 자신을 보며 싱글거리는 노승을 보며 문득 자신의 할아버지가 생각났다.

'흥! 고승 좋아하네. 늙으면 다 똑같아! 능글맞고, 꼬장 부리기 좋아하고… 제기랄, 잘못 걸렸어!'

소문은 억울하다는 듯이 노승을 쳐다보았다.

"제가 무슨 수로 그의 자만심을 깨뜨린다는 말입니까?"

"허허, 간단하지. 자네와 무무가 비무를 하면 간단하게 이루어지는 것이 아닌가?"

그러자 그동안 조용히 듣고만 있던 무무가 발끈하여 말을 했다. 키만 멀대같이 큰 이 시주가 도대체 어느 정도의 실력이길래 자신과 비무를 시킨단 말인가? 비무 정도가 아니라 태사숙조는 아예 그가 자신을 패배시킬 것을 당연하게 여기고 있는 말투였다. 자존심이 상했다.

"감히 한 말씀 올리겠습니다. 제가 어리석어 태사숙조께서 걱정을 하시는 것은 알겠사오나 제자, 저런 시주에게 패배할 정도로 약하진 않습니다. 그러니 비무를 하라는 말씀은 거두어주십시오."

'옳지 잘한다. 잘해! 가만… 그런데…….'

소문은 무무가 노승에게 하는 말을 듣고 처음엔 자신의 생각과 일치하는 부분이 있어서 좋아했지만 그 뜻을 다시 한 번 헤아려 보자 은근히 부아가 치밀어 올랐다.

'흠, 저런 시주에게 패배할 정도로 약하지 않다? 저 땡중을 그냥… 아니야. 참아야 하느니…….'

소문은 울컥 치밀어 오르는 화기를 가라앉혔다. 하지만 노승은 그런 소문을 가만 놔주질 않았다.

"무무, 너는 내 명에 따르면 그만일 것이고, 어떤가? 아직도 결정을 내리지 못했는가? 그럼 어쩔 수 없지. 장문인이나 만나러 가볼까……."

"…알았습니다. 비무를 하지요……."

소문은 결국 노승의 의도대로 따르기로 하였다. 어디까지나 노승의 부탁을 받아들인 것이지 절대로 소림이 무서워서 그런 것은 아니었다라고 생각만 하는 소문이었다.

'단숨에 끝내 버린다!'

무무는 자신이 그렇게까지 말했는데 비무를 시키려는 태사숙조에겐 서운한 마음을, 또 비무를 하려는 소문에게는 상당히 악감정을 품고 비무에 나섰다. 하지만 소문은 소문대로 딴생각이 있었다.

'한 방만 맞고 빨리 끝내야지.'

"잠깐, 여기서 비무를 할 참이냐? 따라오너라."

노승은 장격각 한 가운데로 나서는 소문과 무무를 가볍게 질책하고는 자신이 앉아 있는 곳의 의자를 치우고 판자 하나를 들어냈다. 아래에 무엇이 있는지는 몰라도 계단이 눈에 띄었다. 소문과 무무는 조용히 노승의 뒤를 따랐다. 어두운 계단을 따라 한참을 내려가는데 무무는 이미 이곳에 익숙해져 있는 눈치였다.

"자, 이곳에서 멋들어지게 한번 붙어보거라."

장경각의 지하에 이처럼 거대한 연무장이 있을 줄은 아무도 상상하지 못했을 것이다. 얼핏 보기에도 그 크기가 이십여 장에 이르니 도대체 이걸 어찌 만들었을까 하는 생각도 들게 했다. 노승은 연무장 주변에 걸려 있는 횃불에 차례로 불을 밝히며 소문과 무무의 비무를 종용했다. 두 사람 다 내키지는 않았지만 어쩔 수 없는 일, 천천히 연무장 중앙에서 서로를 마주 보며 서게 되었다.

"아미타불, 내키지는 않으나 어쩔 수 없는 일, 최선을 다해주시기 바랍니다."

"아, 예. 그저 빨리나 끝내주십시오."

소문은 정중한 무무의 말에 대답을 하는 둥 마는 둥 했다.

무무는 천천히 동작을 취했다. 양손을 모아 소문에게 절을 하는 듯한 행동을 보였다. 처음 비무를 시작하는 상대에게 예를 표하는 동자배불(童子拜佛)이었다. 소문도 얼떨결에 고개를 숙여 인사를 했다. 잠시 동안 동자배불의 자세를 취하던 무무의 동작에 변화가 오기 시작했다. 그는 천천히 소문에게 손을 뻗었다.

"천수장(千手掌)!"

한 개의 손이 아니었다. 두 눈 딱 감고 한 대만 맞고 쓰러지려는 소문의 몸을 강타한 것은 처음에 보였던 것처럼 한 번의 손길이 아니라 수십 번의 손길이었다. 아니, 소문이 느끼기엔 수백 번처럼 여겨졌다. 천수장은 한 번의 공격으로 끝나는 것이 아니라 공격이 계속하여 중첩되고, 허초와 실초가 마구 뒤섞여 상대의 눈을 현혹하고 마침내는 상대를 절명케 하는 무서운 수법이었다. 그런 장법을 수도 없이 맞았으니 소문이 저렇게 구석에 처박히는 것도 이해는 되었다. 그런 소문을 보며 무무는 깜짝 놀랐다.

'아뿔싸, 태사숙조가 비무를 시킬 정도면 상당한 수준의 무인이라 생각하고 손을 썼건만 이런 실수를… 한데 저 시주의 무공은 몰라도 몸은 상당히 강인하군. 손이 이리 저리는 것을 보면…….'

하지만 무무는 자신의 그런 생각을 곧 접어야 했다. 죽은 듯이 쓰러져 있던 소문이 천천히 몸을 일으키고 있었다. 소문의 입가에는 조금씩 피가 흐르고 있었다.

"어이, 땡중! 한 대만 때리라고 했지… 누가 그리 무식하게 패라고 했지? 내가 풀어놓았던 기를 원래대로 안 돌렸으면 꼼짝없이 죽을 뻔했잖아."

사실, 소문은 한 방만 맞고 패배를 시인하려는 마음에 자신의 모든 혈을 보호하고 있는 반야심경도해의 기력을 잠시 한곳으로 이동시켜 막아놓고 있었다. 한데 무무의 공격이 한 번으로 끝나는 것이 아니라 계속 이어지고 온몸을 강타하는 것이 아닌가? 소문은 급히 막아놓았던 기를 풀어 몸을 보호했다. 무무가 마지막에 느꼈던 고통은 이런 기의 반탄력으로 생긴 것이었다. 아직도 계속되는 고통에 소문은 처음 생각을 수정했다. 자신은 한 번으로 끝내려고 알뜰히 준비했건만 땡중은 그게 아닌 모양이었다.

"흥, 좋아! 좋아! 누가 이기나 함 해보자고."

소문은 자신의 단전에 처박혀 있는 내공을 끌어올렸다. 그리고는 천천히 발을 움직였다. 그런 소문을 바라보는 무무의 눈에 언뜻 긴장이 스쳤다. 소문의 몸에서 흘러나오는 예기가 심상치 않았기 때문이었다.

"간닷!"

소문은 기합성과 함께 무무에게 달려갔다.

퍽!

"크헉!"

무무가 미처 대비하기도 전에 소문의 주먹이 그의 가슴을 후려쳤다. 비록 특별히 권장지술을 익힌 것은 아니지만 이미 내공이 실린 소문의 주먹은 어떤 무기보다 강력했다. 소문의 주먹을 가슴에 맞은 무무는 신형을 이리저리 비틀며 간신히 몸을 세웠다. 그도 역시 입에서 선혈을 내뿜고 있었다. 무무는 경악이 뒤섞인 눈으로 소문을 쳐다보았다. 아무리 자신이 방심을 하고 있었다지만 그런 빠름은 도무지 이해할 수가 없었다. 하지만 생각만 하고 있을 수는 없었다. 어느새 소문의 공격이 또 한 번 이루어졌다.

퍽!

무무는 이번에도 막지 못하고 소문의 주먹에 몸을 휘청거렸다. 그러자 옆에서 구경하고 있던 노승이 껄껄 웃으며 무무에게 말을 했다.

"그것 보거라. 저 시주가 네 자만심을 꺾어준다고 하지 않았더냐?"

"아… 직, 끝나지 않았습니다."

무무는 신형을 곧추세우더니 눈을 감았다. 그런 모습을 바라보는 노승의 눈에 이채가 스쳤다.

'금강부동신법(金剛不動身法)이라… 제대로 선택했구나!'

무무의 신형에서 은은히 금광이 흘러나왔다. 하지만 소문은 신경을 쓰지 않았다. 다시 한 번 무무에게 다가갔다. 한데 이번은 아까와는 달랐다. 아직 제대로 쫓아오진 못했지만 제법 자신의 속도에 맞추어 방어를 하며 때때로 반격까지 했다. 그러자 당황한 것은 오히려 소문이었다. 아무래도 체계적인 주먹질이 아니라 마구잡이로 휘둘러 대는 주먹인지라 점차로 무무의 반격에 밀리고 있었다. 무무는 지금 금룡십이해(金龍十二解)라는 금나수(擒拏手) 수법으로 소문의 주먹을 막고 무상각(無上脚)과 탄지신통(彈指神通)으로 반격을 했다. 특히 탄지신통은 마구잡이인 주먹질의 약점을 요리조리 찔러가며 소문의 공격을 약화시키고 있었다. 소문은 작전을 바꿔야 했다.
"흥, 땡중이 그리 나온다면 나도 생각이 있지."
소문은 갑자기 몸을 뒤로 빼더니 어깨에 메고 있던 철궁을 풀었다.
"까짓, 주먹질을 하지 못하면 안 하면 될 것 아냐!"
소문은 이상하다는 듯이 자신을 바라보는 무무에게 시위를 당겼다. 화살도 없는 시위를 당기다니… 무무는 이해를 할 수 없었다. 하지만 그런 자신의 방심이 얼마나 멍청했는지 알 수 있었다.
"헉!"
소리도 없었다. 형체도 없었다. 다만 자신의 어깨를 꿰뚫고 가는 무언가를 느낀 것은 고통이 무무를 엄습한 다음이었다.
무영시(無影矢)였다. 소문은 다시 한 번 시위를 당겼다. 정신을 집중하고 있던 무무는 이번엔 놓치지 않았다. 소문이 시위를 놓는 순간 엄청난 기운이 자신을 덮쳐 왔다.
'막을 방도가 없다.'
무무가 아무리 머리를 굴려봤지만 자신이 알고 있는 권장지술로는 그 기운을 감당할 자신이 없었다. 자신의 수련이 아직 부족해 아직 금강불괴의 수준에는 이르지 못했기 때문이었다. 저것을 감당할 무공은 곤이나 봉 등 무기를 써서 막는 것뿐이었다. 하지만 지금 무무에게는 그 어떤 무기도 없었다. 계속되는 공격에 무무는 겨우 땅바닥을 굴러서 피할 수 있었다. 소문은 계속해서 무무를 땅바닥에 굴리고 다녔다.
"그만! 이미 승부는 끝이 난 것, 그만 하거라."
무무가 얼마나 땅을 굴러다녔을까? 노승은 비무를 멈추게 했다. 소문은 싱글거리며 웃고 있었고, 무무는 고개를 숙이고 있었다.

"이제 세상이 얼마나 넓은 것인지를 너도 알 수 있을 것이다. 오늘 일을 거울 삼아 더욱 정진하거라."

노승은 고개를 푹 숙이고 있는 무무에게 부드럽게 말을 했다. 하지만 무무는 수긍하지 않았다.

"태사숙조님, 아직 쓰지 않은 무공이 있지 않습니까? 그것이라면 충분히 막을 수 있습니다. 또한 아직 저는 최선을 다하지 않았습니다."

억울하다는 무무를 보며 노승은 화를 내지 않았다. 다만 조용하게 타일렀다.

"달마삼검을 말함이냐? 하나 지금 네가 성취한 수준으론 어림도 없다. 저 시주가 너를 맞히지 못해서가 아님을 왜 모르느냐. 그리고 네가 최선을 다하지 않았음은 나도 알고 있다. 명색이 수호신승이 그리 약하지는 않지. 하지만 너는 느끼지 못하겠지만 나는 알 수가 있다. 저것이 끝이 아님을, 저 정도의 무공을 익히려고 반야심경도해를 훔치지는 않았을 것! 안 그런가?"

노승은 확신을 한다는 듯 소문에게 질문을 던졌다. 소문은 분위기가 분위기이니만큼 정중하게 대답을 했다.

"삼초식의 검법이 있습니다."

"역시, 예상대로군! 틀림없이 위력 또한 대단할 것이야. 아니 그런가?"

"……."

"흠, 부탁하기는 뭐하지만 무무가 패패를 인정하지 않으니 그 무공을 잠깐이나마 견식시켜 주지 않겠나? 이 늙은이의 부탁이네."

노승은 미안한 표정으로 소문에게 부탁을 했다. 처음부터 드러내지 않았으면 모르되 이미 자신의 무공을 드러낸 이상 감출 것도 없었다.

"그러지요."

소문은 노승이 짚고 있는 지팡이를 청했다. 노승은 아무런 말 없이 지팡이를 건네주었다. 소문은 지팡이를 들더니 천천히 머리 위로 올렸다. 그리고는 노승을 향해 말을 했다.

"삼초식의 무공이 있으나 첫 번째 초식은 너무 살기가 짙어 산사에는 어울리지 않습니다. 그러니 두 번째 초식을 펼치도록 하겠습니다."

"좋도록 하게."

소문은 머리 위에 올렸던 지팡이를 천천히 휘둘렀다. 동작은 춤을 추듯 우아했지만 너무 느렸다. 한참이 지난 후에야 지팡이를 멈춘 소문은 지팡이를 노승에게 건네주었다.

"그, 그 초식의 이… 름은… 무엇인가?"

"절대삼검(絶對三劍) 제2초, 무애지검(無愛之劍)이라 합니다."

"무애지검이라… 좋구나! 내 평생 이런 무공을 접할 줄이야… 허허!"

노승은 연신 감탄사를 내뱉었다. 하지만 무무는 그게 어떤 의미인지 알 수가 없었다. 해서 노승에게 그 의미를 물어보았다.

"태사숙조님, 저의 눈에는 그저 천천히 내려친 초식으로만 보일 뿐이었는데, 다른 의미가 있는 것입니까?"

"흠, 그것은 네 수준이 아직 멀었기 때문이다. 나는 그 초식에서 대자연의 이치를 보았다. 그 어떤 무공도 저리 느리게 움직이는 지팡이를 뚫지 못할 것이다."

"…그럼 달마삼검이라면 어떻습니까?"

무무는 조심스럽게 물어보았다.

"네가 어떤 심정으로 물어보는지 이해 못할 바는 아니지만 어쩔 수 없구나. 본사의 달마삼검도 예외는 아니다. 다만 달마삼검의 최후초식이라면 어찌 막아볼 수는 있겠지만 이긴다는 것은 불가능이라 할 것이다."

"하면 저 시주의 무공이 태사숙조를 능가한다는 것이옵니까?"

"허허, 듣지 않았느냐? 저 무공이 두 번째 초식이라고, 저 시주에게는 아직 마지막 초식이 남아 있으니 어찌 내가 우위를 말할 수 있을까? 모르긴 몰라도 저 시주의 무위는 나를 넘어섰을 것이다."

노승은 담담하게 말을 했지만 무무는 도무지 믿을 수가 없었다. 앞에 있는 태사숙조가 누구인가? 전 마도의 하늘이라 일컬어지는 구양풍을 무릎 꿇린 절대자가 아니었던가? 그런데… 그런 자신의 태사숙조가 싸우기도 전에 패배를 인정하고 있는 것이었다. 무무가 정신을 차리지 못하고 있을 때였다.

"저기, 스님, 이제 저는 돌아가 봐야 할 것 같습니다. 여기서 더 머무르면 제가 불편할 것 같습니다."

"그럴 수도 있겠네. 그래, 어디로 가려는가?"

"우선 제 동료들에게 돌아가야지요."

"그렇군. 자네가 지금 표사라 했던가?"

"쟁자수로 있습니다."

"허허, 천하무적(天下無敵) 쟁자수로구먼 그래. 허허허!"

노승은 뭐가 그리 좋은지 연신 웃음을 지었다.

"그래, 자네는 이후 무엇을 할 생각인가?"

"헤헤, 어차피 중원에 들어온 게 신부를 데려가려고 온 것이니 빨리 만나서 고향으로 돌아가야지요."

"허허허, 신부라… 허허허!"

"그럼 가보겠습니다."

"아미타불, 그렇게 하게. 무무는 이 시주를 산문 밖까지 안내하도록 하여라."

"예, 태사숙조님."

"아미타불."

소문이 인사를 하자 노승도 합장으로 답례를 했다.

한밤중인 소림에는 달빛만이 고고히 내리쬐고 있을 뿐 고요함으로 가득했다. 무무는 소문을 데리고 산문을 나섰다. 간간이 경계를 서는 무승들과 마주치긴 했지만 문제 될 것은 없었다.

"그럼 가보겠습니다."

"오늘의 가르침을 잊지 않겠소이다. 살펴 가시지요. 아미타불."

소문이 무무에게 인사를 하자 노승과 마찬가지로 무무 또한 소문에게 합장으로 답례를 했다.

저녁에 소림에 들어가 채 하룻밤도 머물지 않고 떠나는 소문을 반긴 것은 산의 적막과 짐승들의 울음소리였다. 하지만 그를 보내는 소림에게는 오늘 밤이 절대로 잊을 수 없는 밤이 될 것이다.

제10장

무사(武士)에게 바칠 꽃은 없다

무사(武士)에게 바칠 꽃은 없다

"헉헉! 지독한 놈들! 주군, 조금만 참으십시오."
"허허, 나 때문에 자네가 고생이 많구먼……."
"무슨 말씀을 그리하십니까? 제 목숨은 이미 예전에 주군께 바친 것입니다."
"고마운 말이지만 그들의 추격을 벗어나기는 힘들 것 같군."
"아닙니다. 희망을 버리지 마시옵소서. 조금만 더 가면 소림입니다. 소림사에 직접 들어가는 것은 아니지만 소림의 그늘에서 잠시 은거를 하고 있으면 그들 또한 감히 경동을 하지 못할 것입니다."
지금 어둠을 뚫고 숭산을 오르는 세 사람이 있었다.
주군이라 불리던 노인은 이미 그 상처가 심해서인지 한 젊은이의 등에 업혀가고 있었는데 그 모습이 실로 처참했다. 한쪽 팔은 어디로 이미 사라지고 눈 또한 상처를 입었는지 굳게 감겨 있는 눈 사이로 피가 흐르고 있었다. 무엇보다 배의 상처가 심했는데 가슴에서 배에 이르는 대각선의 칼자국을 따라 그 안의 장기가 보일 정도로 끔찍했다. 이런 상처를 입고도 살아 있다는 것이 신기할 정도였다.

하지만 그런 노인을 따라가는 수하들 또한 정상적인 몸이 아니었다. 모르면 몰랐지 노인에 비해 결코 떨어지지 않는 상처를 입었다. 그럼에도 그들은 오직 자신이 모시던 주군을 살리겠다는 의지 하나만을 가지고 지금껏 버텨오는 중이었다.

"주군, 숭산입니다. 잠시만 더 참으시면 그들의 추격을 뿌리칠 수 있을 것입니다."

"내 살아서 꼭 한 번 숭산에 오른다는 생각을 하곤 있었지만 이런 몰골로 올 줄이야… 허허허!"

"천릉(天陵), 자네도 힘을 내게. 조금만 더 참으면 쉴 곳이 있을 것이야."

"염려 마십시오. 한데 대주님의 상세가 가벼워 보이지 않습니다."

"이까짓 상처가 나를 어찌할 수는 없지. 자네 또한 만만치 않게 상처를 입었지 않은가?"

"그놈들이 우리 패천수호대(覇天守護隊)를 훈련이라는 명목 하에 딴 곳으로 보내지만 않았어도……."

"그들을 그곳으로 보낼 땐 이미 계획이 선 이후지. 그나마 자네와 나만이라도 남아 있어서 다행 아닌가? 급하네. 어서 서두르세!"

노인을 업은 그들은 낼 수 있는 최고의 속도로 숭산을 오르기 시작했다.

소림! 오직 소림만이 그들을 살릴 수 있었다. 그들과 주군의 입장에 선 소림의 힘을 빌린다는 것이 치욕이었지만 지금의 치욕은 복수의 칼을 세우기 위해선 능히 참을 수 있는 일이었다.
"이제 그만 포기하게나. 친구!"
흠칫! 달려가던 장년인의 신형이 벼락을 맞은 듯 떨렸다. 그리고 발작하듯이 물었다.
"혈류도(血流刀) 냉악(冷岳)! 자네까지?"
"미안하네. 하지만 한곳에 머물러 있기엔 그곳은 너무나 좁았다네……."
"헛소리! 자네의 야망이 큰 것이겠지!"
"……."
"어찌 주군의 은혜를 저버린단 말인가?"
"할 말이 없네. 내가 무슨 말을 하겠는가?"
냉악은 고개를 돌려 사천룡의 등에 죽은 듯이 업혀져 있는 노인에게 시선을 돌렸다.
"주군, 뭐라 드릴 말씀이 없습니다. 하지만 우리는 그동안 너무 많이 억눌려져 있었습니다."
"허허, 그런가? 그럴 수도 있겠지……."
노인은 미동도 없이 그저 허허로운 음성만을 내뱉었다. 냉악은 조용히 손을 들었다. 그러자 주변의 숲에서 핏빛 무복을 입은 무사들이 나타났다.
"혈참마대(血斬魔隊)까지… 자네는 정말 주군을 해하려는 마음을 굳혔구만!"
"어쩔 수 없다네. 그리고 이곳은 이미 천라지망(天羅地網)으로 뒤덮여 있다네. 미안하네. 이제 그만 포기하고 주군을 내려놓으시게. 나도 더 이상 그분을 힘들게 하고 싶지는 않네."

"닥쳐라! 나 독고적(獨孤籍)이 있는 한 그리 쉽게 되지는 않을 것이다."

"사령(死靈) 독고적! 그래, 평소의 자네라면 감히 어떤 자가 나서서 자네를 해할 수 있겠나? 하지만 자네의 지금 상태는 내 수하 하나도 감당하기 힘든 몸, 고집을 꺾도록 하게."

냉악이라는 자의 입에서 사령 독고적이라는 이름이 언급됐는가?

사령(死靈) 독고적(獨孤籍)!!

이 이름이 마도무림에서, 아니 전 중원의 무림에서 차지하는 위치는 결코 만만한 것이 아니었다.

작금의 무림은 정확하게 이분되어 있었다. 무림은 현재 구파일방(九派一幫)과 정통의 세가(世家)들을 중심으로 한 백도문파(白道門派)와 패천궁(覇天宮)을 중심의 흑도문파(黑道門派), 그리고 정사 중간의 군소문파(群小門派)로 이루어져 있었지만 군소문파의 힘이 그다지 크지 못한 점을 감안할 때 실질적으로 중원은 양분되어 있는 것으로 봐도 무방했다. 특히 구양풍을 추종하는 무리들이 세운 패천궁은 몇몇 정통의 흑도문파를 제외한 거의 모든 흑도의 문파를 자신들의 발 아래에 무릎 꿇림으로써 사실상 통일을 이루어냈다.

흑도가 패천궁을 중심으로 통일되자 백도의 여러 문파들은 혹여나 그들이 중원제패의 야욕을 부리지는 않을까 하여 긴장의 눈으로 그들의 다음 행보를 주시했다. 그러나 백도의 지도자들이 걱정하는 일은 일어나지 않았다.

패천궁은 자신들의 영역에서만 힘을 기를 뿐 백도와의 충돌은 웬만

해서 일으키지 않았다. 물론 흑, 백도의 간헐적인 충돌은 있었지만 그 것이 대규모의 충돌로 이어지지는 않았는데 무엇보다 소림의 무공에 한 번의 실패를 맛본 패천궁의 성주 구양풍이 소림의 무공을 꺾지 못 하는 한 충돌은 없다고 천명한 것이 큰 위력을 발휘했기 때문이다. 하 지만 흐르던 물이 고이면 반드시 썩게 마련이듯 문제의 조짐은 여러 곳에서 나타났다.

일, 이 년도 아니고 그런 명령이 벌써 사십여 년이나 지속되어 오자 원래가 호전적인 흑도의 무인들은 지존의 명령에 상당한 거부감을 가 지게 되었다. 구양풍의 절대적인 힘을 직접 목도했던 흑도의 무림인들 은 어느새 뒤로 물러나는 세대가 되었고, 지금의 흑도를 지탱하고 이끌 어 나가는 사람들은 대개 혈기가 왕성한 젊은이들과 한참 야망을 불태 울 장년의 나이를 지닌 자들이었다. 그럼에도 그런 불만 세력들이 감 히 준동하지 못하고 있는 이유는 단 하나! 성주의 친위대(親衛隊) 패천 수호대(覇天守護隊)의 존재가 있었기 때문이었다. 어릴 적부터 선발되 어 최고의 무공과 영약들을 지급받고 키워져 온 그들이었다. 개개인의 능력이 그들 나이의 흑도 무림인 중에서는 이미 최고였다. 그러한 인 물로 이루어진 패천수호대는 그 이름대로 패천궁을 위해서는 어떤 일 이라도 하는 집단이었다. 대주와 부대주를 중심으로 충성심으로 똘똘 뭉친 그들은 오로지 성주의 명만 따를 뿐이었다.

과거 흑도에서 내노라하는 문파였던 환사성(幻邪城)이 구양풍의 명 을 어기고 단독으로 태산파(太山派)를 공격했다가 이들에게 단 하룻밤 만에 멸문지화(滅門之禍)를 당한 일은 너무나 유명한 일이었다. 그렇게 막강한 패천수호대를 이끄는 수장이 바로 사령(死靈) 독고적이었다. 그 런데 그런 그가 어찌 이런 꼴로 여기에 나타난 것이란 말인가?

"훗, 나를 너무 우습게 보지 말게! 내 비록 상처를 입었다고는 하지만 이 정도에 쓰러질 정도면 애초에 패천수호대의 대주 자리에서 쫓겨났을 것이네."

독고적은 천천히 자신의 검을 가슴께로 끌어 올렸다. 그리고는 냉악의 뒤에 서 있는 혈참마대를 바라보며 나직이 외쳤다.

"누가 먼저 나의 검을 받겠느냐?"

상처 입은 호랑이의 모습이 이러할까? 비록 그 상처는 중했지만 지금 그에게서 뿜어져 나오는 기세는 여전히 중인을 압도하고도 남음이 있었다. 누가 먼저 나서겠다는 인물이 없었다. 하지만 그들을 바라보는 독고적의 내심은 상당히 초조했다.

'여기서 이들을 뚫고 벗어난다는 것은 불가능하다. 수하도 힘들거늘 냉악이라… 그렇다면!'

독고적은 빠른 상황 판단을 했다.

[천룡, 지금부터 내가 하는 말을 잘 듣게. 어차피 모두 이곳을 벗어나기는 힘드네. 그러니 내가 이곳을 막고 있을 동안 자네는 주군을 모시고 소림으로 가게. 비록 주군이 그들과 가는 길은 달랐지만 주군의 이런 모습을 보고 외면하지는 않으리라 생각하네. 우리가 소림의 힘을 빌려야 하는 것은 치욕이나 주군을 살리려면 어쩔 수 없는 일. 이제 내가 공격을 하면 동시에 소림으로 주군을 모시고 달려가게. 그동안 내 밑에서 나를 돕느라 많이 고생했네. 자네가 있어 즐거웠다네…….]

"안 온다면 내가 가지!"

독고적은 전음으로 자신의 말을 사천룡에게 전한 뒤 바로 공격을 시작했다. 그러자 냉악의 뒤에 서 있던 혈참마대도 급히 반격을 해왔다.

"대… 주……!"

[어서 가게. 나는 얼마 버티지 못할 것이네. 어서!]

[알겠습니다. 결코 대주의 희생을 헛되이 하지 않을 것입니다. 당신 같은 분을 모시게 되어 영광이었습니다.]

[고맙네!]

사천릉은 혈참마대에 둘러싸여 치열한 싸움을 하는 독고적의 영상을 다시 한 번 뇌리에 기억시키더니 소림을 향해 달려가기 시작했다.

"뭣들 하느냐? 막아라!"

냉악은 독고적이 진영을 흐트러 놓은 틈을 타 달아나는 사천릉을 보고 급히 소리쳤다.

"너희들은 여기서 독고적을 막고 나머지는 나를 따르라."

냉악은 남아 있던 혈참마대를 둘로 나누어 한쪽은 독고적과 힘겹게 싸우고 있는 혈참마대를 돕게 하고 몇 명은 자신이 직접 데리고 사천릉을 쫓았다.

싸움은 치열하게 전개되었다. 독고적이 몸에 많은 상처를 입어 좋은 상태는 아니었지만 그 명성이 헛되지 않았음을 여실히 보여주었다. 혈참마대의 인물이 계속해서 늘어나는 상황에서도 조금도 물러섬이 없었다. 오히려 그의 손에 죽은 혈참마대의 인원만 계속해서 늘어나고 있는 실정이었다. 하지만 혈참마대가 패천수호대만은 못해도 개개인의 능력은 이미 일류고수였다. 시간이 지나자 독고적은 점점 힘이 부치는 것을 느끼게 되었다.

'더 이상 버티기 힘들구나. 하지만… 이대로 무너진다면 체면이 안 서겠지…….'

"혈광천하(血光天下)!"

무사(武士)에게 바칠 꽃은 없다

거의 다 쓰러져 가던 독고적이 갑자기 어디서 나온 힘인지 검을 들고 몸을 한번 회전시켰다. 그러자 검에서 붉은 기운이 솟아 사방으로 뻗어나가더니 그를 공격하는 혈참마대를 덮쳐갔다.

"크헉!"

그 붉은 기운을 맞은 대여섯 명의 혈참마대 인원들이 그 자리에서 절명하고 말았다.

"흠, 혈우검법(血雨劍法)! 과연 무섭구나. 하지만 이미 공력은 바닥났을 터 일제히 공격하라."

혈참마대의 부대주 혈랑(血狼) 낭치(狼齒)는 머뭇거리고 있는 대원들을 독려했다.

'끝인가……? 더 이상 힘이 남아 있지를 않구나… 더 시간을 끌어야 하는데… 주군, 끝까지 모시지 못하는 저를 용서해 주십시오……!'

독고적은 자신에게 벌 떼같이 달려드는 혈참마대는 눈에 들어오지 않는 듯 그저 사천룽이 달려간 방향으로 고개를 돌린 채 우두커니 서 있었다. 그런 그의 눈에 한 방울의 이슬이 맺혀 있었다.

숭산의 동쪽 하늘에서 새벽을 알리는 여명(黎明)이 다가오고 산속의 생물들도 하나둘 아침을 맞이할 준비를 하고 있는데, 소림에서 얼마 떨어지지 않은 곳에서 이런 아름다운 정경을 해치는 행위가 시작되고 있었다.

"아함! 영 개운하지가 않네. 이럴 줄 알았으면 그냥 소림에서 하룻밤 묵고 나오는 건데……."

소문은 거의 꺼져 가는 장작의 불씨를 살리며 자신이 너무 성급하게 소림의 산문을 벗어난 걸 후회하고 있었다. 밤새 불타던 장작은 비록 그 힘을 다했지만 소문이 새로 주워온 나뭇가지를 집어넣자 언제 그랬냐는 듯이 활활 타올랐다.

"면피야! 어디 가서 토끼 한 마리라도 구해와라. 배가 고파서 영……."

하지만 나무 위에 앉아 있는 철면피는 소문의 말에 아무런 반응이 없었다.

"아! 미안하다, 미안해. 하지만 어제는 어쩔 수 없었잖아. 니가 갑자기 물어온 토끼에 그 무문가 하는 스님이 기겁을 하는 거 봤잖아. 내가 뭔 힘이 있냐? 그래서 널 나무란 것이니까 그만 화 풀고 빨리 토끼나 잡아와라."

소문이 짐짓 미안한 표정을 지으며 철면피를 달래봤지만 철면피에게서는 전혀 반응이 없었다.

"관둬라. 앓느니 죽고 말지. 그냥 마을에 가서 밥이나 먹을란다. 으이구! 이제는 네놈 눈치까지 봐야 되냐?"

소문은 투덜거리며 어깨를 떨구고, 떨어지지 않는 발걸음을 억지로 떼어놓았다. 장백산에 있을 때부터 밥에 한이 많은 소문이었다. 집을 떠난 이후 어떤 일이 있어도, 심지어는 구걸까지 해서라도 밥은 구해 먹었는데, 어제 아침 이후론 아무것도 먹지 못했으니 기운이 없을 만도 했다. 그렇게 소문이 산을 내려가고 있을 때 멀리서 뛰어오는 사람이 있었다.

"흠, 소림이 대단하긴 대단해. 이 새벽에 불공을 드리러 저리 뛰어오는 사람도 있으니……."

하지만 이런 소문의 감탄과는 달리 달려오는 사람의 모습은 불공과는 거리가 멀어보였다. 온몸을 피로 적셔 얼굴조차 알아볼 수 없고, 몸

곳곳에는 크고 작은 상처들과 부러진 칼날, 화살이 꼽혀 있었다. 게다가 그는 한 구의 시체를 등에 업고 있었는데 그 시체 또한 온전하지 못한 상태였다.

'에구! 아침부터 재수없게……'

소문은 아침부터 못 볼 것을 봤다는 듯이 인상을 찌푸리고 있었다. 뛰어오던 사람은 소문을 보고는 잠시 멈칫거렸으나 곧 개의치 않고 소문을 스쳐 달려갔다. 소문도 신경을 끊고 가던 길을 가려 했으나 자신을 스쳐 지나갔던 사내가 갑자기 멈춰 서더니 자신을 부르는 것이 아닌가?

"이보게, 젊은 친구. 지금 그리로 내려가면 위험하다네. 다른 길을 찾아보거나 소림사에서 내려온 듯하니 차라리 다시 소림사로 돌아가게."

"위험하다고요? 어제까지 멀쩡했던 길이 끊어지기라도 했습니까?"

"허, 그게 아니라 우리를 쫓던 사람들이 자네를 살려두지 않을 것이네."

"하하! 설마요. 아무 상관이 없는 사람을 죽이기야 하겠습니까?"

소문은 이해를 할 수가 없었다. 아침부터 재수 없는 몰골로 나타나 알아듣지 못할 소리만 해대고 있는 그를 보니 왠지 하루 종일 재수가 없을 거란 생각이 들었다. 그리고 그런 소문의 생각은 여지없이 들어맞았다.

"상관은 없지만, 그들을 본 이상 살려둘 수는 없겠지."

어느새 나타났는지 주변에는 냉악이 이끄는 혈참마대가 주변을 포위하고 있었다.

'아뿔싸! 시간을 너무 끌었구나. 천려일실(千慮一失)이라더니 소림

을 코앞에다 두고…….'

후회란 아무리 빨라도 늦는 법이다. 사천릉이 독고적의 희생으로 여기까지 도망쳐 올 수 있었지만 소문과 잠시 대화를 하는 동안 꼬리를 잡히고 말았다. 죽음을 직감한 사천릉은 업고 있던 노인을 커다란 노송의 밑둥에 내려놓았다. 그리곤 자신과 평생을 함께한 철검을 집어들었다. 명숙들이 들고 다니는 명검은 아니었지만 한번도 자신을 실망시킨 적이 없는 철검은 사천릉에겐 그 어떤 보검보다 든든한 친구였다. 철검을 굳게 잡은 사천릉은 냉악을 쏘아보며 말했다.

"저 젊은이는 우리와 아무런 상관이 없는 사람이오. 그냥 보내주시오."

"유감이나 그럴 수는 없다네. 그가 자네를 본 순간 이미 저승에 발을 들여놓았다네."

냉악은 정말 유감으로 생각하는지 어두운 안색으로 말했다. 하지만 사천릉은 벼락같이 화를 낼 뿐이었다.

"언제부터 우리 패천궁이 무공도 모르는 사람을 죽였소. 우리는 비록 백도에게 손가락질 받는 흑도 사람이었지만 나름대로 기개와 자부심이 있었소. 이제는 그런 자부심마저 버리겠다는 것이오?"

"이번 일에는 목격자가 있어서는 안 되는 것. 자부심과는 별개의 문제다."

사천릉의 말이 마음에 걸리는 듯 냉악의 음성은 약간 떨리고 있었다. 한데 이 두 사람의 대화를 듣고 있던 소문은 화도 나고 어이도 없었다.

'나참, 이제는 별 시덥지 않은 인간들이 나를 가지고 놀리고 그러네. 내가 엄연히 여기 있건만 내 목숨을 가지고 흥정을 해? 역시 저 인간을

처음 봤을 때부터 오늘의 일진이 영 아니라는 것을 느꼈다니까······.'
　소문이 한참 분개해하고 있을 때 사천릉과 냉악의 싸움이 시작되었다.
　"에라 굿이나 보고 떡이나 먹어야겠다."
　이 상황에 떡이라니··· 소문은 노인이 기대어 있는 나무로 걸어갔다. 노인은 역시 미동이 없었다.
　싸움은 한창 치열하게 전개되고 있었다. 혈참마대의 대주라는 직위를 지닌 냉악의 무위는 정말 뛰어났다. 그는 자신에게 혈류도(血流刀)라는 칭호를 얻게 해준 독문도법(獨門刀法)인 호접무도(胡蝶舞刀)를 펼쳤다. 초식 하나하나가 끊어지지 않고 연결되어 마치 검무를 추는 듯한 우아한 모습으로 시전되는 호접무도는 한번 시전되면 상대방의 피를 보지 않고는 절대로 멈추지 않기로 유명했다. 반드시 상대방의 피를 흘러내리게 한다고 하여 혈류도라 불리었는데 숨쉴 틈도 없이 몰아대는 이런 연환 공격에 목숨을 잃은 자가 얼마이던가? 그러나 상대 또한 패천궁의 정예 중의 정예를 모아 놓은 패천수호대의 부대주였다. 결코 만만히 당하고 있지는 않았다.
　패천수호대라면 모두가 익히고 있는 패천수호대만의 검법인 혈우검법(血雨劍法)은 공격에도 뛰어난 위력을 보였지만 수비에서도 또한 그 위력이 뛰어나 힘들어 보이기는 했지만 사천릉은 냉악의 공격을 효과적으로 막아내고 있었다.
　"혈류도 냉악, 역시 허명이 아니었구려!"
　"자네 역시 마찬가지······."
　한참을 싸운 그들은 서로를 칭찬하더니 두 손을 늘어뜨렸다. 소문은 일생에 두 번 보기 힘든 격전을 보고 있다는 것을 알 수 있었다.

'용호상박(龍虎相搏)은 이런 걸 두고 말하는 것일걸? 암튼 대단한데… 아침부터 재수 없게 만든 인간도 그렇고 더 재수 없는 인간도… 특히, 저 인간! 그 뭐야 무무라는 젊은 중보다 더 세겠는데…….'

소문은 어젯밤에 자신과 비무를 했던 무무와 냉악을 비교하더니 무무보다는 냉악에게 더 높은 점수를 주었다. 하지만 그것은 소문의 착각일 뿐이었다. 우선 생명을 담보로 하는 싸움이 비무와 단순 비교될 수 없고, 무무는 소림사 내에서도 비밀리에 키워지는 존재인지라 아직 비무다운 비무를 해보지 못했다. 그를 가르치는 노승 정도의 실력에 오른다면 실전과 연습의 구분을 떠나 어떤 상황에서도 영향을 받지 않고 실력을 발휘하는 경지에 이르겠지만 무무는 아직 그 정도의 실력에 이르지 못하였다. 해서 실력만큼 무공을 펼치지 못한 것이다. 만약 무무가 약간의 실전 경험을 쌓는다면 소문이 지난밤처럼 그리 간단히 그를 굴복시킬 수는 없을 것이다. 물론 냉악의 무공이 약하다는 것은 아니었다. 소문이 잠시 착각을 할 정도로 실로 그의 무위는 뛰어났다.

사천릉의 손이 천천히 움직였다. 자신의 철검의 손잡이를 옆구리에 최대한 붙이고 서서히 다리를 움직였다. 순간 냉악의 눈이 반짝였다. 여지껏 알지 못하던 자세를 사천릉이 취하자 자신도 모르게 움찔거렸던 것이다.

'저게 뭐지?'

순간적으로 저 자세의 의미를 깨닫지 못했다. 노골적으로 쏟아져 들어오는 살기! 어떤 수를 쓰더라도 자신을 베겠다는 사천릉의 의지가 담겨져 있는 자세였다. 결연하게 철검을 쥐고 있는 사천릉의 눈에는 이미 생기가 사라지고 있었다. 죽음을 각오한 것인가? 아님 포기한 것인가?

'후, 쉽지는 않겠어…….'

냉악은 사천릉을 죽이는 일이 그리 쉽지 않음을 직감할 수 있었다. 물론 수하들을 시킨다면 어느 정도의 희생은 따르겠지만 충분히 그를 죽일 수 있을 것이다. 그러나 그렇게 하기엔 그의 자존심이 허락하지 않았다.

두 사람의 거리가 점점 가까워졌다. 오 장에서 사 장, 삼 장 그리고 채 일 장이 되지 않자 먼저 움직인 것은 사천릉이었다.

"혈우무적(血雨無敵)!"

온 힘을 다해 도약하는 사천릉의 몸은 무섭게 회전하고 있었다. 금방이라도 갈기갈기 찢길 것만 같았던 냉악의 몸도 같이 움직이고 있었다.

"크윽!"

"윽!"

두 사람은 약속이라도 한 듯이 비명성과 함께 땅에 내려섰다. 하지만 결과는 확연하게 드러났다. 사천릉의 철검은 냉악의 가슴에 꼽혀 있었다. 심장을 노린 철검이 가슴을 파고들자 미처 피하지 못한 냉악은 순간적인 몸동작으로 왼쪽의 가슴 대신 오른쪽 가슴을 들이밀어 사천릉의 철검으로부터 자신의 심장만은 간신히 지켜냈다. 그걸로 끝이었다. 사천릉이 구사한 혈우검법의 마지막 초식은 자신의 몸을 희생해서 적을 죽이는 동귀어진(同歸於盡)의 수법이었다. 한데 냉악의 순발력은 사천릉의 마지막 한 수를 무위로 돌리고 말았다. 사천릉은 냉악이 휘두른 검에 가슴이 갈려 땅에 쓰러졌다.

"주… 군…….."

사천릉은 감기는 눈을 붙잡고 나무에 기대어 있는 노인에게 기어갔다.
 "그래… 자네마저……."
 그때까지 죽은 듯이 움직이지 않았던 노인이 처음으로 입을 열었다.
 "에그머니나!"
 소문은 깜짝 놀라 노인을 쳐다보았다. 죽은 줄만 알았던 노인이 말을 하다니… 놀란 가슴을 진정시키고 있는데 그 사이 사천릉은 결국 노인의 앞에까지 힘겹세 기어올 수 있었다.
 "주… 군……! 끄, 끝까지… 모… 시지… 모……."
 그게 전부였다. 사천릉은 더 이상 말을 잇지 못하고 그대로 고개를 떨구고 말았다.
 "허허! 나 하나 때문에… 결국 자네마저……."
 노인은 여전히 눈을 감고 있었지만 목소리에 묻어 나오는 슬픔은 옆에 있는 소문도 느낄 수 있을 정도로 처량했다. 그런 노인에게 아직도 철검을 가슴에 꽂고 있던 냉악이 다가와 허리를 굽히며 말을 했다.
 "주군, 이제 편히 쉬실 때가 된 듯싶습니다. 죄송합니다."
 "그래, 그래야겠지……."
 대답을 하는 노인의 입에서는 아무런 감정을 느낄 수가 없었다.
 '주군? 이놈도 주군이고 저놈도 주군이면 저놈이 배반을 했다는 말인가? 오라! 이제 감이 좀 오는군! 저런 싸가지 없는 놈을 보았나……!'
 소문은 분개했다. 주인을 배반하는 수하라… 충신(忠臣)은 불사이군(不事二君)이라 하는 말도 있듯이 충(忠)은 효(孝)와 함께 남자로서 갖추어야 하는 덕목이 아니던가? 물론 소문이 그런 뜻까지 알 리는 없었지만 배신이라는 것은 명백했다. 문득 후회가 밀려왔다.

'제길, 진작 알았으면 저 친구도 살리는 건데…….'

괜히 기분이 나쁘다고 나서지 않은 일을 후회했다. 후회가 크면 클수록 분노도 커지는 법이다. 소문에겐 분노를 풀 상대가 있어야 했고 마침 냉악과 그가 이끄는 혈참마대가 있었다.

"편히 모시겠습니다."

이미 자신의 죽음을 당연시하는 노인을 향해 냉악은 서서히 칼을 들어 올렸다. 하지만 냉악은 그 칼을 결코 내려치지 못했다.

'헛! 뭐지, 이 살기는?'

냉악이 칼을 들어 올리면서부터 자신에게 밀려오는 살기, 냉악은 정신을 차릴 수 없었다. 어디서부터 밀려오는 살기인지 도무지 감을 잡을 수가 없었다. 재빨리 칼을 내리고 수하들에게 경계를 시켰다. 살기는 갈수록 짙어만 갔다. 결국 살기가 발하는 곳을 찾아낸 냉악은 경악의 신음성을 내뱉었다.

"너, 너는?"

지금 냉악이 보고 있는 것은 한쪽 손에 거무튀튀한 철궁을 들고 서 있는 소문이었다. 소문은 필요 이상으로 흥분하고 있었다. 살기 또한 그만큼 짙게 내뿜고 있었다.

"배반이라… 인간이 신의를 저버리면 그건 인간이 아니지… 인간도 아닌 것이 무기를 들고 설쳐서야 되나!"

소문은 얼굴 가득 비웃음을 짓더니 냉악을 향하여 철궁의 시위를 당겼다.

"크흑!"

냉악은 갑자기 자신에게 쏘아져 오는 기를 들고 있던 칼로 간신히 막아냈다. 하지만 정상적인 몸 상태일지라도 막기 힘든 위력을 지닌 무영시를 지금의 그가 막아낸다는 것은 애초에 무리였다. 다만 가슴을 향해 날아오던 무영시의 방향을 단지 틀어 어깨를 스쳐 가격하게 만드는 정도였다.

"쳐, 쳐라!"

냉악은 비틀거리며 자신의 뒤에서 흉흉한 살기를 내뿜고 있는 혈참마대의 대원들에게 소리쳤다. 자신들의 대주가 위기에 빠진 모습에 크게 경악했던 대원들은 일제히 소문에게 달려들었다.

'좋지 않군! 하나 거북이같이 느린 네놈들에게 당할 정도로 나는 약하지 않아!'

밀려 들어오는 상대가 너무 많기에 가만히 서서 공격을 하다가는 소문 자신도 피해를 입을 것 같았다. 그래서 소문은 자시의 특기를 최대한 살린 빠지고 치는 공격 방법을 택했다. 소문의 발이 천천히 움직이자 그를 공격하던 혈참마대의 진형에 혼란이 왔다.

"큭!"

어느새 십여 장 밖으로 물러난 소문의 무영시에 한 명의 대원이 목숨을 잃었다. 동료들의 피를 본 대원들의 눈에 핏발이 섰다. 그들이 시전할 수 있는 최고의 보법을 총동원하여 소문을 쫓았다.

"악!"

다시 한 명의 대원이 목숨을 잃었다. 그들이 아무리 소문을 잡으려 해도 소문이 시전하고 있는 출행랑을 따라잡을 방법이 없었다. 게다가 포위를 한다 싶으면 갑자기 쏟아져 들어오는 살기에 속수무책(束手無策)으로 당하고 있었다. 소문이 무무와의 비무에서도 출행랑(出行狼)을 사용했지만 지금과는 차원이 달랐다. 그때는 그저 순수한 무공의 비교였고, 마음에 살심(殺心)이나 미움 따위는 들어 있지 않았다. 그러나 지금은 다르다. 아차 하는 순간에 목숨을 잃을 수 있는 싸움이다. 당연히 반야심경도해에 의해 억눌려 있던 살기가 출행랑을 따라 방출되고 있으니 그들이 소문을 함부로 막지 못하는 것은 너무나 당연했다. 공격할 땐 공포를, 물러설 땐 두려움을 심어주는 출행랑의 진수가 그대로 묻어나는 순간이었다.

그렇게 쫓기고 쫓는 상황이 얼마나 지났을까 혈참마대의 인원 중 땅을 딛고 서 있는 대원이 몇 안 되었다. 그들은 극심한 공포감에 사로잡혀 떨고 있었다. 그런 자신들의 수하를 보는 냉악은 도무지 믿을 수 없었다.

'저들이 누구인가? 패천궁의 정예 중의 정예이거늘… 어찌 저리 쉽게? 도대체 저놈은 누구란 말인가!'

더 이상 미련을 두어봤자 결과는 자신을 비롯해 혈참마대의 전멸일 것 같았다. 냉악은 급히 퇴각 명령을 내렸다. 어차피 자신의 주군은 도저히 살 수 없는 상황이었다. 비록 자신이 그 끝을 확인하지 못하는 불안감이 있긴 했지만 주군의 죽음은 변할 수 없는 기정 사실이었다. 소문은 물러나는 그들을 더 이상 쫓지 않았다. 천천히 살기를 가라앉힌 후 노인에게 다가갔다. 노인은 더 이상 눈을 감고 있지 않았다.

"허허, 보고 있어도 믿지를 못하겠구나. 저들이 이제 겨우 약관을 넘어 보이는 젊은이에게 쫓겨가다니……."

"상처는 어떻습니까?"

"보다시피 이 모양일세."

노인은 갈라진 자신의 배를 보여주었다. 벌써 살이 썩어 들어가는 듯 검게 변색되어 있었다. 소문은 난감했다. 자신의 기분에 의해 실수로 죽어간 사천룡을 생각해서라도 이 노인을 꼭 살리고 싶었다.

"어떻게 방도가 없겠습니까?"

"흠, 글쎄. 내상이야 자네가 도와준다면 쉽게 다스릴 수 있겠지만 상처가 너무 깊어서… 이런 곳에서는 약도 구하기가 싶지 않은 노릇이니 힘들다고 보네. 하지만 이렇게라도 잠시 하늘을 바라볼 수 있으니 더 바랄 게 무엇이 있겠는가? 그동안 너무 큰 집착에 빠져 하늘 한번 제대로 못 봤었는데… 저렇게 푸른 것을……."

노인은 세상에 처음 나온 어린애처럼 하늘의 푸르름에 즐거워하고 있었다. 소문은 마음이 급해졌다. 왠지 이 노인을 살려야만 한다는 생각이 머리 속을 지배했다.

'약? 약이라… 그래, 여기가 어디던가…….'

"잠시만 기다리십시오. 금방 약을 구해 올 테니."

소문은 노인이 미처 뭐라 할 틈도 없이 산 위를 향해 달려갔다. 소문의 신형은 순식간에 사라지고 없었다.

"허, 저런 경공술도 있었던가……?"

노인이 감탄을 하고 있을 때 벌써 소문은 소림의 산문에 다다르고 있었다. 산문은 어제와 다른 스님들이 서고 있었다.

"머, 멈춰라……."

스님의 말이 끝나기도 전에 소문의 신형은 산문을 뛰어넘었다. 소문이 지금 향하고 있는 곳은 어제 자신이 무무와 비무를 벌였던 장경각(藏經閣)이었다. 소문, 아니 노인에게는 시간이 없었다. 약을 구하기 위해 단계를 거쳐야 하는 번거로움을 감수할 여유가 없었다. 산문을 넘은 소문은 금방 장경각에 도착할 수 있었다. 그곳에는 마침 무무가 일을 보고 있었다.

"아니, 시주는?"

"을지소문이오. 죄송하오나 큰스님을 뵐 수 있겠습니까?"
"아니 태사숙조님은 무엇 때문에?"
"급히 아뢸 일이 있어서 그렇습니다."
소문이 무무와 장경각 앞에서 인사를 하고 있을 때 수십 명의 무승이 장경각으로 뛰어오고 있었다.
"무무 사형, 괜찮으십니까?"
"무슨 일인가, 무상(無想) 사제?"
"저자가 산문을 뛰어넘어 이곳으로 갔다는 소식을 듣고 뛰어왔습니다."
무상이라는 스님이 소문을 가리키며 의심스런 눈초리로 말을 했다. 그런 무상을 보며 무무는 가볍게 웃음을 지었다.
"하하! 괜찮네. 이 시주는 태사숙조님을 뵈러 급히 오느라고 그런 것이네."
"예?"
"시주, 저를 따라오시지요."
무무는 의아해하는 무상과 많은 무승들을 뒤로하고 소문을 장경각 안으로 데리고 들어갔다. 노승은 예의 그 지팡이를 들고 소문이 오기를 기다리고 있었다.
"어서 오시게. 자네의 기운을 느끼고 있었네."
"죄송합니다. 급히 아뢸 말씀이 있어서……."
"그래? 무엇인가?"
노인은 소문에게 자리를 권하며 질문을 했다. 하지만 소문은 의자에 앉을 시간도 없었다.
"산을 내려가다가 위험에 빠진 사람을 구했습니다. 그 사람의 상세가 매우 위중합니다. 해서 약을 좀 얻을까 해서 왔습니다만……."

"아미타불, 선재로다. 역시 내가 자네를 잘못 보지 않았네. 암, 줘야지! 사람을 구하는 일인데. 그깟 약이 대수이겠는가?"

소문의 말에 크게 흡족해하는 노승이었다. 노승은 옆에 서 있는 무무에게 말을 했다.

"너도 들었을 것이다. 지금 당장 장문인에게 가서 이유는 묻지 말라고 하고 소환단(小丸丹) 하나를 얻어 오너라."

"소, 소환단 말씀이십니까?"

"그래, 어서 다녀오거라."

무무는 무슨 말인가를 하려 했지만 노승의 거듭되는 말에 장경각을 나섰다. 잠시 후 돌아온 무무의 손에는 자그마한 함이 하나 들려 있었다. 무무는 그것을 소문에게 건네주었다.

"그 약이 상처에 제법 잘 들으니 그것을 가지고 가서 사람을 구하도록 하게."

"감사합니다."

"감사는 무슨, 이러다 늦겠네. 어서 서두르게나."

"예, 스님. 그럼 이만 가보겠습니다."

소문은 노승에게 깊게 허리를 숙이고 장경각을 빠져 나왔다. 소문은 따라나온 무무에게 슬쩍 운을 띄웠다.

"어째 귀한 약인 것 같은데……."

"허, 소환단을 모르신다는 말씀이요?"

"그것이……."

"모르신다면 할 수 없지요. 그냥 좋은 약인 줄만 아십시오. 하하하."

무무는 스님답지 않게 큰 소리로 웃으며 소문에게 인사를 했다. 소문 또한 마주하여 인사를 하고 재빨리 산을 내려왔다. 노인은 여전히 나무에 등을 기대고 있었다.

"여기 약을 가져왔습니다. 우선 복용하시지요."

소문은 소림사에서 얻어온 함을 노인에게 내밀었다. 노인은 하나 남은 팔을 들어 힘겹게 받아 들었다. 함에는 구슬만한 크기의 환약(丸藥)이 들어 있었다. 약을 본 노인은 상당히 놀란 목소리로 소문에게 말을 건넸다.

"아니, 이건 소림의 소환단이 아닌가? 이 귀한 것을 어찌?"

"소림사에 물건 하나를 주고 대가로 받아온 것입니다. 어서 복용하시지요."

노인은 소환단을 복용했다. 하지만 곧바로 운기조식을 하지는 못했다. 노인이 입은 내상이 너무 깊어 운기조식을 하려면 소문의 도움이 절대적으로 필요한 데다가 이곳은 운기조식을 하기엔 자리가 좋지 않았다. 그래서 소환단의 힘으로 외상의 악화만을 일단 막고 따로 장소를 잡아 내상을 치료하기로 했다. 소환단을 복용한 후 노인은 소문에게 또 하나의 일을 부탁했다.

"산 아래에 나를 지키다가 죽어간 또 한 명의 친구가 있네. 미안한데 그 친구를 이곳으로 데려다 주겠나?"

"그러지요."

소문은 재빨리 산을 내려갔다. 과연 노인의 말대로 한 사내가 쓰러져 있었다. 아니 쓰러진 것은 아니었다. 그는 무릎은 꿇었으되 양손으로 자신의 무릎 앞에 박힌 검을 잡고 있었다. 고개는 숙여져 헝클어진 머리카락이 얼굴을 가리고 있었지만 소문은 그의 표정을 읽을 수 있었다. 그렇게 죽어 있는 그의 몸에는 정확하게 아홉 개의 칼이 박혀 있었다. 온몸에 칼을 박고서도 웃으며 죽어간 사내, 패천수호대 대주로 천하를 질타했던 사령 독고적이었다.
"고맙네. 이곳이라면 그들도 편히 쉴 수 있을 게야……."
숭산의 동쪽 기슭에 두 개의 무덤이 생겼다. 묘비도 없이 그저 돌 몇 개를 올려놓아 단지 이곳이 무덤임을 표시할 뿐이었다. 소문은 주변에 피어 있는 꽃을 꺾어와 무덤 위에 올려놓았다. 그러나 노인은 그런 소문을 만류했다.
"그만두게! 그들은 진정한 무사들, 무사에게 꽃은 어울리지 않는다네… 참, 그리고 보니 내 아직 자네의 이름도 모르고 있었군. 나는 구양풍(邱暘風)이라 한다네……."

'하늘도 무심하시지! 난 왜 만나는 영감마다 이리 지독한 사람들만 걸리는 것이라냐? 하긴 친할배부터 그러니… 젠장, 내 전생에 무슨 죄를 지었다고…….'
구양풍을 업고 정주로 돌아가고 있는 소문은 자신의 처지가 너무도 한심하게 느껴졌다. 끝까지 달라붙는 영감을 종내 물리치지 못한 자신의 모질지 못한 마음을 탓하며 한숨만 푹푹 쉬었다. 벌써 이틀째였다.
숭산에 올 때는 간간이 경공을 써가며 반나절만에 도착했건만 동료들이 있는 정주로 돌아가는 길은 멀고도 험했다. 두 시진마다 노인의 내상 치료를 도와야 했고, 다시 길을 떠날라치면 배째라는 식으로 누워버리는 노인을 항상 등에 업고 가야 했다. 자신이 보기엔 틀림없이 걸을 정도로 상태가 좋아졌건만(사실 상처를 심하게 입긴 했지만) 노인은 악착같이 소문의 등에 올라타려고 하는 것이다.
"아직 멀었나?"

무사(武士)에게 바칠 꽃은 없다

"……."
"흠, 그리 천천히 가니 더 늦어지는 것이 아닌가? 길을 재촉하세나."
이건 완전히 주객(主客)이 바뀐 상황이었다. 애초에 이 영감을 구하는 게 아니었다. 소문은 이틀 전 일만 생각하면 울화통이 터졌다.

"난 구양풍이라 한다네. 자네 이름은 무엇인가?"
"을지소문이라고 합니다."
"을지소문이라… 보아하니 자넨 중원인이 아니구만."
"예?"
"허허, 아닐세."
노인은 대뜸 소문이 중원인이 아님을 알아보았다.
'이상하단 말야… 만나는 사람마다 내가 중원인이 아닌 걸 용케도 알아보네.'
소문은 이상하다는 듯이 고개를 갸웃거렸지만 노인의 입장에서는 너무나 당연한 것이었다. 이미 실력을 보았으니 소문이 무공을 익힌 무림인이 틀림없을 것이고, 그렇다면 자신의 이름을 밝히는 순간 본인임을 믿지는 못하더라도 최소한의 반응은 와야 했다. 구양풍이라는 이름은 다른 곳은 몰라도 중원에서, 특히 무림에서 그 정도의 영향력은 가지고 있었다. 하지만 소문은 생전 처음 들어본다는 듯 전혀 반응이 없었다.
"예. 조선에서 왔습니다."
"오, 조선! 어쩐지 자네 활 솜씨가 보통이 아니더만… 옛날부터 그 나라의 사람들이 활을 잘 쏘기로 유명했지."
"그래, 몸은 좀 괜찮으십니까?"

"차차 나아지겠지. 이게 금방 쾌유될 만큼 가벼운 상처가 아니라서 매일같이 운기조식(運氣調息)을 한다 해도 족히 반년은 고생해야 무공을 되찾을 듯싶으이."

"그런데 어쩌다가 수하들에게 배반을 당하셨습니까?"

소문은 조심스럽게 자신이 궁금했던 것을 물어보았다. 노인은 아무것도 아니라는 듯이 대답했다.

"아무리 착한 개라도 오랫동안 묶어놓으면 자유롭게 움직이고자 사나워진다는 생각을 못한 나의 불찰이지. 다 내 잘못이라네……."

"그렇군요. 그럼 이제 어찌하실 생각이십니까? 어디 주무실 곳이라도 있으시면 제가 어찌 힘을 써보지요."

"잠잘 곳이야 당장 여기 누워서 자도 되는 것 아닌가?"

"아니, 그게 아니라 어디 따로 가실 곳이 있느냐 이 말입니다."

"흠, 그게 그런 뜻이었나? 당장 내가 거처할 곳은 마땅치가 않네그려. 내상도 치료하려면 누군가의 도움도 필요하고……."

노인은 대답을 하면서 슬쩍 소문을 쳐다보았다. 뭔가 간절히 바라는 눈빛, 그런 노인의 눈빛에서 소문은 문득 불안한 생각을 하게 되었다. 해서 재빨리 선수를 쳤다.

"아, 저라도 노인을 도와드렸으면 좋겠지만 저는 그저 표국에 매여 있는 쟁자수라 안타까울 뿐입니다."

"오! 그랬나. 그럼 나도 그곳에서 잠시 일을 하면 되겠구먼. 그 정도의 일이면 지금이라도 할 수 있지. 그리고 내가 이래 배도 중원의 지리는 손바닥 보듯이 한다네. 표국의 국주가 누구인지 몰라도 틀림없이 고용해 줄 것이야."

"예?"

'아니, 뭐 이리 황당한 영감탱이가 있어. 표국이 순 자기 편의를 위해 있는 줄 아나…….'

소문은 기도 안 차 코웃음을 치며 말했다. 하지만 말로 노인을 당할 순 없었다.

"아무리 실력이 뛰어나도 표국에서는 아무나 고용하지 않습니다."

"아니, 왜 아무나인가? 자네가 있지 않은가?"

"예? 그게 무슨 말씀이신지……?"

소문은 순간 이해가 가지 않았다. 자신이 뭘 어쨌다고…….

"자네가 나를 데리고 가면 다 해결될 것이 아닌가? 나의 신분을 자네가 보장해 준다면… 음, 그래 먼 친척이라 하면 되겠구만!"

결국 자신의 불길한 생각이 맞아 들어갔다. 정말 어처구니없는 영감이었다. 떡 줄 사람은 생각도 않는데 혼자서 북 치고 장구 치며 자신을 얼러대는 것이 아닌가?

"그건 안 됩니다. 저는 곧 사천으로 떠나야 합니다. 영감님을 도와드리고 싶지만 도와 드릴 수가 없는 입장입니다."

"도와줄 필요가 있지. 자네는 나를 도와주어야 하네."

"…무슨……?"

노인은 영문을 몰라 하는 소문에게 다음과 같은 말을 했다.

"내 비록 지금은 이런 꼴이 됐지만 한때는 천하가 좁다고 세상을 내려다보며 살던 사람이었다네. 한데 자네가 알다시피 생명의 위협을 받고 목숨을 포기하는 상황까지 이르렀네. 나는 나름대로 멋지게 죽고 싶었지. 비굴하지 않고 끝까지 나 자신의 모습을 지키며 당당하게… 하지만 자네가 나를 구함으로써 이런 나의 의지는 다 수포로 돌아가고 말았네. 지금 자네의 도움을 받아 내상을 치유하지 않으면 비록 목숨은 구한다 하더라도 평생 수련해 온 무공을 잃고 평범한 노인으로 돌아갈 것이네. 이제껏 살아오면서 남의 도움이란 것을 모르고 홀로 고고하게 버텨온 나를 이리 구차하게 만든 것은 자네이니, 자네는 내가 예전의 모습을 찾도록 도와줄 의무가 있는 것이네. 만약 그리하기 싫다면 자네가 지금 나를 이 자리에서 죽여주던지 아니면 도망간 저들을 불러와서 나를 죽이라고 하게. 그 길만이 나의 명예를 지키는 길이니……."

"……."

사람이 너무 황당하면 말이 안나오는 법이다. 지금 소문의 심정이 그랬다.

'당당(堂堂)? 고고(孤高)? 좋아하네! 말이나 못하면… 물에 빠진 사람을 구해주었더니 보따리 내놓으라는 말이 있다더니 애초 물에 빠졌을 때 발로 밟아 못 나오게 해야 되는 건데…….'

열 번을 죽었다 깨어나더라도 노인을 데리고 가고 싶은 마음은 눈꼽만큼도 없었다. 하지만 생각만 아무리 그러면 무엇을 하나. 결국 소문은 노인의 말을 따를 수밖에 없었다. 같이 가기 싫으면 자기를 죽여 달라는데 무에 할 말이 있겠는가? 하지만 소문도 믿는 구석이 있었다. 아무리 노인이 따라오고 싶어도 표국에서 고용을 안 하면 무슨 수로 자신을 따라 오겠는가? 더구나 사람을 고용하는 게 까다롭기로 유명한 천리표국이었다. 이렇게 해서 노인과 소문의 동행은 시작되었는데 그 때부터 소문의 고생문은 훤히 열린 것이다.

그렇게 반나절을 노인과 더 씨름을 하고서야 간신히 동료들이 기다리고 있는 태화전장(太和錢莊)에 도착할 수 있었다. 소문은 가장 먼저 강량을 찾아가 인사를 했다. 강량은 소문을 반갑게 맞아주었다.

무사(武士)에게 바칠 꽃은 없다 103

"다녀왔습니다. 오는 길에 잠시 일이 생겨 조금 지체했습니다."

"아니네. 제시간에 제대로 왔네. 표행단이 모레 떠나기로 했으니 아직 시간의 여유는 있는 셈이지. 그래 볼일은 무사히 마쳤는가?"

"예, 어르신 덕에 무사히 마칠 수 있었습니다."

강량은 소문의 말에 여유 있는 웃음을 지어 보이며 고개를 끄덕였다. 그리고는 옆에 서 있는 외팔이 노인을 보고는 누구인지 궁금하다는 듯이 소문을 쳐다보았다.

"옆에 서 계신 분은 누구신가?"

"그게, 저······."

소문이 머뭇거리며 말을 하려했지만 그런 소문에 앞서 노인은 재빨리 강량에게 인사를 했다.

"노부는 을지굉(乙支宏)이라 하오이다. 여기 있는 소문의 먼 친척 할아버지뻘이 되는데 오래 전부터 정주 근처에서 살고 있었지요. 한데 어제 소문이 저를 찾아와서 이렇게 만나게 되었소이다. 어찌나 반갑던지. 허허허!!"

"아, 그러시군요. 저는 강량이라고 소문과 같이 일을 하는 사람입니다."

"반갑소이다. 내 소문에게서 노인의 말을 많이 들었는데 우리 소문에게 무척 잘해주셨다지요? 고마울 뿐입니다."

"무슨 말씀을요, 제가 해준 게 무엇이 있다고··· 다 저 친구가 잘해서 그런걸요. 그런데 어찌 이곳까지 오셨는지······?"

강량은 노인이 이곳까지 따라온 이유가 궁금했다.

"후, 중원에 혈혈단신(孑孑單身)으로 넘어와 지금까지 외롭게 혼자 살았소이다. 하지만 짐승도 죽을 때가 되면 고향을 그리는 법이라(首邱

初심) 나이가 들면 고향도 생각나는 법이고, 자연히 핏줄도 그리워지는 법이 아니겠소. 해서 이참에 소문을 따라 고향에 한번 다녀올까 하여 이리 길을 나섰소이다."

노인은 강량의 질문에 어두운 얼굴을 하고 대답을 했다. 같이 늙어 가는 처지인 강량은 노인의 말이 십분 이해가 갔다.

"허, 물론 그 심정을 제가 이해하지 못하지는 않지만, 그러나 소문은 우선 이곳 일을 마쳐야……."

강량은 난처하다는 듯이 말을 했다. 하지만 노인은 별일 아니라는 듯이 말을 받았다.

"허허, 그거야 당연하지요. 장부(丈夫)가 한번 일을 시작했으면 그 끝을 봐야 하는 법. 당연히 지금까지 소문이 하던 일을 모두 마치고 나서 돌아가는 것이 옳겠지요. 노부는 다만 그런 소문을 옆에서 지켜보며 돌보겠다는 것이외다. 알다시피 저 녀석이 아직도 이곳에 익숙치가 않아 보여 영 마음에 걸리기도 하고 해서……."

노인은 천연덕스럽게 거짓말을 했다. 어찌나 자연스럽게 말이 나오는지 옆에서 듣고 있는 소문마저도 진짜가 아닐까 의심이 갈 정도였다. 그러니 그 속사정을 알 길 없는 강량은 이미 그 속임수에 넘어간 지 오래였다.

'나참, 기가 막히는구나! 둘러대는 것도 유분수지. 이러다가 꼼짝없이 할아버지 한 명 생기겠구나!'

소문은 하도 어이가 없어 아무 말도 하지 못하고 멍청히 서 있었다. 이미 그가 여기서 아무리 아니라고 해봤자 노인은 물론 자기마저 이상한 놈이 돼버리기 때문에 아예 입을 다물고 그저 속수무책으로 당하고만 있을 뿐이었다.

"흠, 소문의 할아버님이 그리 말하시면 제가 드릴 말씀이 없군요. 하지만 이것은 제 소관 밖이니 우리 표행단을 이끄는 표두께 전후 사정을 말씀드려 보겠습니다."

"허허, 고마운 일이외다. 잘 부탁드리오."

소문의 기대와는 달리 안으로 들어갔던 강량은 환한 얼굴로 나오더니 노인의 손을 잡았다.

"잘되었습니다. 표두께서도 기꺼이 허락을 하셨습니다. 지난번 소문의 공이 컸지만 해줄 것이 없었는데 잘됐다고 하십니다. 허허! 저도 제 연배의 길동무가 생겨서 기분이 좋습니다."

"하하, 이리 고마울 데가……."

'…참으로 고맙기도 하겠다! 나는 어쩌라고…….'

이틀이 지나 표행단은 다시 북경으로 떠날 준비를 했다. 수레에 하나 가득 짐을 실어서 올 때와는 달리 빈손으로 떠나는 길인지라 부담도 덜했고, 하루에 이동하는 거리 또한 빨랐다. 자칭 을지굉이라 칭한 노인은 어느새 표행단의 한 사람으로 자리 잡아가고 있었다. 표두와 인사를 나눌 때만 해도 그저 소문의 할아버지의 위치로 손님 대접을 받았지만 얼마 지나지 않아서 뛰어난 언변과 재치로 쟁자수는 물론 표사들의 인심도 후하게 얻고 있었다. 하지만 소문은 그런 노인의 모습이 가증스럽기만 했다. 지금도 한참 강량과 어울려 환담(歡談)을 나누고 있는데 소문이 그곳을 바라보자 아는 체를 했다. 소문은 자신을 바라보며 눈을 찡긋거리는 노인이 그렇게 얄미울 수가 없었다.

제11장

폭풍 전야(暴風前夜)

폭풍 전야(暴風前夜)

"지금 실패라고 했는가? 냉악……."

"죄송합니다. 최선을 다했지만 방해자가 있어서… 책임을 물어주십시오."

냉악은 지금 무릎을 꿇고 머리를 바닥에 깊게 처박고는 죄를 청하고 있었다. 그런 냉악의 정면에는 온화한 얼굴을 하고 있는 중년인이 태사의에 깊게 몸을 누이고 무심하게 자신의 앞에서 죄를 청하는 냉악을 바라보고 있었다.

"실패라… 예상은 했지만 역시 사부는 대단해. 그 상황에서… 하하하!!"

"……?"

부복하고 있던 냉악은 고개를 들어 자신이 새로 섬긴 주인, 그러니까 자신의 사부를 밀어내고 새로운 패천궁의 지배자로 등장한 구양풍의 대제자 관패(關覇)를 슬며시 바라보았다. 무서운 질책과 함께 엄한 책임을 물으리라 생각했는데 호통은 들리지 않고 웃음소리가 나니 냉악으로선 그저 어리둥절할 뿐이었다. 그런 그를 보며 관패는 살짝 미소를 지었다. 여자처럼 양 볼에 보조개가 생기고 입꼬리가 살짝 올라가는 보기만 해도 기분 좋아질 그런 미소였다. 하지만 그 웃음 속에 감추어진 관패의 무서움을 냉악은 익히 알고 있었다.

"사부를 놓쳤다는데 웃으니 이상한 모양이군?"

"그, 그것이… 속하는 이해가 가질 않습니다."

"하하하! 그럴 만도 하지. 하나 사부는 나를 가르친 사람이자 이 시대의 절대자임은 누구도 부정하지 못하는 사실이네. 그런 사부가 쉽게 잡힌대서야 말이 안 되지. 사실 자네도 알다시피 처음엔 자네와 혈참마대 이외에도 다른 자를 추적대로 보냈었지만 생각을 바꿨다네. 나를 이만큼이나 가르치고 키워주신 사부인데 나 또한 사부에게 한번의 기회를 주는 것이야 당연하지. 안 그런가?"

그제야 자신들과 함께 천라지망(天羅地網)을 구축했던 다른 친구들이 보이지 않았던 까닭을 알 수 있었다.

"하지만 궁주님이 살아 계시면 훗날 패천궁에 남아 있는 궁주의 추종자들이 혹여라도 배반을……."

"하하, 자네는 하나만 알고 둘은 모르는군!"

"예? 그게 무슨 말씀이신지?"

"패천궁이 처음 만들어진 것은 사부의 절대적인 강함에 매료됐던 자들이 스스로 수하를 자처하면서였지. 하지만 그들은 이미 늙었고, 지금 남아 있는 사람들은 우리가 가진 힘을 보여주기를 원하는 사람이 절대 다수라네. 여지껏 억눌러 왔던 모든 것들이 폭발하기 시작했다는 말이네. 물론 몇몇 장로들의 반발이 있겠지만 이미 수레바퀴는 돌기 시작했으니 그들이 아무리 막고 싶어도 막지 못할 것이네."

"그렇다면……."

"그래. 우리 패천궁의 중원 제패는 사부가 살아 있든 그렇지 않든 사전에 준비된 계획대로 시작될 것이네. 아니 이미 시작이 되었다고 보는 게 옳겠지. 그것은 아무도 막지 못하지. 아무도……."

관패의 음성은 잔잔하게 울렸지만 거기에서 느껴지는 그의 의지와 힘을 느끼지 못할 냉악이 아니었다.

냉악이 관패와 대면하는 사이 중원에는 실로 엄청난 소문이 돌고 있었다.

구양풍의 죽음!

도대체 무슨 일이 일어난 것인가? 나이 삼십에 흑도를 통일하고 단신으로 소림에 도전했던 패천궁의 절대자가 죽다니 어디 될법한 이야기던가. 사람들은 도저히 그 말을 믿을 수 없었다. 특히나 그를 신처럼 떠받들던 흑도의 무림인들은 더 더구나 믿지를 못했다. 하지만 소문은 날이 갈수록 부풀려졌고, 그 가능성이 심각하게 대두되었다. 그러자 사람들의 생각은 다른 쪽으로 모아졌다.

누구냐?

구양풍이 죽었다면 그 이유가 있을 것이고, 죽인 자나 세력도 있을 것이다. 사람들은 도대체 누가 감히 그에게 칼을 들이댔는지 궁금했다. 이 시대의 절대자이자 중원 무림에서 가장 막강한 세력을 가지고 있는 사람에게… 너도나도 이런저런 생각과 추측을 해보곤 했지만 누구 하나 제대로 답을 알고 있는 사람은 없었다.
 하지만 사람들의 이런 의혹은 패천궁이 모든 흑도의 무림인에게 전달한 출사표(出師表)에 의해서 정확하게 밝혀졌다.

 궁주께서 돌아가셨다. 믿기 힘들고 싫은 일이지만 사실을 부정할 수는 없다. 겨우 목숨을 부지하고 돌아온 혈참마대의 대주 냉악에 의하면 궁주님이 돌아가신 곳은 숭산이라 한다. 또한 궁주님과 궁주님을 모시던 혈참마대를 공격한 것은 일단의 복면인들이었다고 한다.
 그들의 정체는 모른다. 하지만 그들이 사용한 무공들이 하나같이 보기 힘든 백도문파의 절기임을 혈참마대의 시신에서 알아낼 수 있었다.
 결국 우리의 궁주님은 간악한 백도의 무리들이 연합하여 해한 것이라 결론을 내렸다. 우리가 그동안 백도와의 마찰을 줄인 것은 두려워서가 아니다. 힘이 없어서도 아니다. 단지 궁주님께서 무림이 피에 젖어드는 것을 저어하셔서 참고 또 참으며 공생의 길을 가려 했을 뿐이다.
 한데 저들은 그런 궁주님의 은혜를 무시하고 살해하는 만행을 저질렀다. 이제 우리는 그 복수를 하려 한다. 지금 이 순간부터 우리 패천궁은 궁주님의 복수를 위해 최후의 한 사람까지 싸울 것이다. 나 관패가 피로써 맹세하는 바이다.

 패천궁의 부궁주이자 구양풍의 대제자인 관패의 이름으로 전 흑도에 전해진 출사표가 무림에 알려지자 엄청난 반응을 불러일으켰다. 그것은 곧 소문으로만 떠돌던 구양풍의 죽음을 사실로 인정한 것이고, 이제 곧 흑도와 백도 간의 정면적인 충돌을 예고한 것이었다.

흑도의 무림인들은 하나둘 패천궁으로 몰려와 힘을 실어주고 있었으며 백도의 지도자들도 연일 회동을 하며 대책 마련에 고심하고 있었다.

출사표를 던진 후 며칠 동안 패천궁은 아무런 행동을 하지 않고 있었다. 하지만 사람들은 그것이 곧 닥쳐올 피의 전주곡(前奏曲)임을 잘 알고 있었다. 그렇게 며칠이 더 흘렀다.

숭산의 밤은 낙엽 떨어지는 소리 하나없이 적막했다. 하지만 소림사의 가장 깊은 곳에서는 밤새 불을 켜고 중원의 앞날에 대해 논의하는 열기로 가득 차 있었다.

"도대체 누구란 말이오? 여기 계신 분들 중 이번 일과 관계되는 사람이 아무도 없는데……."

이곳은 소림의 방장실. 패천궁이 궁주의 복수를 천명하고 나서자 정도 문파의 수장들은 급히 소림으로 몰려들어 한창 대책 마련에 힘을 쏟고 있었다.

"그건 중요한 것이 아닙니다. 이미 저들은 우리에게 선전포고를 했고, 싸움은 이미 기정사실화되었습니다. 그들을 막아낼 방법을 찾는 것이 우선이라 생각됩니다."

안타깝다는 듯이 말을 하는 무당파(武當派)의 대표 운검자(雲劍子)의 말에 탁자의 맨 귀퉁이에 앉아 있던 장년의 사내가 말을 받았다. 그는 백색의 무복을 단정히 차려입었는데 소맷자락 끝에 몇 개의 매화(梅花)가 그려져 있는 것을 보아 화산파(華山派)의 인물인 듯싶었다.

"노화자(老化子)도 석 장문인의 생각이 옳다고 보오. 어떤 이유로도 싸움은 피할 수 없는 것이 돼버렸으니 대책이나 세우는 게 낫지. 암!"

이곳에 모인 사람들은 백도, 그중에서도 구파의 사람들이 모인 자리였다. 그 거리가 멀어 아직 곤륜파(崑崙派)에서 출발한 사람들은 이곳까지 당도하지는 못했지만 곤륜을 제외한 팔파의 대표들이 이미 이곳 숭산에 모여 있었다. 방금 전에 말한 화산파의 장년인은 나이 사십에 장문인이 된 곽무웅(郭武雄)으로 나이 서른에 화산파의 대표적 무공인 자하신공(紫霞神功)과 매화삼십육검(梅花三十六劍)을 극성까지 익혀 그 실력을 인정받은 사람이었다. 냉막한 인상과는 달리 항상 관대하고 온후한 성격으로 사람을 대하는지라 사람들은 그를 가리켜 군자검(君子劍)이라 불렀다.

또한 곽무웅의 말을 지지한 사람은 숭산에서 얼마 떨어지지 않은 개봉부(開封府)에 총타(總舵)를 두고 있는 개방(丐幫)의 방주 추혼신개(追魂神丐) 황충(黃忠)이었다.

"무량수불, 노도도 알고는 있지만 너무 이상하지 않습니까? 패천궁은 이곳에서 수만 리 떨어진 구양풍의 고향 복건성(福建省)에 있는데 어찌하여 그가 하필 숭산에서 죽는단 말입니까?"

"맞습니다. 사실 그가 죽었는지조차 의심스럽습니다. 도대체 누가 있어 그를 죽일 수 있단 말입니까? 창피한 말이지만 이곳에 계신 분들이라 해도 그의 무공에 많이 모자람이 있지 않습니까?"

운검자의 말에 강한 동조를 하고 나선 사람은 청성파(靑城派)의 장로(長老) 석부성(錫孚星)이었다. 그의 말에 대부분의 사람들이 고개를 끄덕였다. 한 사람의 무인으로서 상대방보다 약하다는 말을 죽기보다 싫어하는 그들이었지만 감히 구양풍에 비견된다고는 말할 수 없었다.

"아미타불, 소승도 그리 생각합니다만 이곳 숭산에서 일단의 무리들이 싸움을 벌인 것은 조사 결과 사실로 드러났고, 두 개의 무덤도 찾을 수 있었습니다. 그 무덤은 이미 파헤쳐져 있었지만 누군가를 묻었던 것은 틀림없는 사실 아니겠습니까? 이렇게 싸움이 있던 사실이 명확한 이상 우리가 아무리 결백을 주장하더라도 패천궁에선 어떻게 하든지 싸움을 걸어올 것입니다. 그동안 구양 궁주가 그들의 거친 성정을 잘 막아왔지만 그가 사라진 이상 그들은 그의 죽음과 상관없이 중원제패의 야욕을 불태우려 할 것입니다."

"복수라는 미명 하에서 말입니다."

이 회의의 주재자인 소림의 장문인 영오 대사가 말을 꺼내자 화산파의 장문인인 곽무웅이 주먹을 불끈 쥐며 말을 이었다.

방장실에 모인 사람들은 잠시 아무 말도 하지 못했다. 잠시 후 종남파(終南派)의 장문인 목인영(木仁英)이 긴 침묵을 깨고 입을 열었다.

"그래서 이렇게 모인 것이 아닙니까? 이대로 가만히 그들에게 중원을 내주어야 되겠습니까?"

"무슨 말씀을요. 절대로 아니 되지요. 목숨을 걸고서라도 저들의 야욕을 막아야 합니다."

그들은 목인영의 말에 한 목소리로 결전의 의지를 보여주었다.

"그래, 어떤 방안이 있으십니까? 각자의 의견을 교환해 보도록 합시다."

영오 대사의 말에 가장 먼저 말한 것은 곽무웅이었다.

"백도문파가 전 중원에 흩어져 있지만 그중 이름이 있는 문파들은 대개가 강북에 위치하고 있습니다. 강남에 있는 백도의 큰 문파는 오대세가(五大世家) 중 하나인 호남성(湖南省)의 남궁세가(南宮世家)가 거의 유일하다 하겠습니다. 흑도들 또한 전 중원에 여러 문파가 산재해 있지만 그들의 주력은 대부분이 복건성에 위치한 패천궁을 위시하여 강남에 모여 있습니다. 결국 이번 싸움은 장강(長江)을 사이로 두고 전개될 것이 분명합니다. 하지만 강북에 이렇다 할 흑도 문파가 없는 반면에 우리 백도는 오백 년의 전통을 자랑하는 검객(劍客)들의 가문인 남궁세가가 강남에 위치하고 있다는 이점이 있습니다. 우리 측에서는 강남에 교두보를 확보하는 차원에서라도 반드시 남궁세가를 보호해야 합니다. 강북으로 올라오는 길목에 남궁세가가 버티고 있는 한 그들은 함부로 북진을 할 수가 없습니다."

"흠, 과연 일리가 있는 말이외다. 하나 저들도 이미 그 사실을 알고 있을 터 온 힘을 다해 남궁세가를 치려 할 텐데 그렇다면 제아무리 남궁세가라해도 버티기 힘들 것이라 보이는데……."

목인영은 곽무웅의 말에 수궁을 하면서도 염려의 말을 늘어놓았다.

"물론입니다. 해서 우리가 그들을 도와야 할 것입니다. 여기서 호남까지 가는 길은 그들이 호남으로 밀고 오는 시간보다 아무리 빨리 간다 하더라도 족히 이틀은 더 걸립니다. 빨리 지원군을 파견해야 할 것입니다."

곽무웅은 당장에라도 각 문파들의 제자를 지원해야 한다고 주장했다. 하지만 그의 말은 곧 반박에 부딪쳐야 했다.

"곽 장문의 말에도 일리가 있지만 아직 저들은 움직이지 않고 있소이다. 생각하건데 저들이 비록 궁주의 복수를 빙자하여 중원을 도모하려는 망상을 천명하긴 했지만 어떤 문파라도 그 문파의 수장이 죽으면 항상 문제가 발생하기 나름이오. 특히나 패천성같이 다양한 사람들이 모여 만들어진 곳일수록 그 문제가 심각하게 나타나는 법이지요. 모르긴 몰라도 저들은 지금 패천궁의 주인 자리를 놓고 서로 힘 싸움을 하고 있을 것이오. 그러니 우리가 그리 서두를 게 아니라 좀 더 긴 안목에서 바라볼 필요가 있다고 봅니다."

"하지만……."

"또한, 남궁세가와 친분이 돈독한 나머지 사대세가에서 이미 그 대책을 논의하고 있을 것이니 그들의 의견을 들어보고 난 연후에도 늦지 않다고 생각합니다."

무당파의 대표로 온 운검자는 천천히 자신의 의견을 피력했다. 나머지 사람들은 곽 장문의 말에도 일리가 있지만 운검자의 말에 더 일리가 있다고 생각했다. 하지만 곽무웅은 이대로 물러설 수 없었다. 다시 한 번 자신의 생각을 말했다.

"운검 진인의 말도 충분히 이해가 갑니다만 만약 그들이 누군가를 중심으로 이미 힘의 집중이 끝났다면 우리의 대응이 너무 늦는 것이 아닐런지요?"

충분히 가능했다. 만약 그들의 권력 승계가 이미 끝났다면 이러고 있을 시간이 없었다. 하지만 그걸 알아낼 방도가 없었다. 중인들의 시선은 당연히 중원 최고의 정보망을 자랑하는 개방의 방주인 황충에게 쏠렸다. 황충은 자신에게 쏟아지는 시선을 의식한 듯 헛기침을 한 번 한 후에 천천히 말을 시작했다.

"여기에 참석하기 전에 이미 강남에 산재해 있는 여러 분타(分舵)에서 전서구(傳書鳩)가 올라오고 있었소이다."

"그래, 어떤 내용이었습니까?"

석부성이 대뜸 물어왔다.

"그들이 복수를 천명한 순간부터 이미 우리의 시선은 그곳에 쏠려 있었소. 한데 이상한 것은 그들이 말로는 복수를 한다고 하면서도 이렇다 할 움직임을 보여주지 않고 있는 것이오. 이상하리만큼 조용하다는 것이지요. 계속해서 많은 흑도의 무림인들이 패천궁 안으로 들어가고는 있지만 나오는 이가 없다고 합니다. 물론 간혹 가다 그들이 공격을 시작했다는 전서구가 올라오고 있지만 그 진위는 알 길이 없었소. 또한 우리 방도들이 수없이 패천궁에 잠입하여 그 이유를 알아보고자 하였으나 많은 희생만이 있었을 뿐 성과는 없었다는구려."

"아미타불, 중원의 평화를 위해 개방의 동도들이 아까운 목숨을 잃었습니다."

영오 대사는 합장을 하며 안타까운 표정을 지었다.

"어쩔 수 없는 일이겠지요. 아무튼 그들의 행동이 이상하리만큼 조용하다는 것을 보면, 아마도 무슨 흉계를 꾸미고 있든지 아니면 운검진인의 말씀대로 내부에 문제가 생겼음이 틀림없다고 여겨지오."

"음……!"

중인들은 짧은 신음성을 내뱉었다. 싸움에서 상대방의 의도를 안다는 것은 매우 중요했다. 지피지기(知彼知己) 백전백승(百戰百勝)이라 했는데 도무지 그들이 어찌 행동할지 알 수가 없으니 몹시 불안했다. 그러나 그들의 속내를 알 수 없다고 마냥 기다릴 수만은 없었다. 어찌하든지 결론을 내려야 했다.

"결국 우리는 아무것도 모르는 상황에서 결정을 내려야겠습니다. 곽 장문인의 말씀대로 지금 즉시 제자들을 파견하든지 아니며 나머지 사대세가의 의견을 들어보면서 천천히 싸움에 대비를 할지 말이오. 더 좋은 의견이 없다면 다수의 결정을 따르도록 합시다."

영오 대사의 말대로 중인들이 제자들의 즉시 파견에 대한 가부(可否)는 다수로 결정되었다. 드러난 결과는 좀 더 추이를 지켜보자는 것이었다.

'허허, 이리 상황 판단들이 느려서야… 큰일이로구나!'

곽무웅은 여전히 상황에 비판적이었다. 하지만 그의 생각은 아랑곳없이 회의는 계속되었다.

"우선은 제자들을 파견하지 않는 것으로 결정이 났지만 곧 큰 싸움이 일어나는 것은 누구도 부인하지 못하는 사실입니다. 이에 우리가 어찌 대처를 해야 하는지 말씀들 해보시지요."

"저쪽은 패천궁이라는 하나의 구심점이 있는 반면 우리들의 세력은 너무 흩어져 있습니다. 우선 힘을 하나로 모아야 할 필요가 있습니다."

"하면……?"

"예. 우리도 패천궁처럼 힘을 하나로 모을 필요가 있습니다. 해서 백도문파의 연계를 위한 정도맹(正道盟)을 만들어야 한다고 생각됩니다. 지금처럼 뿔뿔이 흩어져서는 그들에게 대항할 수가 없습니다."

운검자는 정도맹의 결성을 강하게 주장했다. 그리고 그런 그의 의견에는 회의에 참석한 대부분의 사람들이 동조하고 있었다. 그의 의견이 반영되는 것은 당연했다.

약간의 논의 끝에 곤륜파가 빠진 팔파일방의 수뇌부 회의에서는 정도맹의 결성이 결정되었다. 지금 그들은 맹주를 누가 하네, 장로는 누가 하네, 인원을 몇으로 하네, 등 자기 문파의 밥그릇 싸움에 정신이 없었다.

'이럴 시간이 없는데… 뭣들 하는 건지…….'

곽무웅은 지금 이러고 있을 때가 아니라고 생각했다. 하지만 자신의 의견은 이미 무시를 당하고 있었다. 결국 그는 그들이 하는 꼴이 너무 보기 싫어 몸이 아프다는 핑계를 대고 방장실을 나와 버렸다. 그의 이런 마음을 아는지 모르는지 안에서는 여전히 소란스런 말들이 오고 갔다.

다음날 곤륜의 대표가 도착한 직후 구파일방(九派一幇)의 이름으로 다음과 같은 발표가 있었다.

이번 패천궁의 궁주의 죽음을 빌미로 하여 중원제패의 야욕을 가지고 있는 패천궁에 대응하기 위하여 구파일방은 다음과 같이 결의한다.

첫째, 패천궁을 상대하기 위해 정도맹의 결성한다. 그것은 단지 패천궁만을 상대하기 위한 임시 기구로 싸움이 끝나면 자연 해체한다.

둘째, 정도맹의 총단은 소림으로 하고, 소림의 장문인인 영오 대사가 정도맹의 맹주직을 맡기로 하며 각 파의 장문인과 명망있는 명숙들이 장로의 역할을 한다.

셋째, 각 파에서는 일정한 수의 제자를 선발하여 정도맹에 파견한다.

넷째, 이후 각 파는 정도맹의 결정에 절대 복종한다.

그들은 이런 발표문과 더불어 백도의 여러 군소문파에 정도맹의 결성에 힘을 실어주기를 일방적으로 요청했다. 이들의 청을 받은 많은 군소 문파들과 몇몇 기인들은 구파일방의 이런 독단적인 행태가 불만스러웠지만 힘이 없었다. 그들도 살아남으려면 어쩔 수 없이 이들에게 동조하는 수밖에 없다는 것을 잘 알고 있었다.

구파일방이 이런 움직임을 보이고 있을 때 백도의 다른 한 축을 차지하고 있는 오대세가에서는 이미 일련의 행동들이 시작되고 있었는데, 구파일방이 소림에서 대책을 논의하고 있던 그 시간에 남궁세가를 제외한 나머지 사대세가에서는 남궁세가를 돕기 위한 가솔들의 파견이 이루어지고 있었다.

"아버님, 차라리 제가 가겠습니다. 너무 위험합니다."
"됐다. 가주인 네가 가문을 지키는 것이지 가긴 어딜 간다구 그러는 것이냐? 나는 이제 할 일도 없고 하니 옛 친구나 보러 가련다."
"아버님!"
"허허, 내가 가겠다는데 자꾸 고집을 부리려느냐?"
당문천(唐文泉)은 답답했다. 지금 그의 아버지인 당천호(唐天虎)가 가려는 남궁세가에는 조만간 틀림없이 큰 싸움이 있을 것이다. 남궁세가가 그 명성이 뛰어나고 그의 아버지 또한 암왕(暗王)이란 이름을 사해에 떨쳤지만 상대는 패천궁, 결코 만만한 곳이 아니었다. 해서 자신이 가문의 몇몇 고수들을 이끌고 가겠다고 했는데, 기어이 당천호 본인이 가겠다고 고집을 부리는 것이었다. 물론 그의 아버지인 당천호가 왜 그리 고집을 부리는지 당문천도 잘 알고 있었다.
당천호가 가려는 남궁세가의 전대 가주 검성(劍聖) 남궁상인(南宮尙仁)은 당천호의 둘도 없는 친우(親友)였다. 비록 몸이 멀리 떨어져 있어 자주 만나거나 연락을 주고받진 못하지만 항상 마음속에 서로를 흠모하며 존경하고 있었다. 그런 친우의 가문이, 친우가 풍전등화(風前燈火)의 처지에 놓였다는데 나서지 않을 당천호가 아니었다.
당문천은 결국 아버지의 고집을 꺾지 못했다.
"후! 알겠습니다. 아버님의 뜻에 따르겠습니다. 하면 언제 떠나시렵니까?"
"심정이야 지금 당장이라도 떠나고 싶지만 혼자 가는 것도 아니고 또한 먼 길이니 준비를 하려면 제법 시간이 걸릴 것이다. 내일 아침에 떠나도록 하마."

"알겠습니다. 그럼 내일 아침에 맞추어 출발 준비를 시키겠습니다."

"오냐!"

말을 마치고 방을 나선 당문천은 한숨이 절로 나왔다. 아버지도 아버지지만 이번 싸움은 몹시 힘든 싸움이 될 것이다. 그만큼 위험도 크고 생명을 장담 못하는 상황이 많이 닥칠 것이다. 당장 내일 누구를 보낼 것인가가 걱정이었다. 가문의 특징상 세가 내 대부분의 무인들이 당가의 피가 섞여 있는 일족들이었다. 누구하나 아끼지 않는 사람이 없었다.

당문천이 자신의 방에서 한참을 근심하고 있을 때 그의 아우인 당문영(唐文永)과 당문성(唐文成)이 방으로 들어왔다.

"형님, 결국 아버님 뜻대로 하시기로 하셨다면서요?"

"휴… 말도 말게. 아무리 말씀드려도 도무지 고집을 꺾지 않으신다네. 어디 자네라도 한 번 더 가서 만류를 해보시게."

"하하, 어림도 없다는 것을 잘 아시면서 그러십니다."

"내 하도 답답해서 그러는 것 아닌가? 근데 셋째는 왜 말도 없이 무얼 그리 생각하는가?"

당문영과 말을 주고받던 당문천은 방안에 들어온 이후 아무 말도 안 하고 있는 당문성에게 그 이유를 물었다.

"예? 아, 이번에 누구를 보내야 하는지 생각하고 있었습니다."

"그래, 나도 계속 생각을 하고 있었지만 도통 누구를 보내야 할지 모르겠네. 자네들의 생각은 어떠한가?"

"일단 남궁세가와 저희 가문과의 인연을 생각해서라도 확실한 도움을 주어야 합니다. 더구나 아버님께서 가신다니 아버님의 안전도 생각을 해야 하고… 하니!"

"그래서 누구를?"

당문성은 잠시 뜸을 들이고는 말을 이어갔다.

"우선 제가 소걸(昭傑)이와 함께 아버님을 모시고 가겠습니다. 그리고 소기(昭氣)는 가문을 이어야 하니 조금 위험하긴 해도 참여하여 견문을 넓혀야 할 것입니다. 결과만 좋다면야 아주 좋은 경험이 되리라 생각합니다."

"그래. 나도 그리 생각하고 있었네. 소문(昭門)이는 너무 어리니 안 되겠지."

"흠, 내 아들놈은 왜 빼나? 소명(昭明)이도 데리고 가게."

가만히 듣고 있던 당문영이 옆에서 한 소릴 거들었다.

"알겠습니다, 형님! 그리고 그 외에도 세가의 무인 삼십 명 정도면 적당할 것이라 생각합니다."

"삼십이라… 음… 알겠네. 그럼 자네가 갈 사람을 추려보게."

"그리하지요."

당문천의 부탁 어린 명령에 당문성은 고개를 끄덕였다.

"참, 그런데 형님. 우리는 이렇게 준비를 하고 있다지만 다른 세가에서는 어찌 행동을 할까요? 뭐 구파일방이야 뻔히 탁상공론(卓上空論)이나 벌일 것이고……."

"글쎄, 우리가 멀리 떨어져 있어서 연락하기가 쉽지 않았겠지만 나머지 세가들도 이미 대책을 마련하고 있을 것이란 생각이 드네만."

당문천의 예상은 정확하게 맞아 떨어졌다. 패천궁의 출사표가 알려지자마자 하북팽가(河北彭家)에서는 수십 명의 무인들이 자신들의 무기를 들고 남쪽으로 내려갔고, 산동(山東)의 황보세가(皇甫世家)에서는 가주인 황보천악(皇甫天岳)이 직접 무리를 이끌고 세가를 나섰다.

그들이 향한 곳은 호북성(湖北省)의 무창(武昌)에 자리 잡고 있는 제갈세가(諸葛世家)였다. 반나절의 차이를 두고 도착한 그들은 다음날 다시 길을 떠났다. 그들의 최후 목적지는 남궁세가였고 이번 행렬에는 제갈세가의 인원도 몇 명 더해졌다.

그들이 막 제갈세가를 벗어나던 그때가, 숭산에서 정도맹의 결성을 발표하는 구파일방의 전서구가 하늘로 날아오르고 있었을 때였다.

"저는 요즘 너무 무섭습니다. 패천궁이 저리 복수를 다짐하고 있는데, 언제 우리에게 쳐들어올지 모르는 것 아니겠어요?"

"하하! 부인, 너무 걱정하지 마시구려. 저들이 지금은 체면상 저리 외쳐대고 있지만 감히 전 중원의 백도를 적으로 삼지는 않을 것이오. 자기들이 아무리 강한 세력을 지니고 있다고는 하지만 백도에는 전통의 구파일방과 오대세가가 건재하오이다. 너무 염려하지 마시구려."

"하지만 세간에서는 곧 큰 싸움이 일어난다고 하던데……."

"아, 글쎄 걱정하지 마시래두요. 그리고 쳐들어올 테면 오라지. 광동성에서 차지하고 있는 우리의 힘 또한 무시하지 못할 것이라는 것을 보여주면 되지 않겠소."

"……."

광동성(廣東省)에서 가장 큰 백도 문파이자 단창(短槍)으로 유명한 태천문(太天門)의 문주인 사붕명(司鵬明)은 무공을 전혀 모르는 자신의 여린 부인을 안심시키고 있었다. 그는 어려서부터 중원을 떠돌며 많은 창술(槍術)을 익히다가 나이 서른다섯에 이곳 광동성 남쪽의 고주부(高州府)에 자리를 잡았는데 그동안 익힌 창술을 바탕으로 태천문이라는 문파를 만들고 제자들을 받아들였다. 장창을 쓰는 일반 창술과는 달리 태산파는 보통 창의 절반 길이에 불과한 단창을 사용했는데 기존 창술이 원거리에서 적을 공격하며 접근전에는 약한 모습을 보여준 반면 이들은 오히려 접근전과 수비에 더 강한 면모를 보여줬다.

태산파는 많은 제자를 받아들이고 그 세를 넓혀갔다. 비록 그 역사는 이십여 년밖에 되지 않은 신흥 문파였지만 지금은 광동성에서 가장 큰 세력을 지닌 백도의 문파로 당당히 자리 잡고 있었다. 그것은 문파와 제자들을 위해 헌신한 사붕명의 노력이 실로 컸기에 가능한 것이었다.

"한데, 승아는 어디 갔소. 웬만하면 밖에 나가지 말라고 그랬거늘……"

"제 방에 있지요. 아무리 말을 안 듣기로서니 요즘 같은 때 함부로 나다니지는 않는 답니다."

사붕명의 말이 끝나기가 무섭게 아들을 감싸며 두둔하고 있는 부인이었다. 하지만 사붕명은 자신의 하나뿐인 아들인 사정승(司鄭乘)이 이미 밖에 나갔다가 겨우 좀 전에 들어온 것을 알고 있었다. 그저 부인의 마음을 딴 곳으로 돌리기 위해 한번 해본 말이었다.

'휴, 자식만큼은 어쩌지 못한다더니 내가 그 꼴이 아닌가?'

사붕명이 생각은 그리 하면서도 입가에 미소를 짓고 있었다. 그런 모습을 보니 말은 그리해도 아들에 대해 그다지 걱정하는 눈치는 아닌 듯했다.

그때였다. 갑자기 밖에서 아들의 다급한 목소리가 들리며 피투성이가 된 사정승이 방으로 뛰어 들어왔다.

"아… 아버님… 살… 려……"

방으로 들어온 사정승이 미처 말을 다 잇기도 전에 뒤에서 번쩍인 한줄기 빛은 사정승의 머리를 사붕명의 발 아래로 구르게 만들었다.

장난끼가 많았지만 항상 명랑하여 부모를 기쁘게 했던 아이였다. 자신과는 다르게 머리가 뛰어나 어린 나이에도 상당한 학식을 쌓아 은근히 기대를 했던 아이였다. 부르기만 하면 당장 웃으며 달려올 것 같은 아들이 몸뚱이는 문지방에 놓아둔 채 겁에 질려 두 눈을 부릅뜨고 있는 머리만 부모의 곁으로 다가왔다.

"아, 안 돼! 승아야!"

사붕명의 부인은 눈앞에서 자식을 잃은 놀람에 그 자리에서 정신을 잃어버렸다. 하지만 사붕명은 그렇지 않았다. 그는 끓어오르는 분노를 차분히 가라앉히고 차가운 눈으로 아들의 목을 날린 사내를 보고 있었다.

"누군가?"

방 안으로 들어선 냉막한 얼굴의 사나이는 사뭇 의외라는 듯이 사붕명을 쳐다보더니 대꾸를 했다.

"호, 역시 대단하군. 자신의 아들이 발 아래에 죽어 있는 것을 보고도 그리 냉정을 유지할 수 있다니……."

"누구냐고 물었다!"

사붕명은 다시 한 번 물었다. 말 속에 들어 있는 살기만으로도 사람을 죽일 수 있을 정도로 싸늘했다. 사내는 웃음을 지우고 자신의 정체를 밝혔다.

"패천궁!"

"패, 패천궁?"

"……."

"패천궁이라면 아직 움직이지 않는 걸로 알고 있었는데……."

사봉명이 패천궁이라는 말에 당혹해하자 사내는 비웃음을 흘렸다.

"훗, 너희 백도에서는 우리가 그저 말로만 궁주님의 복수를 다짐한 줄 아나본데 복수는 이미 시작됐다. 여기는 그중 하나의 목표일 뿐이지……."

"흥, 그리 쉽게는 되지 않을 것이다. 우리 태천문을 너무 우습게 보지 마라!"

"흠, 태천문이라면 그 정도의 자부심을 지닐 만하지. 해서 이곳엔 다른 곳과는 달리 우리 혈영대(血影隊)가 직접 투입되었다."

"혈, 혈영대……!!"

발작적으로 소리를 지르던 사봉명은 사내의 입에서 혈영대라는 말이 나오자 아득한 마음을 숨길 수 없었다. 그만큼 혈영대라는 말이 심어주는 공포는 지독했다.

패천궁에는 여러 기구가 있지만 대외적으로 가장 잘 알려진 것은 네 개의 무력단체였다. 그것은 다음과 같았다.

첫째, 패천수호대(覇天守護隊)로 그들의 주된 임무는 패천궁의 궁주를 보호하고 성내의 불순한 움직임을 감찰하는 역할을 한다. 네 개의 단 중 개개인의 무공 수위는 가장 높다.

둘째, 혈참마대(血斬魔隊)는 패천궁의 주력 부대이며 패천궁의 젊은 무인으로만 이루어진 단체로 반역을 진압하거나 백도와의 분쟁이 있을 시 투입되는 집단이었다.

셋째, 혈영대(血影隊)는 말 그대로 핏빛 그림자란 이름으로 불리는 패천궁의 해결사 역할을 했다. 그 인원은 가장 적지만 개개인이 일류 살수로 불리는 만큼 상대하기가 그 어떤 무인들보다 힘들었고 당연히 세인들에겐 공포의 대상이었다.

넷째, 비혈대(秘血隊)는 패천궁의 눈과 귀를 담당하는 첩보 조직이었다. 백도에 개방이 있다면 흑도에는 비혈대가 있었다. 그 행사가 은밀하여 비혈대에 속한 자가 누구인지, 수는 얼마나 되는지 아는 사람이 없었다.

"그… 그렇다면 설마?"

혈영대라는 말에 사붕명의 목소리가 급격히 떨렸다. 사내는 사붕명이 말하려는 것이 무엇인지 이미 알고 있는 듯했다.

"예상대로다. 우리는 밤의 지배자! 지금 태천문에서 살아 있는 자는 당신과 부인뿐인지. 물론 금방 사라질 목숨이지만. 당신은 그래도 일문의 문주, 해서 기회를 주고자 내가 나선 것이다."

사붕명은 가슴에 피눈물이 흘렀다. 태천문은 자신이 평생을 일궈온 삶의 터전이자 꿈이었다. 한데 그것이 한순간에 물거품이 되어 버리다니… 아니 그것은 어찌 되던지 상관이 없었다. 자신의 아들, 그리고 자신을 믿고 따라주었던 제자들과 가솔들. 그들이 하루아침에 목숨을 잃고 말다니…….

사붕명은 천천히 자신의 침상으로 걸어갔다. 그리곤 침상 위에 걸어 놓은 자신의 애병인 짧은 단창을 집어 들었다. 남들이 흔히 말하는 신병(神兵)은 아니었지만 자신을 비웃고 있는 사내의 목숨을 빼앗는 데에는 조금도 부족함이 없는 무기였다. 사붕명은 잠시 동안 흥분했던 마음이 단창을 잡는 순간 차분히 가라앉는 것을 느낄 수 있었다. 그에겐 눈앞의 사내와 싸우기 전에 우선 할 일이 있었다.

'미안하오. 이때까지 해준 것 없이 고생만 시켰구려. 잠시 먼저 가 있으시오. 내 곧 뒤따라가리다.'

사붕명은 아직까지 혼절해 있는 아내의 심장에 단창을 박아버렸다. 단창은 너무 쉽게 그러나 가녀린 한 여자의 목숨은 쉽게 빼앗을 정도로 깊게 박혔다. 사붕명의 부인은 그저 한순간의 떨림을 끝으로 자신의 아들이 기다리는 곳으로 떠나버렸다. 그런 사붕명을 보며 지금까지 조소를 하고 있던 사내의 표정이 급격히 변했다.

'대단한 자다. 왜 대주가 수하를 시키지 말고 나더러 직접 그를 상대하라고 했는지 이해가 가는군!'

혈영대의 부대주인 사혼자(死魂子) 하문도(夏文道)는 수하의 희생을 줄이려면 사붕명은 직접 상대하라는 혈영대의 대주 백검마(魄劍魔) 안당(鮟蟷)의 말을 이제야 이해할 수 있었다. 짧은 단창을 들고 서 있는 사붕명은 지금껏 자신이 보아온 그 어떤 무인보다 강한 기세를 내보이고 있었다.

"말은 더 이상 필요하지 않을 것 같소. 오시오!"

하문도는 자신의 검을 잡으며 여전히 부인에게 시선을 떨구고 있는 사붕명에게 말하였다. 사붕명은 천천히 고개를 돌렸다.

"……."

하문도를 쏘아보는 사붕명의 눈에는 검은 눈동자가 보이지 않았다. 온통 핏빛으로 변한 눈에서 무서운 살기가 쏟아져 나왔다.

'무서운 눈빛! 하지만 그것에 겁먹을 내가 아니지.'

"하앗!"

잠시 노려보던 두 사람은 약속이나 한 듯 외마디 기합과 함께 서로에게 달려갔다. 하문도의 검은 쾌검(快劍)을 바탕으로 하는 자객의 검으로 화려함보다는 적과의 가장 짧은 선을 따라 공격해 들어가는 것이었다. 화려함이나 웅장함은 없었지만 사람의 목숨을 빼앗는 데는 이보다 더 효과적인 공격이 없을 듯싶었다. 그의 검은 사붕명의 요소요소를 노리며 집요하게 파고들고 있었다. 하지만 사붕명은 그때마다 간발의 차이로 잘 막아내며 버티고 있었다.

"윽!"

사붕명의 입에서 짧은 신음성이 나왔다. 결국 왼쪽 허벅지를 심하게 찔리고 말았다. 여지껏 그랬지만 왼쪽 허벅지에 상처를 입은 사붕명은 더욱 몰리게 되었다. 계속되는 통증에 보법마저도 흔들리고 있었다.

'젠장, 이대로 물러서면 먼저 간 제자들과 가족을 볼 면목이 없는데… 그렇다면……'

"하압!"

숨 고를 사이도 없이 하문도의 검이 사붕명의 심장을 노리고 날아왔다. 사붕명은 이미 결심이 선 듯 지체없이 왼쪽 팔을 내밀었다. 하문도가 깜짝 놀라 자신의 검을 회수하려 했지만 이미 검은 깊숙하게 사붕명의 팔에 박혀 쉽게 빠지지 않았다. 사붕명은 한쪽 팔을 희생하여 검을 막은 후 자신의 반응에 당황하고 있는 하문도의 목에 최후의 공격을 감행했다.

"헉! 크윽!"

깜짝 놀란 하문도는 재빨리 고개를 돌렸지만 날아오는 창날을 다 피할 수는 없었다. 창날이 왼쪽 목 언저리를 뚫고 지나갔는지 엄청난 고통이 느껴졌다. 하지만 머뭇거릴 수는 없었다. 그것이 끝이 아니었다. 그의 목에 상처를 주고 지나간 창은 다시 한 번 방향을 바꾸어 자신을 공격했다. 아까의 공격이 앞에서 찌르기였다면 지금은 지나갔던 창날이 당겨지면서 목을 노리고 있었다. 하문도는 할 수 없이 여전히 사붕명의 팔에 박혀 있는 자신의 검을 버리고 뒤로 물러설 수밖에 없었다.

순식간에 하문도는 무기를 잃고 목에 심각한 부상을 당했다. 그러나 사붕명도 좋은 형편은 아니었다. 왼쪽 팔을 희생했고 물러서던 하문도가 날린 일장에 갈비뼈가 몇 개 부러지는 상처를 입었다.

둘은 떨어져서 잠시 동안 말없이 노려보고 있었다. 한참을 말없이 있던 사붕명이 자신의 팔에 박혀 있는 검을 안색 하나 바꾸지 않고 뽑아내더니 여전히 자신을 응시하고 있는 하문도에게 던져 주었다.

"아까는 아니었지만 지금 이 순간만큼은 난 무인이다!"

더 이상 무슨 말이 필요하겠는가? 하문도는 날아오는 검을 잡더니 호기롭게 외쳤다.

"당신은 진정한 무인이오. 나 또한 무인이라 자부하는 몸, 멋지게 승부를 가려 봅시다."

사실 이미 승부는 결정이 난 상태였다. 비록 하문도가 목에 심한 상처를 입었다지만 사붕명의 상처에는 비할 바가 아니었다. 사붕명에겐 무엇보다 다리에 입은 상처가 치명적이었다.

비록 적이지만 오랜만에 진정한 무인을 만났다는 생각에 하문도는 그에게 예의를 갖추어야겠다고 생각했다. 지금까지는 자신도 모르게 그를 경시하는 마음을 지니고 있었던 것도 사실이었다. 하문도는 자신의 검을 고쳐 잡았다. 자신이 지닌 최고의 무공인 광폭섬(廣幅閃)을 시전할 생각이었다. 하문도의 기세가 일순 변하자 사붕명은 최후를 예감했다. 그러나 사붕명 또한 왼팔은 쓰지 못하더라도 아직 남겨둔 비장의 절초가 있었다.

먼저 움직인 것은 사붕명이었다. 사붕명은 자신이 끌어올릴 수 있는 최대의 내공을 모으더니 갑자기 하문도를 향해 단창을 던졌다. 단창은 엄청난 파공음을 내며 하문도에게 쏘아져 갔다. 하지만 하문도는 호락

호락 당하지 않았다. 재빨리 몸을 뒤로 젖혀 창을 피한 그는 궁신탄영(弓身彈影)의 신법으로 사붕명에게 다가갔다.

"광폭섬!"

소리는 들리지 않았다. 사붕명은 다만 하얀 검날이 자신의 몸을 양단하는 것을 느낌으로 알 수 있었다. 희미해지는 의식을 붙잡고 사붕명은 쓰러져 있는 아내에게 시선을 주고 있었다.

"땡그렁!"

갑자기 뒤에서 들려오는 소리에 깜짝 놀란 하문도는 뒤를 돌아보았다. 그곳에는 방금 자신이 피한 단창이 땅에 떨어져 있었다. 소름이 끼쳤다. 만약 자신의 반격이 조금만 늦었어도 쓰러진 것은 사붕명이 아니라 자신이었으리라… 상대가 설마 회선창(回線創)을 구사할 줄이야… 하문도는 거듭 놀라는 얼굴로 천천히 무너져 내리는 사붕명을 바라보았다.

"당신은 정말 대단하오. 그 누구도 당신의 진면목을 모르고 있었구려. 아까 내게 검이 없을 때 이것을 사용했다면 틀림없이 당신이 승리할 수 있었을 것을… 이 승부는 당신의 승리요."

생명의 빛이 거의 사그라들고 있는 사붕명에게 하문도가 한 마지막 말이 들린 듯 입가에 희미한 미소가 그려지는 것 같았다.

그렇게 광동성의 남쪽에 위치한 태천문이 사붕명의 죽음과 함께 무너지고 있을 때 패천궁이 있는 복건성은 물론이고 광서성(廣西壯族自治區:광서 장족 자치구), 강서성(江西省), 절강성(浙江省)에 있는 모든 백도의 문파들도 일제히 야음을 틈탄 공격을 받고 있었다.

"모든 준비는 끝났습니다. 이곳 복건성과 인접한 강서, 광동, 절강의 모든 백도문파의 접수가 끝났습니다."

"흠, 그래?"

"예. 하지만 강북에 있는 백도문파들은 여전히 그 사실을 모를 것입니다."

"……?"

보고를 받고 있던 관패는 계속 말해 보라는 듯이 고개를 들어 관심을 보였다. 지금 관패가 앉아 있는 의자 앞에는 중원과 똑같은 모형의 지도가 그려져 있었다. 그리고 그 옆에는 패천궁의 군사(軍師) 귀곡자(鬼谷子)가 공손하게 시립하고 있었다. 귀곡자는 계속해서 설명을 했다.

"우선 가장 먼저 백도의 눈과 발인 개방을 철저하게 괴멸시켰습니다. 전서구에는 이미 다른 내용을 적어서 보냈으니 그들이 알 리 없습니다. 혹, 살아남은 개방의 방도가 있어 소식을 알린다고 해도 수십 마리의 전서구가 알린 내용과 혼선을 빚기에 그것을 조사하는데 또한 며칠이 걸릴 것입니다."

"그래… 서?"

"저들이 느긋해하고 있는 동안 강남은 이미 저희 패천궁의 수중에 들어왔습니다."

"아직은 아니지… 호남엔 호랑이가 버티고 있어……."

관패는 느릿느릿 말을 했다. 모든 것이 귀찮다는 말투였다. 하지만 그러면서도 귀곡자의 말을 하나도 빠짐없이 새겨듣고 있었다.

"알고 있습니다. 하지만 호남도 곧 저희 수중에 들어올 것입니다. 물론 그 안의 호랑이와 함께 말입니다."

귀곡자는 자신만만하게 말을 했다.

폭풍 전야(暴風前夜) 133

"그것도 좋겠지… 어쨌든 이번 강남의 백도문파에 대한 모든 권한은 자네에게 주었네. 계획에서 시행까지. 나는 그저 지켜만 볼 것이네."

"알겠습니다. 제가 세운 백도멸살지계(白道滅殺之計)는 지금까지 매우 순조롭게 진행되고 있습니다. 이제 나머지 세가들의 정예가 호랑이를 도와주러 오면 그들 또한 우리에 갇히게 될 것입니다. 그때 비로소 제가 계획했던 백도멸살지계의 성과를 보실 수 있을 것입니다."

"백도멸살지계라… 하하! 과연 어떤 결과가 나타날지 사뭇 기대가 되는군. 하지만 난 그것보다는 그 이후에 계획하고 있는 것에 더 관심이 간다네."

"그것을 아는 사람은 극소수입니다. 아마 반드시 성공할 것입니다."

"하하! 그래야지. 하하하하!"

관패의 기분 좋은 목소리가 패천궁에서도 가장 엄중한 경계를 받는 지존각(至尊閣)에 울려 퍼지고 있을 때 제갈세가를 떠난 삼대세가의 인물들은 막 장강을 넘고 있었고, 사천 땅을 떠난 당가의 정예 또한 장강의 물줄기를 따라 호남성에 들어오고 있었다.

호남성 장사부(長沙府)에서 약 백오십여 리 떨어진 곳에는 중원의 이대 호수로 불리워지는 동정호(洞庭湖)가 있는데 이곳은 중원의 유람객, 시인, 가객들의 발길로 항상 들끓었다. 남궁세가는 이런 동정호로부터 서남방으로 칠십 리 정도 떨어진 유가촌(柳家村)에 자리 잡고 있었다. 남궁세가는 그 둘레에 쳐진 장벽만도 십오 리에 달했는데 남궁세가란 편액이 걸려 있는 정문을 지나면 사방 백 장에 이르는 엄청난 크기의 연무장(鍊武場)이 나온다. 연무장을 지나 조금 더 들어가면 세가의 가주가 기거하는 세심각(洗心閣)을 중심으로 좌우에 세워진 전각과 가옥이 눈에 들어오는데 그 수가 수십여 개에 달하고 그 안에 거주하는 사람들의 수가 무려 천에 달하니 남궁세가는 하나의 작은 성을 방불케 했다. 남궁세가의 사람이라면 남녀노소 검을 모르는 이가 없었고, 일족이 아닌 단순한 가솔이라도 남자 아이라면 누구나 어릴 적부터 검을 잡았기 때문에 사실상 몇몇을 제외하고는 남궁세가의 모든 사람들을 무인이라 보는 게 옳았다.

시조인 남궁치세(南宮治世)가 이곳에 세가를 세운 지 벌써 오백여 년, 남궁세가는 수많은 위기와 어려움을 극복하면서 그때마다 사람들의 가슴을 서늘케 하는 뛰어난 검법으로 그 위기를 극복하는 모습을 보여주었다. 이러한 뛰어난 검공을 앞세워 항상 협(俠)과 의(義)를 중시하며 소수의 약자와 중원무림을 위해 애를 쓰는 바, 사람들은 남궁세가를 중원의 오대세가 중 으뜸으로 치켜세우는 데 조금도 망설이지 않았다. 또한 그것은 다른 모든 문파에서도 은연중 인정하고 있는 사실이었다.

그런 남궁세가의 자존심은 항상 활짝 열어놓는 정문에서도 나타났는데 도전하는 자는 당당하게 맞서주겠다는 의지의 표현이었다. 남궁세가는 오늘도 오연히 정문을 활짝 열고 그 위세를 드러내고 있었다.

남궁세가의 북쪽에는 사방으로 넓게 펼쳐진 대나무 숲이 있었다. 세가가 처음 세워질 때부터 가꾸어온 대나무들인지라 숲은 매우 깔끔하게 정리되어 있었고 자라고 있는 대나무마다 그 크기와 길이가 쉽게 접할 수 없는 훌륭한 것들이었다. 그런 대나무 위에 이제 갓 약관을 넘어선 청년이 보기에도 날카로운 검을 들고 검법 수련에 한창이었다.

청년이 밟고 있는 대나무는 크게 휘어져 흔들리고 있었지만 청년은 아무런 영향을 받지 않는 듯 차분한 자세를 취하고 있었다.

"창궁무애검법(蒼穹無涯劍法) 제1초, 창궁약연(蒼穹躍鳶)!"

청년은 자신이 밟고 있는 대나무를 힘껏 차고 올라 검을 움직였다. 위에서 아래로, 아래에서 위로, 좌우를 가리지 않고 움직이는 검은 일견 산만해 보이기까지 했지만 군더더기없이 빠르게 움직이는 몸이며 자세와 함께 검에서 뿜어져 나오는 예기는 그것이 상당한 위력을 지닌 검법임을 짐작케 했다. 한 번의 도약으로 수십 번의 칼질을 하고 떨어지던 청년은 다시 한 번 대나무를 힘껏 박차고 뛰어올랐다.

"창궁무애검법(蒼穹無涯劍法) 제2초, 창궁무한(蒼穹無限)!"

이번엔 아까와는 다르게 그다지 빠른 몸짓을 보여주진 않았다. 하지만 어지럽게 움직이는 검의 모양을 보고 있노라면 그것이 한 번의 끊어짐도 없이 커다란 강줄기가 대해로 흘러가듯 그렇게 유연히 이어지고 있다는 것을 느낄 수 있었다. 공중에 떠 있기를 얼마간, 다시 대나무를 밟고선 사내는 최후의 초식을 펼치려는 듯 잠시 숨을 고르고 있었다. 두 번의 호흡이 끝나자 그는 다시 한 번 하늘로 뛰어올랐다.

"창궁무애검법(蒼穹無涯劍法) 제3초, 창궁조화(蒼穹調和)!"

마지막 초식인 듯했다. 하지만 그는 그 초식을 끝까지 이어가지 못하고 천천히 땅으로 내려왔다. 이마에 땀방울이 맺히고 가쁜 숨을 내쉬는 것을 보니 상당한 진력이 소모된 모양이었다.

"허허, 진아야! 마음대로 안 되는 모양이구나……."

이마에 흐른 땀을 닦고 있던 남궁진(南宮眞)은 자신을 부르는 부드러운 말을 들을 수 있었다.

"오셨습니까?"

숨을 고르던 남궁진은 황급히 뒤돌아 허리를 숙이며 공손하게 인사를 했다.

강남잠룡(江南潛龍) 남궁진!

남궁세가의 현 가주인 강남일룡(江南一龍) 남궁검(南宮劍)의 큰아들이자 다음 대의 가주 자리를 이어받을 남궁세가에서 가장 귀하게 여겨지는 청년이었다. 그는 태어나자마자 남궁세가의 어른들로부터 벌모세수(伐毛洗髓)를 받고 각종 영약을 주식처럼 먹으며 자라났다. 또한 그를 사랑하는 어른들로부터 각종 기예(技藝)들과 신공절학(神功絶學)을 배워 어린 나이에도 상당한 실력을 지니고 있었다. 사람들은 이미 그 명성을 사해에 떨치고 있는 그의 아버지 강남일룡 남궁검과 더불어 그에게는 강남잠룡이라는 별호를 붙이고 남궁가의 쌍룡(雙龍)이라 부르고 있었다.

남궁진을 부른 노인은 머리를 단정하게 뒤로 넘기고 가슴에까지 내려오는 은빛 수염을 기르고 있었는데 안색이 붉고 나이에 비해 상당한 동안의 모습이었다. 남궁진을 쳐다보는 노인의 얼굴엔 하나 가득 인자함이 넘치고 있었다.

"허허, 이마에 땀 하며, 숨이 고르지 못한 걸 보니 중간에 진기가 이어지지 않은 모양이로구나?"

"예, 할아버지."

남궁진은 고개를 숙이며 몹시 부끄러워했다. 그 모양을 보고 있던 할아버지는 껄껄 웃었다.

"인석아! 나나 네 아비나 네 나이 때에는 지금 네가 연마하고 있는 창궁무애검법의 성취가 너보다 못했다. 그러니 너무 자책하지 말거라. 그 정도만 해도 아주 뛰어난 것이니."

"하지만 저는 하루라도 빨리 할아버님의 제왕검법(帝王劍法)을 익히고 싶습니다."

"예끼, 이 녀석아! 니 아비조차 아직 흉내만 내고 있는 것을 벌써 익히겠다고 하는 것이냐?"

자신이 창안한 제왕검법을 익히겠다고 하는 손자를 질책하는 할아버지의 얼굴에는 노여움은커녕 흐뭇한 웃음으로 가득했다. 제왕검법이 무엇이던가. 자신이 강호를 종횡하며 얻은 검성(劍聖)이라는 명예를 뒤로하고 이곳 죽림에서 무려 십여 년을 연구한 검법이었다. 세가의 검법 중 뛰어난 위력을 지닌 검법을 한데 모아 만들어낸 제왕검법은 강호에는 아직 알려지지 않은 남궁세가의 새로운 절기가 아니던가!

지금까지 강호에 알려진 남궁세가의 가장 대표적인 무공은 남궁진이 방금 전에 시전한 창궁무애검법이었다. 하지만 자신이 만든 제왕검법은 위력 면에서 창궁무애검법과는 비교도 안 될 정도로 뛰어났다. 그만큼 난해하고 어려운 검법이었는데 그걸 하루라도 빨리 배우겠다는 든든한 손자가 있으니 어찌 대견하지 않겠는가? 하지만 아직은 때가 아니었다.

"우선은 창궁무애검법을 완전히 익히도록 해라. 연후엔 네가 싫다고 해도 억지로라도 가르칠 테니까. 허허허!"

"한데, 요즘엔 아무리 애를 써도 도통 진전이 있질 않습니다."

검성은 자신을 바라보며 걱정하는 말투로 얘기하는 손자를 물끄러미 바라보았다.

'흠, 어느새 이 녀석이 이처럼 성장했군.'

남궁세가는 근래에 들어와서 상당한 고민거리가 있었다. 자고로 나라든 가문이든 쇠약해지지 않고 번성을 하기 위해서는 몇 가지 요소가 필수적인 법인데 특히 후대를 잇는 후손들이 많아야 함은 무엇보다 손꼽히는 중요한 요소였다.

한데 최근 들어 남궁세가는 직계 가족의 손이 매우 귀했다. 지금 인사를 하고 있는 남궁진을 포함하여 직계는 모두 다섯뿐이었는데, 특히 남자 후손은 그와 그 동생인 남궁석(南宮石) 단둘뿐이었다. 남궁가의 어른들은 크게 우려를 했지만 이런 걱정들은 남궁진이 커가면서 점점 사라지게 되었다. 어렸을 때부터 싹수가 보이던 무공 실력은 둘째 치고 그 말투며 행동 하나하나가 남궁가를 이어받기에 조금도 모자람이 없었다. 비록 형제가 적지만 저만하면 남궁세가를 이끌어가는 것은 물론이고 능히 그 이름을 천하에 떨치리라 믿어 의심치 않았다. 그런 남궁진이 요즘 통 무공의 진전이 없어 고민하고 있었는데, 그것은 남군진이 지금까지의 수준에서 그 틀을 깨고 한 단계 더 발전하려는 진통임을 검성은 잘 알고 있었다.

"네가 지금 겪고 있는 것은 절정(絶頂)의 경지에 이르기 위한 고통이니라."

"절정이요?"

"처음 무공을 익힌 사람들은 그 수준이 형편없으니 그저 힘껏 칼을 휘두를 뿐이다. 이를 삼류라 하고, 삼류를 벗어나 초식의 길을 어느 정도 알게 되는 수준을 이류라 한다. 이류를 벗어나 초식을 펼치고 걸음에 막힘이 없고 그 초식을 자신에게 맞추어 응용시킬 수 있는 경지에 이른 사람을 일류라 한다. 일류에 이르러야 비로소 고수라는 소리를 듣게 되는 법이지. 하나 흔히 세인들이 말하는 고수라는 것은 알고 보면 다 형편없는 실력을 지닌 자들이 그리 불리고 있을 뿐, 실로 고수라 불리는 사람은 그리 많지 않은 실정이다. 그리고 그 일류고수의 수준을 넘어선 실력을 절정이라 한다. 일문의 장로는 되어야 이 정도의 수준에 올랐다고 보는 것이 타당할 것이다. 하지만 각 단계로 넘어가기 위해서는 항상 고비가 있는 법. 그것을 잘 넘겨야만이 더 높은 경지를 바라볼 수 있지. 너도 지금의 시련을 잘 견디어낸다면 곧 절정의 경지에 이르게 될 것이다."

남궁진은 할아버지의 말을 세심히 새겨들었다. 자신이 벌써 그 정도의 수준에 이르렀다니… 자부심이 생겼다. 그러다가 문득 궁금한 것이 생겼다.

"그렇다면 절정의 위에는 무슨 단계가 있습니까?"

"절정 위에는 초절정이라는 말을 쓰는데 특별히 구별되는 경지는 아니다. 다만 내공이나 초식, 경험의 깊이에 따라 실력이 조금 앞서 나가는 사람을 말할 뿐이지. 진정한 절정의 다음 단계는 화경(化境)이라 하여 보통 신화경(神化境)으로 불리기도 한다. 이것은 말 그대로 입신의 경지에 이르렀다는 말로 대변되는데, 이 정도의 수준이 되어야 비로소 이기어검(以氣馭劍)을 펼칠 수 있다."

"이, 이기어검이요?"

가만히 듣고 있던 남궁진은 깜짝 놀라 반문했다. 이기어검이라니? 전설 속에서나 나오는 경지가 아니던가?

"그렇지, 이기어검. 하지만 이기어검에도 그 경지가 있는 법. 화경의 고수들이 펼치는 이기어검은 그저 손으로 조종할 수 있는 정도의 거리를 나아가니 이를 수어검(手馭劍)이라 하고 눈에 보이는 대로 조종할 수 있는 경지를 목어검(目馭劍)이라 한다. 이 정도의 무공을 시전하려면 화경의 경지를 뛰어넘은 현경(玄境)의 고수 정도는 되어야 한다."

"할아버님은 어느 정도의 수준까지 오르셨나요?"

남궁진은 강호인들이 검성이라 부르는 할아버지의 수준이 궁금했다. 하지만 할아버지는 곧바로 대답을 하지 않고 그런 그를 보며 웃을 뿐이었다.

"그게 궁금하냐?"

"예."

"네가 창궁무애검법을 십이성 완성하면 화경의 초입에 이르렀다고 생각하면 될 것이다."

"그, 그게 무슨 말씀이신지……?"

무슨 말인지 이해가 잘 가지 않았다. 할아버지의 수준을 물은 것이지 자신이 어찌 될 것인지를 물은 것은 아니지 않은가? 할아버지는 어리둥절해하는 남궁진의 모습에 파안대소(破顔大笑)하였다.

"하하하! 창궁무애검법을 익히면 화경의 초입에 들어서니 진정한 화경의 경지에 들어서려면 제왕검법을 익히면 될 것이야."

"아, 그럼 할아버지도 이미 화경의 경지에 이르렀다는 말씀이군요."

"그렇다고 볼 수 있지. 하지만 중원에서 나만한 경지에 이른 사람들은 여럿이 있다. 그중에서는 현경에 오른 자들도 있으니 아마도 패천궁의 궁주인 구양풍이나 그를 꺾은 소림의 고수도 다 현경의 수준에 이른 사람들이라 생각한다."

"그럼 현경 위에는 더 이상의 경지는 없는 것입니까?"

남궁진의 거듭되는 질문에 할아버지는 잠시 뜸을 들였다.

"흠, 현경을 뛰어넘으면 뜻이 있는 곳에 이미 형체가 나타날 것이고, 마음만으로도 사람을 해할 수 있다는 경지가 있다. 이러한 경지를 세인들은 생사경(生死境)이라 이름은 지었지만 아직까지 그 누구도 이루지 못했다. 인간으로선 불가능한 것이라 여겨지는구나. 어떠냐? 네가 한번 도전해 봄이?"

"예?"

남궁진은 할아버지의 갑작스런 말에 깜짝 놀라 대답을 하지 못하고 있었다.

"제왕검법을 내 아직 다 익히지 못했지만 그것을 십이성 대성하면 현경에 이를 자신이 있다. 할아비가 현경까지의 길을 닦아놓았으니 네가 그 뒤를 이어 생사경에 도전하면 되지 않겠느냐? 허허허!"

"하하하! 물론입니다. 제가 그 경지에 꼭 오르겠습니다. 하하하하!"

남궁세가의 전대 가주 검성 남궁상인과 그의 손자 남궁진의 웃음이 죽림의 하늘에 퍼져 나가고 있을 때, 이곳의 화기애애한 분위기와는 달리 남궁세가의 가주가 기거하는 세심각에는 지금 상당히 심각한 분위기가 감돌고 있었다.

"저들의 움직임이 예상과는 다르게 너무 조용합니다. 움직였어도 한참 전에 움직였어야 할 저들이 아닙니까?"

"그러니까 더 이상합니다. 움직였어야 할 자들이 침묵을 지킨다… 저들이 백도를 무서워한다는 것은 지나가는 개도 안 믿을 말이니 뭔가 다른 이유가 있을 듯합니다."

"……"

남궁검은 두 동생의 말에 아무런 반응이 없었다. 그저 가만히 턱을 괴고 깊은 생각에 잠겨 있을 뿐이었다.

"형님!"

남궁호명(南宮豪明)은 다시 한 번 자신의 형이자 남궁세가의 현 가주인 남궁검을 나지막이 불렀다. 남궁검은 천천히 눈을 뜨더니 여지껏 말없이 앉아 있는 막내 동생 남궁우(南宮羽)에게 시선을 돌렸다.

"막내는 어찌 생각하느냐?"

남궁검의 시선을 받은 남궁우는 차분한 어조로 입을 열었다.

"틀림없이 무슨 움직임이 있었을 것입니다. 다만 우리들의 눈과 귀가 막혀 있거나 아님 저들의 행사가 그만큼 은밀해서 눈치를 채지 못했거나 둘 중의 하나일 것입니다. 저들이 벌써 이곳을 쳐들어온다고 해도 하나 이상할 것이 없을 것입니다. 하니 적이 코앞에 있다고 생각하고 방비를 튼튼히 해야 할 것입니다. 아울러 다른 곳은 둘째 치더라도 호남성에 있는 백도의 세력이나마 하나로 모아야 합니다. 이대로 있다가 저들이 불시에 쳐들어오는 날에는 우리 또한 막기 힘듭니다."

"흠, 나의 생각과 막내의 생각이 일치하는구나. 둘째는 지금 즉시 호남성의 각 백도 문파들에게 연락을 더욱 긴밀히 하며 유사시에 대비토록 하고 본 세가의 식솔들에게 긴장의 끈을 놓치지 말라 이르도록 해라."

"예, 형님!"

남궁호명은 즉시 대답했다. 남궁호명의 대답을 들은 남궁검은 다시 셋째인 남궁수민(南宮秀敏)에게 시선을 주었다.

"그래, 우리를 돕기 위해 친구들이 오고 있다고?"

"예, 강북의 황보세가, 하북 팽가가 일찌감치 제갈세가와 합세하여 이미 장강을 넘었다고 합니다. 또한 사천 당가에서도 전임 가주이신 당천호 어르신이 직접 당가의 정예를 이끌고 오신다고 합니다."

"허, 당 숙부님이? 아버님이 아시면 반가워하시겠구나! 그래, 지금 어디까지 오셨다고 하더냐?"

"어제 막 호남성에 도달했다는 기별이 왔으니 수삼 일 내에 도착하실 겁니다."
"허허! 고마운 사람들이다. 우리의 어려움을 모른 체하지 않고 힘을 보태러 그 먼 길을 달려오다니……."
남궁검은 진실로 고마워하는 눈빛이었다. 그때 남궁우가 질문을 했다.
"구대문파의 움직임은 어떻습니까?"
그러자 지금껏 밝은 얼굴이었던 남궁수민의 얼굴이 가볍게 찌푸려졌다.
"나도 모르겠다. 그 사람들이 하는 일은 알다가도 모르겠으니… 도무지 뭐가 급하고 우선인지 알기나 하는지 원."
"하하! 그들이야 항상 그랬는 걸 뭘 그리 역정을 내나. 그저 그러려니 해야지. 기대할 사람들에게 기대를 하게!"
남궁호명이 껄껄 웃으며 남궁수민의 어깨를 가볍게 치며 말을 받았다. 가주인 남궁검마저 살며시 미소를 지을 정도였다. 하지만 막내인 남궁우는 웃음은커녕 긴장된 얼굴로 말을 했다.
"하지만 우리가 살려면 반드시 그들의 힘이 있어야 합니다."
"그게 무슨 소리냐?"
남궁호명이 언짢은 표정을 지으며 그 연유를 물었다. 그러자 남궁우는 차분하게 그 이유를 설명하기 시작했다.
"우리 남궁세가가 비록 단일 세력으로는 그 어떤 세력에도 밀리지 않을 자신이 있기는 하지만, 그 상대가 패천궁이라면 상황은 달라집니다. 패천궁을 단독으로 맞서 싸울 세력은 이미 전무합니다. 사실 흑도는 이미 패천궁이라는 이름으로 통일되었다고 보는 게 타당할 것입니다. 패천궁이라는 이름 아래 모여든 흑도의 문파가 흑도의 대부분에 이르고 여전히 자신들의 문파를 내세우고 있는 다른 흑도의 문파도 패천궁을 은연중 흑도의 우두머리라 인정하고 있습니다. 그들이 움직인다는 것은 말 그대로 흑도 전체가 움직이는 것으로 보면 맞을 것입니다. 그러니 호남성의 백도나 나머지 사대세가가 저희를 돕는다 해도 이미 그 힘이라는 것이 그들의 힘에 비하면 모자람이 있습니다. 다만 며칠을 버텨내는 정도라고나 할까요?"

남궁우의 침착한 설명을 듣는 세 사람은 모두가 침울한 표정을 지었다. 자신들이 은연중 서로 피해왔던 문제를 막내가 너무 냉철하게 지적했던 것이다.

"그렇다면 너는 어떤 생각을 하고 있느냐?"

"솔직히 저는 하루라도 빨리 남궁가의 식솔을 이끌고 강북으로 자리를 피했으면 합니다만······."

남궁우의 말이 끝나기도 전에 남궁호명과 남궁수민은 버럭 화를 냈다.

"어허, 무슨 말을······!"

"죽으면 죽었지 그런 치욕을 어찌 감당하려고 그러는 것이냐?"

"그만! 막내의 말이 아직 끝나지 않았다. 계속해라."

남궁검은 두 동생을 진정시키고 남궁우의 말을 재촉했다.

"당연히 세 분 형님이나 아버님, 집안 어르신들은 결단코 그리 하지 않으실 것입니다. 하니 그것은 이미 생각도 하지 않고 있습니다."

"암, 당연하지!"

"그렇다면 저희가 할 수 있는 것은 구파일방을 비롯하여 강북의 백도들이 우리를 도와주러 올 때까지 버티는 수밖에 없지 않겠습니까?

저들도 이미 저희 세가나 호남성이 차지하는 비중을 잘 알고 있을 것입니다. 모르긴 몰라도 정도맹이라는 것이 만들어졌다고 하니 그들은 우리를 도우러 각 파의 고수들을 파견할 것입니다. 문제는 우리가 과연 그들이 이곳에 도착할 때까지 버틸 수 있느냐 하는 것입니다."

"흠, 막내, 네 말대로라면 시간이 우리 세가의 운명을 좌우하겠구나?"

"예. 하지만 나머지 세가들이 돕는다면 그 가능성이 더 커진다고 할 수 있습니다."

"흠……."

남궁검은 잠시 말을 멈추고 눈을 감더니 깊은 생각에 잠겼다. 굳게 감았던 남궁검이 눈을 뜬 것은 남궁세가의 총관을 맡고 있는 백리효(白里曉)가 방으로 뛰어들면서였다.

"가, 가주! 가주!"

총관 백리효는 비록 무공이나 지략이 뛰어난 사람은 아니지만 사람이 공명정대(公明正大)하고 매사에 차분하게 일을 처리하여 전대 가주인 남궁상인 때부터 큰 신임을 받던 인물이었다. 그런 그가 저리도 급하게 서두르는 것을 보니 무슨 사단이 일어나도 난 모양이었다. 허락도 없이 문을 여는 백리효를 보며 깜짝 놀란 남궁검은 여전히 숨을 할딱이고 있는 그에게 그 까닭을 물었다.

"크, 큰일 났습니다, 가주!"

"도대체 무슨 일이 일어난 것입니까?"

남궁명호가 참지 못하고 거듭 물었다.

"패천궁이 드디어 도발을 했다고 합니다."

"흠, 역시 시작이 되었군. 이미 예상은 하고 있었소이다."

남궁검은 별거 아니라는 듯이 태평스럽게 말을 했다. 하지만 이어지는 백리효의 말은 그런 남궁검과 방 안에 있던 모든 이들을 경악케 만들었다.

"그, 그것뿐이 아닙니다. 이미 그들은 복건성은 물론이고 광동, 강서, 절강의 모든 대소문파를 굴복시키고 어느새 이곳 호남성의 남단으로 질주하고 있다고 합니다."

"뭣이! 지금 무엇이라 하였소?"

"저들이 이미 강남의 대부분을 차지하고 이곳으로 몰려오고 있다고 합니다."

"허허, 이럴 수가… 그래, 그 사실은 누가 알려왔소?"

"개방의 남창분타(南昌分舵)에 있던 한 제자가 이곳으로 달려와서 알려준 사실입니다."

"어서! 어서 그 사람을 이리 데려오시오!"

남궁검은 마음이 급했다. 아직 저들의 움직임이 보이지 않아서 경계를 하면서도 적이 안심을 하고 있었는데 그들이 벌써 남궁세가를 목적으로 쳐들어온다 하니 어찌 급하지 않겠는가? 나머지 형제들 또한 남궁검과 같은 심정으로 앉아 있었다.

잠시 후 밖으로 나갔던 백리효는 온몸에 붕대를 감고 있는 한 사내를 방으로 데리고 왔다.

"이곳에 올 때 상처가 너무 심해 상처부터 돌보게 하였습니다."

"잘했소. 어서 이곳에 앉게."

붕대의 사내는 자리를 권하는 남궁검을 보고 우선 자신의 소개를 했다.

"저는 개방의 남창분타에 있는 염비(捻匪)라 합니다."

"그래, 고생 많았네. 어찌 된 사연인가? 느닷없이 공격이라니?"

"그것이… 저희도 어찌 된 영문인지 모르겠습니다. 복건성에서 그들을 감시하던 우리 방도들에게서 날아오던 전서구에는 아무런 이상 징후가 보이지 않는다고 했는데, 이틀 전 밤에 갑자기 공격을 당해서 분타주님을 비롯하여 대부분의 방도가 죽거나 뿔뿔이 흩어졌습니다. 분타주님이 돌아가시기 전에 몇몇은 무당파로 보내고 저는 이곳으로 보내셨습니다."

"허허, 이럴 수가……."

남궁검은 일순 할 말을 잃고 그를 멍하니 쳐다보았는데 그런 그에게 염비는 더욱더 충격적인 말을 했다.

"오다가 이곳저곳에서 소식을 들으니 강남의 크고 작은 거의 모든 백도문파들이 하룻밤 만에 모조리 몰살을 당하거나 굴복했다고 합니다."

"…….."

남궁검은 이런 상황을 전혀 예측하지 못했다. 그저 어안이 벙벙할 뿐이었다. 하지만 모든 상황을 생각하고 있던 남궁우는 달랐다. 그는 남궁검을 대신해 자신이 의문시하던 것을 재빠르게 물었다.

"공격을 당한 것이 이틀 전이라 하였나?"

"예."

"그들이 이곳으로 온다고?"

"틀림없이 호남성을 향하고 있다 들었습니다."

"흠… 그렇단 말이지……."

남궁우는 침묵을 지키고 있는 남궁검에게 말을 했다.

"형님, 지금이라도 당장 호남성의 모든 백도문파에 연락하여 이곳으로 모이라고 하십시오. 작은 문파들은 힘도 써보지 못하고 당할 것입니다. 하지만 그런 문파라 하더라도 이곳에 모여 함께 대응한다면 틀림없이 큰 힘이 될 것입니다."

"막내 말이 옳기는 하지만 이미 저들은 이곳으로 출발했다 하지 않느냐? 이틀이라면 호남성의 남쪽은 이미 끝장이 났다고 보는 것이……."

"아닙니다. 아직 저들은 호남성을 본격적으로 공략하지는 못했을 것입니다."

남궁우는 단언하듯 말을 했다. 그러자 옆에서 듣고 있던 남궁수민이 의아하다는 듯이 말을 했다.

"아니, 이틀이 지났는데 그 무슨 소리냐?"

"저들이 그렇게 갑자기 기습을 성공할 수 있었던 것은 그들의 움직임에 대한 정보가 전혀 잡히지 않았기 때문입니다. 제 생각에는 가장 먼저 화를 당한 곳이 패천궁에 근접해 있는 개방의 분타라는 생각이 드는군요. 그들이 아무리 은밀하게 행동을 하더라도 한계가 있는 법인데 개방에서 그것을 모를 리가 없지요. 저라도 당연히 개방을 먼저 치겠습니다. 그렇게 해서 계속 잘못된 정보를 전 중원에 흘리고 일시에 기습을 하여 백도의 문파들을 굴복시켰을 것입니다."

"하면 이곳은 왜 오지 않은 것이지?"

남궁명호의 말에 남궁우는 살짝 웃음을 보였다.

"우리는 그리 약하지 않습니다. 또한 호남은 개방보다는 우리의 정보망이 더 빠릅니다."

"하긴……."

"암튼 일시에 호남성을 제외한 강남의 모든 곳을 제압한 그들의 다음 목표가 우리임에 틀림없습니다. 하지만 지금까지 고만고만한 문파를 상대한 전력으로 우리를 치는 우를 범하진 않을 것입니다. 게다가 저들이 준동한 것은 더 이상 비밀이 아닙니다. 아니, 저들이 비밀로 만들려는 시도를 안 했다고 보는 것이 맞겠군요."

"그건 또 무슨 소리지?"

"만약 그들이 마음만 먹었다면 여기 이 친구는 물론이고 남창의 모든 개방 방도들은 살아남지 못했을 것입니다. 하지만 세간의 소문이라는 것을 막을 수도 없고 이제는 그들이 원했던 것을 다 얻었기 때문에 도망치는 자들까지 쫓을 필요까지는 없었을 것입니다."

남궁우가 여기까지 말을 했을 때 방 안으로 들어서는 두 사람의 신형이 보였다. 조금 전까지 죽림에 있었던 남궁상인과 남궁진이었다. 어느새 총관인 백리효가 가서 사안의 위급함을 알린 것이다. 남궁상인이 들어서자 좌중에 앉아 있던 형제들이 분분히 자리에서 일어났다.

"어서 오십시오, 아버님."

"내 얘기는 총관에게 대충 들었다. 원했던 것을 얻다니? 막내는 하던 얘기를 마저 해보거라!"

남궁상인은 남궁검이 내준 상석에 앉으며 남궁우의 말을 재촉했다.

"예, 아버님. 저들은 우선 시간을 벌자고 했던 것입니다."

"시간?"

"예. 저들이 비밀리에 호남을 제외한 다른 성을 제압하고 이곳으로 온다면 미처 예상을 하지 못한 강북의 백도문파들이 부랴부랴 이곳으로 각 파의 제자들을 파견한다고 해도 이미 우리를 비롯하여 호남성, 아니, 강남의 전 세력이 그들 손에 넘어간다고 보시면 됩니다. 강을 두고 그들과 대치하는 것과 우리가 살아남아 전선을 형성하는 것은 그 위치로 보아 천지 차이가 될 것입니다. 만약 저들이 공공연히 움직였다면 벌써 강북의 백도에서 지원한 고수들이 이곳에 진을 치고 있을 것입니다. 하지만 지금에서야 그들의 움직임이 파악된 것을 감안하면 아무리 빨라도 오 일 안에는 지원군이 오기 힘들 것입니다. 가까운 곳에 무당이 있지만 그들은 절대로 혼자서는 움직이지 않습니다. 만약에 혼자 움직여서 그들의 정예가 피해를 본다면 바로 다음이 그들 차례라는 것을 잘 알기 때문에 다른 사람들과 행동을 같이할 것입니다. 그러니 오 일 안에 지원군이 온다는 것은 아예 생각을 말아야 할 것입니다.”

"그렇다면 저들은 바로 쳐들어올 것이 아니냐?"

남궁명호가 다시 한 번 질문을 했다. 남궁우는 혀를 들어 입술에 살짝 물기를 묻히더니 다시금 말을 이었다.

"앞서 말씀드린 대로 우리 가문은 약하지 않습니다. 저들이 섣불리 우리에게 덤비려 한다면 그들도 상당한 피해를 감수해야 할 것입니다. 특히 이들을 주도하는 패천궁에서는 그들의 피해를 최소로 줄이려 할 것입니다. 당연히 저들은 강서와 광동을 쳤던 병력들을 대기시키고 절강성을 치러 갔던 병력을 기다리고 있을 것입니다. 그들이 다 합쳐지는 날, 그날이 바로 모아진 여러 흑도의 병력을 앞세우고 패천궁이 호남성으로 들어오는 날이 될 것입니다. 이미 시간은 확보했고 전력이 최고조에 오르기만을 기다리고 있을 것입니다."

"흠, 과연 막내의 생각에 일리는 있구나. 그래, 우리는 어찌 해야 하느냐?"

남궁상인은 막내아들인 남궁우의 말에 공감을 표시했다. 하지만 그런 남궁상인의 말에 남궁우는 별다른 대비책을 말하지는 못했다.

"시간입니다. 저희가 오 일을 버텨낸다면 우리는 살 수 있을 것이고 그렇지 못한다면 저희는 이곳에서 죽게 될 것입니다. 사실 이러한 가정도 패천궁에서 훗날 있을 강북의 구파일방을 비롯한 백도세의 싸움을 염려하여 최선을 다하지 않는다는 가정 하에서 출발하는 것입니다. 만일 저들이 어느 정도의 희생을 감수하고 이곳에 힘을 집중한다면 지원군이 와도… 패입니다!"

"그렇겠지……."

예상은 했다는 듯이 남궁상인의 안색이 어두워졌다. 하지만 그는 곧 안색을 고치고 앞에 앉아 있는 사람들에게 단호한 어조로 말을 했다.

"여기서 우리 가문이 끝난다 해도 우린 피하지 않는다. 우리는 최선을 다해서 가문의 명예를 지킨다. 우선 호남성의 백도세를 이곳으로 모으고 구파일방에도 전서구를 띄워라. 늦은 감이 있지만 그래도 그들의 도움이 절실하니… 우리를 도와주기 위해 오는 사대세가들은 언제 이곳에 당도하느냐?"

"늦어도 내일 밤이면 당도할 것입니다."

"흠, 그들이라면 큰 힘이 될 수 있을 것이다. 대접에 소홀함이 없도록 해라."

"예, 아버님."

'후! 내 대에서 이런 시련이 올 줄이야… 하나!'

남궁상인의 꽉 다문 입에서 검성이라 일컬어지는 그의 굳은 의지를 볼 수 있었다.

"흠, 남궁가의 무인들이 약 삼백 명이고 팽가와 황보가의 인원이 도합 백칠십, 그리고 당문에서도 삼십이 온다고 하니 우리 오대세가의 인원은 총 오백입니다. 그리고 이곳으로 집결한 백도의 무인이 삼백, 이렇게 해서 현재 우리의 병력은 총 팔백 명 정도가 됩니다."

남궁검은 우선 현재 자신들이 지니고 있는 병력을 헤아려 알려줬다. 사실 호남성의 백도무인들의 수는 이보다 몇 배에 달했지만 대부분이 겁을 먹고 도망을 쳤고 그나마 몇몇 의기가 있는 문파에서 이곳으로 왔기에 겨우 맞출 수 있는 숫자였다.

"하지만 저들의 수는 그 세 배가 넘는다고 합니다."

청룡문(靑龍門)의 문주 상방충(祥方春)이 침울한 어조로 말을 했다. 그러자 조용히 대답을 하는 중년인이 있었다.

"그 수가 많다고 싸움에서 항상 이기는 법은 아닙니다. 적은 수로도 얼마든지 많은 적을 막을 수도, 이길 수도 있습니다. 그러니 너무 걱정하지 마십시오."

중인들의 시선이 그에게 모여졌다. 중년인은 하얀 백삼을 입고 머리에 문사건(文士巾)을 쓴 제갈세가의 가주인 제갈공(諸葛孔)이었다.

지금 세심각에는 어젯밤과는 다르게 많은 인물들이 모여 있었다. 어젯밤에 급히 호남성의 각 백도의 문파에 전갈을 보낸 이후 남궁세가로 몇몇 백도문파의 인물들이 몰려왔고, 마침내 오후 늦게 강북에서 출발한 삼대세가의 정예들이 남궁세가로 들어왔다.

그 면면을 살펴보면 황보세가에서 가주 황보천악이 그의 자녀들인 소패왕(小覇王) 황보장(皇甫掌)과 벽력권(霹靂拳) 황보권(皇甫拳), 장중보옥(掌中寶玉)인 황보영(皇甫永)을 비롯하여 세가의 정예 백여 명을 이끌고 왔고, 하북 팽가에서는 가주인 팽덕신(彭德信)의 아우인 팽언문(彭彦文)이 가주를 대신하여 가주의 세 아들 중 몸이 약한 둘째 팽윤(彭倫)을 제외하고 첫째인 팽만호(彭滿瑚)와 막내인 팽후(彭候), 그리고 자신의 아들인 팽도정(彭道正)과 딸인 팽조윤(彭照潤)을 비롯하여 팽가의 무인 칠십여 명을 이끌고 왔다.

　옛날부터 무(武)보다는 문(文)에 뛰어난 능력을 보였던 제갈세가에서는 가주인 제갈공과 몇몇 가신이 따라왔다.

　패천궁의 갑작스런 움직임에 적지 않게 당황하고 있던 남궁세가와 남궁세가에 모여든 호남성의 백도인들은 이들의 합세에 천군만마를 얻은 듯 기뻐했다. 그리고 지금, 밤늦은 시각까지도 각 문파를 대표하는 사람들이 이곳 세심각에 모여 향후 앞날에 대해 논의하고 있는 중이었다.

　"그럼 좋은 방도가 있겠습니까?"

　회의를 주관하던 남궁검은 제갈세가의 가주가 말을 꺼내자 반색을 하며 말을 했다. 제갈세가 하면 각종 병법(兵法)이나 진법(陣法)에서 타의 추종을 불허하는 곳. 뭔가 좋은 방법이 있을 듯싶었다.

　"일단 저들이 더 이상 은밀하게 행동하지 않고 공공연히 이곳으로 모여든다고 하지만 관부의 눈을 의식해서 한꺼번에 이동은 하지는 못할 것입니다. 그러니 그들이 모이기 전에 그 길목을 지켰다가 각개격파(各個擊破)를 해야 할 것입니다."

　"흠, 각개격파라……."

　"하지만 우리의 병력을 분산시키는 것도 위험한 일이 아닙니까?"

　당문우가 은근히 반대의 의견을 내놓았다. 하지만 제갈공의 말은 그것이 전부가 아니었다.

　"많은 수를 이용해 그들을 치자는 것은 아닙니다. 다만 소수로도 그들을 압도할 수 있는 고수들로만 두어 조를 만들어 적의 혼란을 이끌자는 것입니다. 이 방법으로 적에게 큰 타격을 입힐 수는 없겠지만 그동안 승리만 해왔던 저들의 사기를 약간이라도 꺾을 수 있다면 큰 성과라 하겠지요. 그렇게 저들의 사기를 조금씩 꺾은 연후에 비로소 진정한 싸움은 바로 이곳에서 있을 것입니다."

"흠……."

제갈공의 말이 과히 나쁘지 않기에 중인들은 대체로 수긍하는 눈치를 보였다.

"그렇다면 누구를 보내면 좋겠소이까? 나라도 좋다면 나서 보겠소."

오호문(五虎門)의 문주인 사공도(仕公道)가 벌떡 일어나 호기롭게 외쳤다. 하지만 남궁검은 그런 그를 제지하고 나섰다.

"하하! 사공 문주의 의기는 익히 알지만 그런 일에까지 나서야 체면이 안 서지요. 문주께서는 이곳에 남아 많은 백도의 제자들을 책임지셔야 하는 막중한 책임이 있지 않습니까?"

"험, 제가 무슨 실력이 있다고… 하지만 가주께서 그리 말씀하시니……."

사공도는 아쉽다는 듯이 자리에 앉았다. 그런 모습을 보며 빙긋이 웃던 제갈공이 다시 말을 이었다.

"우선 다른 무공 실력보다는 경공 실력이 뛰어나야 할 것입니다. 이번 작전은 적을 괴롭히자는 것이지 그들과 충돌하여 그로 인해 우리가 피해를 보자는 것이 아닙니다. 다소 무공이 떨어지더라도 경공이 훌륭한 사람을 뽑아야 할 것입니다."

"그렇다면 우리 영아를 추천하겠소. 비록 계집아이이기는 하지만 그 오빠들보다 경공이 탁월하고 검법에도 나름대로 조예가 있으니 쓸모가 있을 게요."

황보세가의 가주인 황보천악이 그 특유의 우렁찬 목소리로 자신의 딸인 황보영을 거명했다. 하북 팽가를 이끌고 온 팽언문도 지지 않고 자신의 두 조카를 추천했다. 그러자 방 안에 있던 사람들은 너도나도 자신과 관계된 사문의 제자를 추천하고 나섰다. 기습을 맡게 될 습격조의 선발에 대한 말이 많아지자 좌중은 상당히 소란스러웠다. 그때 남궁세가의 총관을 맡고 있는 백리효가 방 안으로 들어왔다.

"가주님, 정문을 지키는 자들이 사천(四川)에서 출발한 당문의 무인들이 막 도착했음을 알려왔습니다."

"오, 알았네. 내 금방 나감세!"

남궁검은 허겁지겁 정문으로 뛰어갔다. 당문이라면 자신의 아버지와 절친한 친구인 당천호가 직접 식솔을 이끌고 온다고 하지 않았던가? 감히 무례를 범할 수가 없었다. 남궁검이 막 연무장으로 나설 때 일단의 무리들이 남궁가의 무인들의 안내를 받으며 걸어오고 있었다.

그중 무리의 한가운데에서 걸어오는 초로의 노인이 눈에 띄었는데, 이 노인이 그다지 크지 않은 키에 자그마한 체구를 보고 그저 그런 노인으로 취급했다가는 감히 살아남을 자가 없다고 하는 암기의 제왕 당천호였다. 마중을 나가던 일행은 모두가 허리를 굽히고 인사를 했다. 그중 남궁검은 재빨리 앞으로 나가 인사를 하며 당문의 일행을 반겼다.

"어서 오십시오, 당 숙부님. 먼 길에 고생 많으셨습니다. 자네들도 어서 오게."

"허허, 고생은 무슨. 그래, 자네가 마음 고생이 심하겠네그려."

"아닙니다. 숙부님과 당문의 친구들이 이리 와주시니 소질, 천군만마를 얻은 듯합니다."

"이런, 어디 우리뿐인가? 내 예상대로 삼대세가에서도 왔구만! 그래, 다들 잘 지냈는가?"

"예, 어르신! 평안(平安)하셨는지요?"

"평안은 무슨… 그냥 저냥 지냈다네."

당천호가 남궁검의 뒤에 서 있는 삼대세가의 사람들에게 아는 체를 하자 그들 또한 깍듯하게 인사를 했다. 그들의 인사를 웃으면서 받던 당천호는 고개를 돌려 남궁검을 바라보았다.

"흠, 그건 그렇고 자네 부친은 어디 있는가? 이 친구가 먼 곳에서 온 나를 괄시하는 것은 아닐 테고……."

당천호가 짐짓 노여운 어투로 말을 하자마자 연무장 한 켠에서 커다란 음성이 들려왔다.

"하하하! 누가 자네를 무시한다고 그러시나. 나는 여기 이미 나와 있었다네."

남궁상인은 어느새 일행에 가까이 다가오고 있었다. 그러자 당천호의 뒤에 서 있던 당문성이 인사를 했다.

"소질이 백부님께 인사를 드립니다."

"아, 문성이 자네도 왔는가?"

"예, 백부님!"

당문성과 남궁상인이 반갑게 인사를 하고 있는데 그 모양을 보는 당천호는 무엇이 못마땅한지 얼굴을 찌푸리고 있었다. 그러더니 자신의 아들을 돌아보며 절레절레 고개를 저었다.

"내가 자식을 잘못 키웠어……."

"옛? 아버님, 그, 무슨 말씀이신지……."

당문성은 일순 자신이 무슨 실수를 저지른 것은 아닌지 긴장을 했다. 그런 당문성을 보며 당천호는 천연덕스럽게 말을 이었다.

"이 녀석아! 저기 남궁세가의 가주가 나보고 당 숙부라고 부르는데 네가 저 친구를 백부라고 부른다면 졸지에 내가 저 친구의 아래가 되는 것이 아니더냐? 너도 당연히 남궁 백부가 아니라 숙부라 불러야 하지 않더냐! 그 덕에 나만 졸지에 저 친구의 아랫자리가 돼버리지 않았느냐!"

"……."

당문성은 하도 황당해서 그저 입맛만 다시고 있었다.

"하하하! 이보게, 아우. 인사는 그쯤 했으면 됐고 이제 이곳은 자식들에게 맡기고 자네는 나와 저리 가세. 자네가 온다고 하여 내가 특별히 소흥가반주(紹興加飯酒)를 준비해 뒀다네. 오랜만에 한잔함이 어떠한가?"

"흥, 아우는 무슨… 한데, 소흥가반주……? 좋지. 가세나!"

가장 어른인 당천호와 남궁상인이 사라지자 사람들은 그제야 당문의 나머지 일행들과 반가이 인사를 했다. 서로의 안부를 묻고 이런저런 환담을 나누다가 당문의 무사들은 따로 전각을 배정받아 여장을 풀었고 당문성은 곧장 세심각으로 들어가 그간의 진행 상황을 설명받았다.

"호, 좋은 생각입니다. 그런 역할이라면 우리 당가의 사람들이 빠질 수 없지요. 어찌 보면 우리에게 가장 알맞은 역할 아니겠습니까?"

"하하! 그리 말씀해 주시니 한결 마음이 가볍소이다."

"자, 그럼 누구를 습격조에 포함시킬지 결정을 하도록 합시다."

호남성에는 중원에서 알아주는 유명한 명물이 두 가지가 있으니 하나는 동정호요, 다른 하나는 악양루(岳陽樓)였다. 동정호는 중국에서 두 번째로 넓은 담수호로 호수의 면적은 계절에 따라 큰 차이가 날 정도로 수량의 변화가 많다. 춘추(春秋) 전국시대(戰國時代) 이래 역대의 개간과 수리 공사로 해서 커다란 호수가 되었는데, 호남성 내의 농수(濃水), 상강(湘江), 원수(沅水), 자수(資水)의 4대 하천이 흘러들었다가 장강으로 흘러 나간다. 그러나 엄격히 이야기하자면 호수가 아니라 장강의 줄기라고 할 수 있는데 장강이 물이 들어오고 나가고 있어 단지 그 형태가 호수처럼 보일 뿐이다.

또 동정호 안에는 군산(君山)이라 부르는 조그만 섬이 떠 있어 아름다움을 더해주고 있는데, 평상시라면 수없이 많은 사람들로 붐벼야 하는 호반이었지만 최근 들어 사람의 수가 급격하게 줄어들고 있었다. 패천궁의 공격이 임박했다는 것은 무인들뿐 아니라 세간에도 잘 알려져 있다. 무인들이 일반 백성을 공격할 리는 없었지만 혹시나 하는 두려움은 남궁세가가 이곳에서 얼마 떨어지지 않았다는 이유 하나만으로 그들을 이곳에서 멀어지게 만드는 원인이 되었다. 그런데 한산하기만 했던 동정호 주변에 새벽부터 몇 명의 무인들이 모습을 보였다.

"이야… 멋지구나! 사람들이 동정호, 동정호 하는 이유가 있었구만 그래!"

그들은 무리를 지어 이동을 하고 있었다. 그중에서도 유난히 덩치가 커 어디를 가든 한눈에 알아볼 수 있는 사내가 연신 고개를 움직이며 감탄사를 내뱉고 있었다. 그러자 옆에 걸어가던 또 다른 사내가 대뜸 핀잔을 주었는데 그 사내 역시 만만찮은 덩치를 지니고 있었다.

"하참, 형님, 그만 좀 두리번거리쇼. 동정호에 처음 온 것이 뭐 자랑이라고 그렇게 티를 내시는거요. 창피한 줄도 모르고."

"하하하! 그러는 너는 마치 와본 것처럼 말을 하는구나. 이 녀석아, 남자란 모름지기 자기의 생각을 확실하게 표현할 줄 알아야 하는 법이다. 배우지 않은 것도 아니고 안 와봐서 모르는 게 뭐가 창피하단 말이냐!"
 사내는 동생인 듯한 사내의 등짝을 솥뚜껑만한 손으로 내려치며 껄껄 웃었다. 그러자 등에서 오는 통증에 인상을 찌푸리던 사내는 못 말리겠다는 표정을 지었다.
 "그래도 좀 그만 해요. 하북 팽가란 이름에 걸맞는 행동을 좀 보입시다."
 "에라이, 이놈아! 팽가하면 딱 떠오르는 게 무어냐? 의리와 뚝심 아니더냐. 그런 걸 지니고 있는 자는 그런 자잘한 것에 크게 신경을 쓰지 않는다. 그러니 너도 저 경치나 구경하거라! 얼마나 멋지냐? 산만 잔뜩 있는 우리 하북에서는 이만한 경치를 구경하기 힘들지 않더냐?"
 "에휴, 난 잘 모르겠수. 형님이나 실컷 구경하시구라!"
 "사내자식이 꿍시렁거리기는… 아무튼 오늘은 나 팽만호가 태어나서 처음으로 동정호도 구경하고 눈 호강을 하는구나! 하하하!!"
 "내 미치고 말지……."
 결국 말리는 것을 포기했는지 사내는 고개를 절레절레 흔들고 말았다.
 "호호! 막내가 아예 포기해. 큰오라버니의 무대포를 누가 말려."
 이들의 다툼을 지켜보던 황보세가의 여식인 황보영이 깔깔대며 다가왔다. 나이는 스물이 조금 넘어 보였는데 황색 경장을 차려입고 등에는 검을 메고 있는 모습이 제법 귀여운 구석이 있었다.
 황보세가나 하북 팽가는 그 거리도 가까운 데다가 가주들이 성정이 비슷하고 연배가 비슷하여 서로 호형호제(呼兄呼弟)하는 사이였다. 당연히 그들의 자녀들 또한 잘 알고 지내며 한 형제처럼 친하게 지냈다. 특히 장차 팽가의 뒤를 이을 팽문호와 황보영은 이미 장래를 약속했다는 소리가 나오고 있었다. 그런 황보영이 나타나자 팽만호의 낯빛이 달라졌다.

"누님, 어서 큰형님 좀 말려보소. 큰형님이 그래도 말을 듣는 사람은 아버님하고 누님뿐이지 않소?"

"호호, 놔둬. 보기 좋은데 뭘. 나도 동정호를 처음 보는데… 정말 소문 대로네!"

"하하하! 거봐라. 네가 너무 과민한 반응을 보이는 것이라니까!"

"헐… 누가 천생연분(天生緣分) 아니랄까 봐 벌써부터……."

"천생연분이라기보다는 찰거머리 같은 인연이라고 보는 게 옳을 게다."

지나가는 말투로 황보장이 한마디 더 거들었다. 팽후는 황보영마저 자신의 예상과는 다르게 엉뚱한 반응을 보이자 이제는 정말 포기하고 말았다. 그런 세 사람의 아웅다웅하는 모습을 보는 당가의 형제들과 남궁진은 그저 키득키득 웃을 뿐이었다.

이들의 모습을 보고 있노라면 도무지 싸움을 하러 온 사람들이 아니라 어디 유람을 나오는 사람들처럼 한가하게만 느껴졌다. 하지만 그렇다고 그들이 앞으로 있을 싸움을 모르는 것이 아니었다. 오히려 너무 잘 알아서 탈이었다. 그들은 어쩌면 이곳으로 다시 살아서 돌아올 수 있는 사람이 없을지도 모른다고 생각하고 있었다. 그러나 그들은 중원에서 손꼽히는 가문의 인물들, 중원의 오대세가라는 이름이 그들로 하여금 이토록 여유있는 모습을 하게 만들었다. 과연 허명(虛名)은 아니었다.

일곱 명의 사내와 한 명의 여자. 그들은 당소기, 소명, 소걸 형제들 세 명과 팽가의 팽문호, 팽문후 형제, 황보세가의 대공자인 황보장과 황보영이었다. 그리고 이들을 이끌고 앞장서서 가는 인물은 남궁가의 적자인 남궁진이었다.

 습격조는 남궁세가로 밀려오는 적들을 상대하기 위해서 그렇게 아침 일찍 동정호를 우회하여 길을 떠나고 있었다.

선발대(先發隊)

선발대(先發隊)

 "지, 지금 무엇이라 하시었소? 패천궁이 움직였단 말이오?"
 정도맹의 맹주 직을 맡고 있는 소림의 영오 대사는 화급히 달려온 추혼신개 황충의 말을 듣고 깜짝 놀라고 있었다. 비단 그뿐만 아니라 좌중의 모든 사람들은 영오 대사와 마찬가지의 반응을 보였다.
 "말씀드린 그대로이외다. 이미 저들은 움직이기 시작했고 벌써 강남의 대부분이 저들의 수중에 떨어졌다 합니다."
 황충은 침울한 얼굴로 말을 했다. 그러자 그 말을 듣고 있던 청성파의 장로인 석부성이 벌컥 화를 냈다.
 "무언가 착오가 있겠지요. 바로 어제만 하더라도 그들의 움직임이 전혀 없다고 하시지 않으셨소이까? 한데 하룻밤 사이에 강남이 넘어가다니요? 도무지 이해가 아니 갑니다."
 "후……! 낸들 알겠소. 하지만 강남의 모든 성에서 빗발치듯 전서구가 올라오고 있소이다. 그 내용인즉 이미 패천궁의 공격이 시작되었고 강남의 모든 백도 문파들은 멸문을 당했거나 굴복했다고 하니…….”

“무량수불… 우리가 저들의 간계에 당한 것 같습니다.”

가만히 듣고 있던 무당의 운검자가 탄식을 했다. 석부성은 운검자에게 그 의미를 물었다.

“간계라니요? 그 무슨 말씀이십니까?”

“저들이 우리의 눈과 귀를 속이고 단번에 강남을 석권한 것 말입니다. 우리는 개방의 말만 믿고 있었지만 일의 돌아가는 모양을 보아하니 패천궁을 감시하던 개방의 방도들이나 복건성에 있는 개방의 분타는 이미 전멸을 당한 듯싶소이다. 우리가 지금껏 받아온 전서구는 아마도 패천궁에서 위장하여 거짓 소식을 보낸 것이라 생각됩니다만…….”

“이, 이런 낭패가… 그렇다면 진정 강남의 백도는 무너진 것이라는……?”

“아직은 아닙니다. 호남성이 무너졌다는 소식이 없을 뿐더러 그곳에는 남궁세가가 버티고 있습니다.”

화산파의 장문인 곽무웅이 담담한 어조로 말을 했다. 그는 지금 이곳에서 유일하게 평상심을 유지하고 있는 것으로 보이는데 이 모든 사태를 미리 예측한 것이 아니냐는 의구심마저 들 정도였다.

“그렇소이다. 이 노화자가 받은 전서구에는 호남성에서 올라온 것도 있는데 아직 그곳까지는 그들의 손이 미치지 않았다고 합니다.”

“하지만 그곳도 곧 무너지게 될 것입니다. 우리가 이렇게 수수방관만 하고 있다면 말입니다.”

곽무웅은 좌중을 둘러보며 자신의 주장을 펴기 시작했다.

"아직도 때는 늦지 않았습니다. 비록 강남이 저들의 수중에 떨어진다 하더라도 그것이 곧 백도의 패배로 이어지리라고는 생각하지 않습니다. 하지만 그 상징성이나 전략적 중요도로 보아도 호남성, 특히 남궁세가는 반드시 지켜내야 합니다. 시간이 없습니다. 어서 빨리 지원군을 보내야 합니다. 이번 싸움은 틀림없이 시간의 싸움이 될 것입니다. 저들이 그토록 조심을 하며 이번 일을 꾸민 것도 바로 그 시간을 벌기 위함일 것입니다. 우리의 지원군이 얼마나 빠르게 남궁세가에 도착하느냐가 무엇보다 중요한 관건이 될 것입니다."

곽무웅이 그토록 열을 내며 설명을 했지만 사람들은 그의 말에 대한 지지도 거부도 하지 않은 채 묵묵부답이었다. 잠시 후 그 침묵을 깨고 맹주인 영오 대사가 말을 했다.

"아무리 생각해 봐도 지원군을 빨리 보내야 할 듯싶습니다. 다들 어찌 생각들을 하십니까?"

"하지만 아무리 빨리 보낸다 하더라도 각 파에서 제자들을 차출하고 집결시켜 출발을 한다면 적어도 보름은 걸릴 것이니 너무 늦는 것이 아닐런지요? 차라리 강남은 포기하고 장강을 경계로 하여 전열을 정비하고 싸움에 임하는 편이……."

"말도 안 됩니다. 이미 남궁세가를 돕기 위해 사대세가가 나섰다고 합니다. 만약 여기서 우리가 돕지 않는다면 그들 또한 위험해집니다. 사대세가가 백도에서 차지하는 비중을 너무 간과해서는 안 될 것입니다."

"아니… 난 그저……."

강남을 포기하자는 말을 했던 종남파의 장문인은 곽무웅의 말에 궁색한 변명을 하려 했다. 하지만 운검 진인은 그런 그의 의도마저 막아버렸다.

"노도의 생각도 곽 장문과 같소이다. 그곳은 절대 포기해서는 안 되는 곳이외다. 그러니 빨리 방법을 강구해 보도록 합시다."

"대규모의 지원군은 시일이 다소 걸릴 터이니 우선 급한 대로 여기 있는 제자들이라도 선발대로 지원을 하는 것이 어떠할런지요?"

여지껏 아무런 말도 하지 않던 아미파(峨嵋派)의 장로인 금정 신니(金井神尼)가 조용히 말을 했다. 아미파에서까지 지원의 의사를 밝히자 곽무웅의 주장을 그리 탐탁지 않게 여겼던 종남파나 청성파에서도 더 이상 반대를 하진 못하였다.

"금정 신니의 말에도 일리가 있습니다. 우선 급한 대로 이곳의 제자들을 보내어 다소간의 시간을 지연시킨 다음 전열을 정비하여 대규모의 지원군을 파견하는 것으로 결정하도록 하겠습니다. 보다 세부적인 것은 우선 제자들을 모아보고 결정을 합시다."

영오 대사는 조용하게 말했지만 이미 정도맹의 맹주가 된 그의 말은 절대적인 명령이나 다름없었다. 방 안에 모였던 모든 사람들이 허리를 숙이고 그 의사를 존중하였다.

이렇듯 백도의 수뇌부들이 머리를 싸매고 있을 때 얼굴을 잔뜩 찌푸리고 숭산을 오르고 있는 인물이 있었다.

'제길, 아무래도 내가 뭐에 씌었지. 이 뻔뻔한 영감탱이를 뭣 하러 구해 가지고서는······.'

소문은 여전히 자신의 등에 업혀 잠을 자고 있는 노인을 보면서 이를 갈았다. 물론 소문의 무공이라면 사람 하나 업고 길을 나서는 것은 전혀 문제가 되지 않았지만 소문이 이처럼 화를 내는 것은 노인의 행동 하나하나가 어찌나 장백산에 있는 자신의 할아버지를 닮았는지 때때로 할아버지가 따라온 것은 아닌가 하는 착각을 할 정도라는 것에 그 이유가 있었다.

지금도 그랬다. 천리표국을 나설 때만 해도 멀쩡하던 다리가 왜 산에 들어와 경공을 펼치려 하니까 상처가 도진다는 것인가? 말도 안 되는 핑계를 대며 끝내는 자신의 등에 매달리고는 지금까지 한 걸음도 그냥은 움직이지 않았다. 꼭 소문의 등에 업혀 이동을 하는 것이었다. 게다가 마음이 급한 소문을 이리저리 괴롭히며 시간을 지체하는 통에 소문이 출행랑을 시전하면서 달려왔지만 상당한 시간이 지나서야 겨우 숭산에 도착할 수 있었다.

한데 천리표국에서 쟁자수의 일을 하고 있어야 할 소문이 무슨 이유로 이곳에는 다시 나타난 것인가? 돌려주었던 반야심경도해를 훔치러 오는 것은 아닐 텐데……. 그 이유는 다름 아닌 이번 백도와 흑도 간의 싸움에 이유가 있었다.

"뭐라구요? 강남으로 표행을 안 간다구요? 그게 무슨 말이에요?"

소문은 당분간 강남으로의 표행이 모두 중단되었다는 장삼봉의 말에 믿기 어렵다는 듯이 말을 했다. 그러자 장삼봉은 아무렇지도 않은 듯 그 이유를 설명했다.

"이번에 패천궁의 궁주가 죽으면서 강호의 분위기가 아주 어수선해졌어. 특히 흑도세가 많이 모여 있는 강남의 분위기는 아주 안 좋아. 물론 그들이 표행 길을 방해한다고는 장담하지 못하지만 여차하면 공격을 받지 않는다고 보장도 못하지. 일반 녹림도와 다르게 그들은 아주 무섭단 말이야. 아무리 우리 표사들이 날고 긴다 하여도 어림도 없지. 암! 그러니까 애초에 조심하자는 것이지. 강호가 안정될 때까지는 관에서 부탁한 표물 이외에는 아마 강남으로의 표행은 없을 것이야."

장삼봉의 말이 거듭될수록 소문의 얼굴은 소태를 씹는 듯 울상이 되어갔다.

'그럼 난 뭐야? 여기서 일한 게 도로아미타불 아냐? 아악!'

"아니, 자네, 왜 그러나 왜 갑자기 머리는 쥐어뜯고 난리인가?"

"그럼 저… 는 사천에 언제 간단 말입니까?"

소문의 목소리는 울음이 터지기 일보 직전이었다. 그 모양을 보던 유금산이 소문의 어깨를 툭툭 쳤다.

"하하하! 이 친구… 이제는 자네도 제법 노련한 쟁자수 아니던가. 이제는 혼자서도 충분히 사천에 갈 수 있을 것이야. 중원 말도 그만하면 웬만한 사람 뺨치게 능숙하고 몇 달 간의 표행을 경험 삼아 사천을 찾아간다면 힘이야 들겠지만 불가능한 것은 아니지. 그까짓 힘이야 젊어서 고생은 사서도 한다고 좋은 경험이 될걸?"

"……."

유금산의 말이 아주 틀린 것은 아니었다. 애초에 자신이 혼자서 사천으로 가지 못한 것은 중원의 문물과 풍습에 아주 어두웠기 때문이다. 비록 모사드에게서 많은 것을 배웠다고는 하지만 백문(百聞)이 불여일견(不如一見)이요, 또 열 번을 봐도 한 번을 해보는 것보다 못하다고 하지 않던가. 그동안 소문이 배운 것과 실제로 이곳에서 접한 것은 너무도 많은 차이가 있었다. 그래서 엄두를 내지 못한 것인데, 유금산 말대로 이제는 그렇게 망설일 필요도 없었다.

'여기서 계속 시간만 지체할 수는 없고… 돈 있겠다, 말도 문제없고,

무공이야… 그래, 경험도 쌓았으니 혼자 가봐?"

소문이 결정을 내린 것은 꼬박 하루를 고민하고 나서였다. 자신이 집을 떠난 지도 벌써 이 년이 다 되어가는데 사천은커녕 중원의 가장 윗자리에서 헤매고 있다는 것이 영 맘에 안 들었다. 그래서 또 한 번의 모험을 강행하기로 했다.

이튿날 강랑을 찾아간 소문은 자신의 의지를 밝혔다.

"그래, 내 그렇지 않아도 강남으로의 표행이 사실상 중단되었다는 소식을 듣고 자네 생각을 하고 있었네. 역시 떠나기로 마음을 정했구먼."

"네. 그동안 여러모로 많은 도움을 주셔서 정말 감사합니다. 그 은혜는 결코 잊지 못할 것입니다."

"허허, 이 친구, 이제는 영영 못 볼 사람처럼 말을 하는구먼. 어차피 조선으로 돌아가려면 이곳을 반드시 지나야 할 것이니 그때 다시 보도록 하고 잘 다녀오게나. 몸조심하고."

"예. 어르신, 보중하십시오."

올 때는 조용히 왔지만 갈 때는 그렇지 않았다. 그동안 같이 생활한 동료 쟁자수들은 물론이고 소문과 표행을 다녀온 표사들까지 모여 소문의 여행에 안녕을 빌어주었다.

"자, 국주님께서도 지난번 자네의 공을 아시고 여행에 보태라고 약간이 노자를 내리셨네. 받게나."

자신을 최초로 받아들여 준 총관 양기가 두툼한 주머니를 건네주었다. 안에는 제법 많은 은자가 들어 있었다. 소문은 허리를 숙이는 것으로 인사를 대신했다.

그렇게 천리표국의 사람들에게 환송(還送)을 받으며 떠나는 소문에게도 문제가 전혀 없는 것은 아니었다. 어느새 따라붙은 가짜 할배의 등에도 하나의 배낭이 매어져 있었다.

"허허, 잘들 계시오. 내 비록 몇 분 만나뵙지는 못했지만 아쉬운 마음은 금할 길이 없구려."

마치 자신이 먼 길을 떠나는 듯한 차림이었다. 소문은 의아하다는 듯이 그에게 다가가 조용히 말을 건넸다.

"아니, 지금 뭐 하시는 겁니까?"

"뭐 하기는 자네를 따라가려는 것이지."

"몸도 성하지 않으면서 그 먼 길을 어찌 따라오려고… 그리고 이제는 몸을 움직일 수 있으니 각자의 길을 가야지요."

"허허, 나는 자네의 친척이 아니던가. 자네와 같이 떠나는 것은 당연하지. 뭐 하는가? 사람들이 자네를 부르고 있지 않나. 내 여기서 기다림세. 어서 인사를 마치고 오게나."

"끄으……."

요리조리 말을 돌려가며 꼬리를 잡고 늘어지는데 당할 재간이 없었다. 소문은 또 한 번 노인에게 지고 말았다. 결국 같이 길을 떠나게 되었는데 앞서 밝힌 바와 같이 몸의 상처가 덧났다며 배짱을 부리는 통에 소문은 천리표국을 나서자마자 노인을 업는 신세가 되었다.

이렇게 길을 떠난 두 사람이 숭산을 향하게 된 이유는 따로 있었다. 길을 나선 그들에게 가장 먼저 들어온 말이 패천궁과 백도가 곧 큰 싸움을 벌인다는 것이었고, 그 싸움은 호남성의 남궁세가에서 전면적으로 시작될 것이라는 세간에 퍼져 있는 소문들이었다. 하지만 소문은 그런 소문에 전혀 귀를 기울이지 않고 그저 자신의 길을 가려고 하는데 노인이 은근히 딴지를 걸었다.
"흠, 보아하니 조만간 큰 싸움이 있을 것 같구만."
"있든 말든 나와는 아무 상관이 없는 일이오."
"허허, 답답한 친구하고는 왜 상관이 없단 말인가?"
소문의 시큰둥한 말에 노인이 답답하다는 듯이 가슴을 쳤다. 그러자 소문이 퉁명스럽게 말을 했다.
"뭐가 상관이 있단 말이오. 저들이 싸워서 죽거나 말거나 나는 그저 사천에 가서 내 신부감을 만나면 되는 것인데."
"그 신부감이 저들과 싸운다면 어찌할 텐가?"
"엥? 그게 무슨 소리요. 내 신부감은 사천의 당가에 있는데?"
"쯧쯧, 자네는 강호의 일에는 여전히 어둡구만. 지금 한창 말이 나오고 있는 남궁세가는 예로부터 중원의 오대세가 중 한자리를 차지하고 있네."
"그런데요?"
"그런데요라니? 당가도 오대세가이고 보니 두 가문의 사이는 무척이나 돈독하단 말일세. 그런 남궁세가가 위험에 처했는데 자네 같으면 가만히 보고 있겠는가. 틀림없이 지원군을 보냈을 걸세. 거기에 자네의 신부감이 포함되지 말라는 법은 없고."
"……."
노인의 말이 듣고 보니 매우 그럴듯했다. 중원에서는 조선과는 달리 여자들이 무공을 익히고 방방 뛰어다닌다고 했다. 가소롭지도 않아서……. 하지만 자신의 신부가 그러고 있다면? 그래서 다치거나 죽을지도 모른다면? 이건 다시 한 번 생각해 볼 문제였다.
"그래서 나보고 어쩌라는 게요?"

"어쩌긴, 당장 소림사로 달려가야지."

이건 또 무슨 소린가. 소림이라니?

"아니, 싸움은 저 남쪽의 남궁 뭐시기라는 곳에서 한다며 소림은 왜 가라는 것이오?"

소문이 또 뭔 소리를 하냐는 듯 노인을 쳐다보았다. 그러자 노인은 또 한 번 장황한 설명을 늘어놓았다.

"그건 자네가 아직 강호의 성질에 대해서 잘 몰라서 그러는 것이지. 패천궁 하면 흑도의 우두머리 아니겠는가? 그런 그들이 중원을 넘보고 있는데 백도라고 가만히 앉아서 당하고 있지 많은 않을 것이네. 오다 들으니 이미 정도맹인가 하는 것이 만들어졌다고 하던데 지금쯤이면 틀림없이 남궁세가를 돕기 위한 지원군에 대해 논의되고 있을 것이네."

"흠, 그러니까 나보고 지원군에 가담하라… 이 말이오?"

"그렇지. 내 말이 그 말일세. 그들과 함께 간다면 위험도 덜할 것이고, 또 일이 잘되면 자네 신부감도 만날 수 있을 걸세."

"만약 그곳에 오지 않았다면요?"

"남선북마(南船北馬)란 말이 있지 않은가? 어차피 사천에 가려면 육로보다는 배를 이용하는 것이 빠르네. 그곳에서 뱃길이 열려 있으니, 만약에 자네의 신부감이 없다면 그 길로 다시 사천으로 떠나면 되는 것이지. 그리고 비록 자네의 신부감이 오지 않았어도 당가의 식솔들은 와 있을 테니 이참에 인사도 하면 좋지 않은가?"

"말은 그럴듯하네요. 하지만 저들이 나를 뭘 믿고 끼워주겠소. 어림도 없지!"

소문이 말도 안 된다는 듯이 손사래를 치자 노인은 그런 소문을 보며 걱정하지 말라는 듯이 말을 했다.
 "허허, 자네에게는 든든한 뒷배경이 있지 않은가?"
 "뒷배경이라니요?"
 "지난번 나를 구하기 위해 얻어온 것은 소림의 보물인 소환단이 틀림없네. 그 정도의 물건을 자네에게 주려면 최소한 소림의 장로 이상 되는 신분을 지녀야만 하네. 내 말이 틀리는가?"
 "……."
 '영감탱이, 눈치 하나는 정말 기가 막히는구나!'
 결국 이런 사연으로 인해 소문이 숭산을 오르고 있는 것이었다.

 "이젠 그만둘 때도 되지 않았습니까?"
 "무엇을 말인가?"
 "저희들의 배분이면 이제 산문 지키는 것을 벗어나야 하지 않겠습니까? 저희가 비록 나이는 적지만 우리 밑으로 제자들이 산처럼 쌓여 있지 않습니까?"
 "하하, 사제. 그게 뭐 그리 불만인가? 제자들의 예의를 가르치신다는 사부님의 말씀이니 따라야지 어쩌겠는가?"
 "그래도… 다른 문파에서 오는 사람들을 살펴보면 저희 배분의 사람들은 다 어른 대접을 받지 않습니까?"
 "무상(無常) 사제! 자네는 그렇게도 어른 대접이 받고 싶은가?"
 "그건 아니지만 솔직히 억울하기는 합니다. 사부님께서 하필 제자를 늦게 보시는 바람에 무(無) 자 배에서는 저희만 나이가 어리지 않습니까? 사숙들의 가르침을 받은 사형들은 벌써 제자를 두고 있는데 저희는 산문이나 지키고 있으니……."

"사부님께서 다 뜻이 있으시겠지."

무허는 입이 한 자나 나온 자신의 사제를 그렇게 달랠 수밖에 없었다. 사실 지금 산문을 지키고 있는 무허나 무무, 무애와 무상은 모두가 지객원주 영각 스님의 제자였는데 이들은 소림에서 조금 이상한 위치에 놓여 있었다. 영각 스님이 워낙 제자를 늦게 둔 까닭에 지금 소림의 가장 낮은 배분인 공(空) 자 배의 제자들과 나이가 거의 비슷했다.

게다가 영각 스님은 다른 사형들과는 다르게 자신의 제자들에게 무공을 많이 가르치지 않았다. 무공이라는 것이 많이 알면 알수록 자신을 힘들게 하는 번뇌(煩惱)라나. 해서 이들의 무공은 자신의 아랫사람들보다도 못하는 경우가 있었으니 은연중 무시를 당하는 것은 당연했다.

막내인 무상은 그것이 못내 불만이었다. 물론 무허 자신도 배분이 낮은 제자들이 무공 연습에 힘을 쏟을 때 이곳을 지키는 자신의 모습에서 조금 억울한 마음도 가지고 있었지만 대사형답게 그저 사부님의 명을 좇을 뿐이었다.

무허가 막내 사제를 달래고 있을 때 소문이 막 산문에 도착했다.

"무허 스님, 오랜만입니다."

"아니, 을지 시주 아니십니까? 반갑습니다. 그런데 어찌 다시 오셨는지요?"

무허는 소문을 보며 반색을 했다.

"아, 예, 큰스님께서 일간 다시 한 번 찾아오라고 하셔서……"

"아, 그러셨군요. 한데 옆에 계신 분은……?"

"저의… 먼… 친척… 되십니다."

소문은 하기 싫은 말을 억지로 하는 듯 인상을 구기며 대답을 했다.

무허는 그 모양이 조금 이상하긴 했지만 아무튼 그들은 소림의 귀한 손님이었다.

"아, 그러시군요. 소승 무허라 합니다. 어서 오십시오."

"허허, 을지굉이라 하오."

"저를 따라오시지요. 태사숙조님께 안내해 드리겠습니다. 막내 사제는 잠시 혼자 자리를 지키시게."

"예, 사형. 다녀오십시오."

무허는 산문을 막내 사제인 무상에게 맡기고 자신이 직접 소문과 노인을 태사숙조가 있는 장경각으로 안내했다. 절차를 따지자면 자신의 사부인 지객원주에게 먼저 고하여야 하겠지만 영각 스님은 지금 한참 다른 문파의 사람들을 접견하느라 정신이 없었다. 게다가 소문은 모르는 사람도 아니니 자신의 선에서 처리해도 무리가 없다고 판단한 것이었다. 장경각에는 지난번과 마찬가지로 무무 혼자서 불경을 정리하고 있었다. 무무는 무허를 보자 공손히 인사를 했다.

"어서 오십시오, 사형!"

"자네 혼자 고생이 많네."

"고생이라니요. 제가 좋아서 하는 일인 걸요."

무무는 무허와 가벼운 인사를 나누다가 뒤따라온 소문을 보고는 흠칫 놀랐다. 그러나 곧 정신을 차리고 반갑게 인사를 했다.

"또 오셨군요. 어서 오십시오."

"예? 아, 네……."

소문은 자신에게 합장을 하는 무무에게 허둥지둥 인사를 했다. 무무는 그런 소문을 바라보며 빙긋이 웃었다.

"이분들은 태사숙조님을 뵈러 오신 듯하니 제가 모시도록 하겠습니다."
"그래 주겠나? 그럼 나는 이만 자리로 돌아가야겠네."
무허는 자신이 할 일은 다했다는 듯 말을 마치곤 소문과 노인에게 인사를 하고 자신의 자리인 산문으로 총총히 떠났다.
"따라오시지요."
무무는 소문과 노인을 장격각의 보다 깊은 곳으로 안내했다. 조금 더 안으로 들어가자 탁자에다 팔을 올려놓고 그 팔로 턱을 괸 채 의자에 앉아 꾸벅꾸벅 졸고 있는 노스님을 볼 수 있었다. 무무나 소문이야 별다른 감정을 느끼지 못했지만 노승을 바라보고 있는 노인, 구양풍의 감회는 남달랐다.

사십 년! 무려 사십 년만의 조우(遭遇)였다. 자신의 야망을 한낱 지팡이 하나로 꺾은 노승이었다. 패천궁에서 절치부심(切齒腐心)하기를 수십 년 그 옛날의 야망이나 패기는 없어진 지 이미 오래였다. 그저 한 명의 무인으로 노승의 무공을 뛰어넘고자 사십여 년을 고심했건만 뜻은 이루지 못하고 이렇게 쫓겨서 만나게 될 줄이야……! 구양풍은 착잡한 마음을 감출 수 없었다.

"태사숙조님… 태사숙조님… 태사숙조님!"
"응, 무무구나… 왜 그러느냐?
무무가 세 번을 부르자 그때서야 실눈을 뜨고 귀찮다는 듯이 대답을 하던 노승은 무무 옆에 소문이 서 있는 것을 보자 자세를 고쳐 바로 앉고 반색을 했다.
"허허, 이게 누구신가 을지 시주 아닌가. 반가우이."
"예, 스님, 그간 안녕하셨는지요?"
"늙은이가 안녕하면 얼마나 안녕하겠나? 고만고만하지……."

노승은 천진스런 웃음을 보이다가 소문의 옆에 서 있는 구양풍을 바라보았다. 시선을 받은 구양풍은 노승에게 다가가 공손하게 인사를 했다.

"오랜만입니다, 큰스님. 하나도 안 변하셨군요."

"누구신지……."

"기억이 나지 않으십니까? 허허, 그럴 만도 하지요. 참으로 긴 세월이었습니다."

노승은 이마를 찌푸리고 잠시 생각을 하더니 무릎을 탁 치며 고개를 들었다.

"이게 누구신가! 자네로군. 자네야! 반가우이! 내 들려오는 소식을 듣고 슬퍼했건만 역시 그럴 리가 없지. 암, 자네 같은 인물이 그리 쉽게 목숨을 잃을 리가 없지."

무무와 소문은 영문을 몰라 그저 멀거니 서 있을 뿐이었다. 노승과 구양풍은 한참 동안 말을 나누었다.

"…일이 그리된 것이로구만. 하긴 터질 때도 되었지. 그간 너무 조용했거든."

"제가 모자라서 그렇지요."

"무슨 소릴. 솔직히 자네가 마음만 먹었다면 중원은 이미 자네의 수중에 들어갔을 것인데……."

"허허허, 스님께서 막으시지 않았습니까?"

구양풍은 그때의 대결이 생각나자 문득 호승심이 일었다.

"제가 그때 꺾이면서 한 말을 기억하십니까? 소림에 다시 올 땐 달마삼검을 꺾겠다고 한 말 말입니다."

"암, 기억하고 말고! 그래, 깨달음이 있었는가?"

"그것이 깨달음인지는 모르지만 어느 정도 자신은 생겼습니다."

"호, 그런가? 기대가 되는군. 언제 보여줄 텐가?"

아무리 나이가 들고 수양이 깊은 노승이었지만 그 또한 무인인지라 호기심이 생김은 부인할 수 없었다. 하지만 노승의 말에 구양풍은 자신의 하나 남은 팔을 보며 안색을 가볍게 흐렸다.

"제가 몸이 이래서… 하지만 제 제자 놈이 이미 저의 경지를 뛰어넘었으니 곧 보시게 될 것입니다."

"허, 제자가 자네를 이리 만들었건만 자넨 그가 밉지 않은 모양이구만."

"어차피 흑도는 강자존(强者存)의 세계 아니겠습니까? 다만 백도나 흑도나 이번 싸움으로 많은 목숨이 없어질 것이 안타까울 뿐이지요."

"그렇지. 너무 안타까운 일일세. 하지만 막기에는 이미 너무 늦었음이니……."

"제가 장담하건대 제 제자 놈은 이미 저를 능가하는 무공과 또 수하들을 다루는 데 저보다 몇 수 위의 능력을 지니고 있습니다. 이번엔 백도가 힘에 부칠 것입니다. 아마 막기가 힘들 듯싶습니다."

"흠, 그런가? 사필귀정(事必歸正)이라 했네. 결과는 두고 보면 알게 되겠지."

노승은 구양풍과 말을 마치고 천천히 고개를 돌려 여전히 머뭇거리며 탁자 앞에 서 있는 소문에게 시선을 주었다. 소문은 무슨 말을 하려는 듯 계속 노승을 쳐다보고 있었다.

"자네는 나한테 할 말이 있는 것인가?"

"그게… 저……."

소림사의 대웅전 앞에는 아침부터 많은 사람들이 모여 있었다. 제각기 다른 색, 다른 모양의 옷들을 입고 있었는데 그들 모두가 각자의 무기를 들고 있다는 공통점이 있었다. 얼굴에는 나름대로의 자부심과 불안감, 긴장감이 교차하는 그들은 어제 정도맹의 수뇌들이 결정한 대로 남궁세가를 돕기 위해 급히 차출된 각 문파들의 제자들이었다. 급히 차출된 인원이기는 했지만 사안의 중요성을 감안하여 정예가 선발되었다. 그런 선발대의 면면을 간단히 살펴보면 다음과 같았다.

소림에서는 지객원주인 영각 스님을 대표로 하여 나한전주(羅漢殿主)인 무령(無靈) 스님을 비롯한 십팔나한(十八羅漢)이 선발되었는데, 특이하게도 무공이 약한 영각 스님의 막내 제자인 무상이 포함되어 있었다. 이는 무상이 사부인 영각에게 따라가겠다고 거의 막무가내로 억지를 부린 결과였다.

화산에서는 장문인 곽무웅을 비롯하여 제자 스물여섯 명, 개방에서는 장로인 구육개(狗肉丐)를 필두로 제자 열세 명, 그 외에 강북에서 활약하는 고수 오 인이 합세해서 선발대는 총 육십칠 인이었다.

사실 처음에는 이보다 훨씬 많은 사람들이 차출되었지만 구파일방 중 아미, 공동, 곤륜, 청성, 종남 등 나머지 문파들은 급하게 소림에 오느라 미처 많은 제자들이 따라오지 못해 제외되었고, 소림에 모인 많은 무인들 또한 너도나도 지원을 했지만 효율적인 명령 체계를 유지하기 위하여 그중 실력이 뛰어난 오 인만을 포함시켰을 뿐이다.

남궁세가로 가는 길목에 위치하고 있는 무당에서는 본산에서 직접 제자를 파견하여 이들과 합세하기로 하였다.

정도맹의 수뇌들과 많은 무인들은 떠나는 이들을 배웅하고자 아침부터 한자리에 모여 있었다. 이윽고 선발대의 출발 준비가 끝나자 정도맹의 맹주를 맡고 있는 영오 대사가 이들 앞에 나섰다.

"지금 강남의 백도문파들은 패천궁에 의해 이미 풍비박산(風飛雹散)나고 말았습니다. 오로지 호남성의 남궁세가만이 버티고 있는데, 혹여 남궁세가마저 무너진다면 강남에서 더 이상 우리 백도의 세력을 찾을 수가 없을 뿐더러 패천궁은 자신감을 가지고 그 마수(魔手)를 강북으로 점차 확대시킬 것입니다. 그러기 전에 미리 그 싹을 자르기 위해서라도 남궁세가는 꼭 지켜내야 합니다. 하지만 저들의 간계로 우리는 많은 시간을 헛되이 보내 버리고 말았습니다. 해서 본 맹에서는 여러 백도세를 하나로 집결시켜 지원군을 파견하는 것은 그 시기가 늦었다고 판단하여 미리 선발대를 남궁세가로 보내어 최대한으로 시간을 지연시킨다는 방책을 세웠습니다. 그 틈에 이곳에서는 전열을 가다듬고 본격적으로 지원에 나설 것입니다. 여기 서 계신 여러분들이 그 선발대의 중차대한 역을 하게 될 것입니다. 무척이나 힘들고 고된 여정이 될 것입니다. 하지만 여러분들의 노고와 희생 속에서 우리 백도들은 저 간악한 무리로부터 중원을 지킬 수 있는 계기를 마련하게 될 것이라는 것을 명심해 주십시오. 여러분이 가시는 길에 항상 부처님의 은덕이 따를 것입니다. 아미타불!!"

영오 대사는 불호로써 말을 끝마쳤다. 그러자 이번 선발대의 실질적인 지도자(指導者)라고 할 수 있는 곽무웅이 말을 이었다.

"맹주님의 말씀대로 우리는 백도의 사활(死活)을 좌우할 중요한 역할을 하게 될 것이오. 모두 맡은 바 소임을 다해주길 바라오. 우리는 우선 숭산을 내려가 그곳에 마련된 말을 타고 이동을 하게 될 것이오. 남궁세가까지 밤낮을 가리지 않고 달린다면 사흘이면 당도하겠지만 그리 해서는 우리가 먼저 지쳐 제대로 된 실력도 발휘하지 못하고 당하게 될 것이오. 해서 이동은 적당한 휴식과 함께 이루어질 것이오."

"그렇다면 너무 늦는 것이 아닐런지요?"

선발대의 일원이기도 한 구환도(九還刀) 하후강(夏候强)이 질문을 했다.

"아, 하후 협사(俠士)시구려. 비록 늦은 감은 있겠지만 싸우지도 못하고 당하는 것보다는 낫다고 생각이 듭니다. 그리고 남궁세가에는 나머지 사대세가에서도 지원군이 도착했다고 하니 약간의 시간은 더 주어질 것입니다."

곽무웅은 간단하게 대답을 마치고 다시 시선을 중인들에게 돌렸다. 몇 마디 더 주의 할 점을 당부한 그는 곧 선발대에게 이동을 지시하였다. 그러자 개방을 필두로 하여 나머지 선발대들이 천천히 소림을 빠져나갔다.

"후, 제발 무사히 도착하여 최대한의 시간을 벌어주어야 할 텐데요. 아미타불!"

"곽 장문이 무리를 이끄니 좋은 결과가 있을 것입니다. 저희들은 하루라도 빨리 이곳에서 힘을 모아야 할 것입니다."

"그래야겠지요. 여러분들의 힘이 절대적으로 필요합니다. 우매한 본 승을 많이 도와주시기 바랍니다."

운검 진인의 말에 영오 대사는 선발대에 두었던 근심을 걷고 남아있는 수뇌들의 협조를 당부했다. 사태의 심각성을 잘 알고 있는 그들이 영오 대사의 말에 전적으로 동의했음은 당연했다.

소림의 산문을 벗어난 선발대가 이동하는 순서를 살펴보며 우선 개방의 제자들이 앞장을 섰고, 그 뒤를 소림, 독자적인 무인, 화산파의 순

선발대(先發隊) 183

으로 걷고 있었다. 그런데 소림의 맨 뒤에는 소림사와는 전혀 관계가 없어 보이는 두 인물이 쫄래쫄래 따라가고 있었다. 그것이 처음부터 불만이었던 몇몇 사람들 중 한 명인 화산파 곽무웅의 딸 곽영(郭英)이 처음으로 그 불만을 토로하기 시작했다.

"이건 말도 안 돼요. 어째서 선발대의 중요한 임무에 저런 자들이 끼어 있지요? 안 그래요, 평산 오라버니?"

곽영의 말에 화산파의 대제자인 임평산(任平散)은 말없이 웃고 있었다. 곽영의 말에 동의를 한 것은 임평산의 사제 하지극(夏持戟)이었다.

"네 말이 맞다. 저런 자들이 어찌 선발대에 들었는지 원……."

"저것 좀 봐요. 외팔이 노인네는 병색이 완연하고 옆에 있는 사내는 키만 멀대같이 커가지고 꼴에 등에는 활도 메고 있네요. 흥, 저 어깨에 앉아 있는 이상하게 생긴 새는 뭐람. 요즘 표국은 쟁자수하던 자들도 저러고 다니나?"

어젯밤에 영오 대사는 장경각으로 불려갔다. 감히 누가 부르는 것이라고, 지체없이 달려가 사숙조에게 인사를 하던 영오 대사는 그 자리에 서 있는 소문을 볼 수 있었다. 그리고 사숙조에게 한마디의 말을 들은 것이 전부였다.

그 말로 인해 영오 대사는 아침에 선발대가 출발하기 전에 선발대의 수장인 곽무웅을 개인적으로 만나야 했다. 영오 대사는 그 자리에서 소문과 노인을 소개하고는 그간 사정을 간략하게 말했다. 반야심경도해에 얽힌 소문과 소림의 인연을 설명한 후 곽무웅으로부터 소문과 노인의 동행을 약속받았다.

하지만 곽무웅은 다른 사람들에게는 소림의 체면을 생각하여 반야심경도해의 얘기는 하지 못하고 그저 소문이 천리표국에서 쟁자수를 했다는 것과 꼭 남쪽에 가야 하는 이유가 있다는 것, 그리고 일행의 말을 잘 돌볼 수 있다는 것을 설명하고 양해를 구했다.

이렇게 해서 소문이 선발대에 끼게 되었는데 그 모양새가 영 마음에 안 들었는지 곽영은 아까부터 계속 소문에 대해 불평을 하고 있었다. 딴에는 자신의 주변 사람들만 듣도록 조용히 말을 한다고 생각하는 곽영이었지만, 그 대상이 다른 사람도 아니고 소문이었다. 눈칫밥 이십 년에 발달한 것은 타의 추종을 불허하는 눈치와 탁월한 청력(聽力)이었다.

'저런 싸가지없는 년을 보았나! 지는 얼마나 잘났다고… 나참, 어이가 없으려니… 사천이고 뭐고 당장 저것을 요절 내버릴까 보다.'

아까부터 계속되는 자신에 대한 욕을 듣고 있던 소문이었다. 좋은 말도 여러 번 들으면 짜증이 나는 법이거늘 소림을 나올 때부터 시작된 불평이 산을 다 내려온 지금까지 이어지고 있으니 화가 날 만도 했다. 그러나 소문은 참았다.

'참아야 하느니… 인(忍)! 인(忍)! 인(忍)! 후……. 이것으로 난 또 한 번의 살인을 면하게 되는구나. 운이 좋은 줄 알거라, 계집!'

곽영이 계속 불평을 하고 소문이 혼자서 분을 삭이고 있을 때 일행은 숭산을 벗어나고 있었다. 곽무웅의 말대로 산 아래에는 선발대를 위한 말들이 준비되어 있었다. 반기는 일행과는 달리 소문은 울상이 되었다.

'이, 이런! 말이잖아!!'

탈 수도, 그리고 천천히 움직일 수는 있어도 말을 타고 달리거나 자신의 의지대로 조종을 한다는 것은 애초에 포기한 소문이었다. 그렇다고 다른 사람들은 다 말을 타고 가는데 혼자 경공으로 따라갈 수도 없는 노릇이었으니…….

"자, 모두들 준비된 말에 오르도록 하시오. 이제부터 제법 빠르게 이동을 해야 할 것이오."

곽무웅의 말대로 사람들은 너도나도 자신에게 할당된 말에 올라탔다. 소문도 말에 타기는 했다. 그러나 문제는 곧 발생하고 말았다.

"엥? 저, 저것이……?"

"헐… 저런!"

소문의 뒤에서 말을 타고 오던 사람들은 모두들 깜짝 놀라고 말았다. 개방의 방도들이 말을 타자마자 속력을 내어 앞으로 달려가고 그 뒤를 이어 소림의 제자들도 속력을 올리며 따라가는데, 당연히 소문의 말도 덩달아 속력을 내기 시작했다. 그러자 말의 속력을 줄일 수도 없는, 그렇다고 멋들어지게 고삐를 쥘 줄도 모르는 소문은 아예 눈을 감고 말 등에 바짝 엎드려서 모든 것을 말에게 맡기고 말았다. 그러니 뒤따라오던 사람들이 깜짝 놀랄 수밖에.

솔직히 소문도 창피하지 않은 것은 아니었다. 그래도 명색이 선발대인데 말도 타지 못하고 이러고 간다는 것이 못내 부끄러워 얼굴을 들지 못하고 있었는데 이런 소문의 가슴에 또 한 번 대못을 박는 소리가 들려왔다.

"흥, 내 저럴 줄 알았다니까. 아예 말을 업고 뛰어오는 게 덜 창피하겠다. 저런 멍청한 자가 선발대에 들어오다니……."

연신 말에 채찍질을 하던 곽영은 누가 듣던지 상관없다는 듯이 큰 소리로 외쳐 댔다. 화산파의 제자들은 그 말을 듣고 서로 킥킥거리며 웃을 뿐이었다.

'하늘이 두 쪽 나는 한이 있더라도 내 너의 버르장머리를 고치고 말

겠다, 빌어먹을 년!'

눈을 감고 말 등에 실려가는 소문이지만 성질까지 죽은 것은 아니었다. 다행히 소문의 말이 의외로 영리했는지 일행은 무사히 이동을 할 수 있었다. 소문과는 달리 구양풍은 한쪽 팔로도 능숙하게 말을 몰아 가고 있었다.

무리는 한 시진 정도를 달리고 잠시 쉬기를 반복하며 하루 동안 꽤 많은 거리를 이동할 수 있었다.

선발대가 소림을 떠난 지 삼 일째가 되자 일행에는 많은 변화가 있었다. 처음에는 각자 자신의 문파 사람들과 무리를 지어 이동을 했지만 서로의 안면도 익히고 각 무리를 이끄는 수뇌의 회동도 잦아지자 서로 친목이 있는 사람들끼리 뭉쳐서 이동을 하는 형태를 띠게 되었다. 또한 무당에서 운검 진인의 사제인 운경 진인(雲鏡眞人)이 삼십여 명의 제자를 이끌고 선발대에 합류했다.

선발대의 규모가 급격히 커진 와중에서도 자신의 자존심을 살리기 위한 소문의 노력은 피눈물나게 계속되었다. 소문은 자신의 위치나(쟁자수라는) 첫날 보여줬던 모습으로 인해 사람들의 시선이 곱지 못하자 그 실수를 만회하기 위하여 부단히 노력을 했다.

식사 때가 되면 철면피와 함께 산으로 올라 사냥을 했다. 전직 사냥꾼이었던 소문은 짧은 시간에도 엄청난 양의 동물을 잡아올 수 있었다. 한두 번도 아니고 매 식사 때마다 그렇게 사냥을 해오자 마른 건량(乾糧)이나 육포(肉脯)만 먹으리라 생각했던 사람들은 매우 좋아했다. 특히 개방 사람들의 환영은 실로 대단했다.

여기에 그치지 않고 때때로 고기를 먹지 않는 소림의 승려들을 위해 마을까지 내려가 음식을 구해오고 만인의 친구이자 연인인 술도 몇 병씩 구해오니 소문에 대한 사람들의 인식은 단번에 바뀌고 말았다.

 게다가 약간의 술은 피로와 긴장을 푸는 데 좋다고 무리의 수장인 곽 장문인이 나서서 소문의 행동을 공개적으로 허락하자 일행의 기쁨은 더할 나위 없이 커졌다. 그동안의 노력이 헛되지 않아 천덕꾸러기였던 소문이 이제는 선발대의 중요한 일원으로 자리 잡는 순간이었다. 그동안 마을을 찾기 위해 출행랑을 시전하며 얼마나 많은 산골을 뒤지고 다녔던가? 소문은 감개가 무량했다. 하지만 그런 소문을 모두가 좋아하는 것은 아니었다. 단 두 사람, 처음부터 소문을 탐탁지 않게 여기던 곽영은 소문이 사람들에게 인정을 받고 친해지자 더욱더 그를 싫어하게 되었고 그런 곽영을 남 몰래 사모하는 하지극도 덩달아 소문을 싫어했다.

 그런데 곽영의 작은 오라버니인 곽검명(郭劍明)은 다른 누구보다도 소문과 친하게 지냈다. 곽검명이 소문과 친해진 이유는 곽검명, 형조문(衡造雯)과 더불어 강북 무림의 삼광(三狂)으로 불리는 개방의 소방주인 단견(短見)이 소문과 친하게 지내면서부터였다.

 삼광(三狂)!

 어디를 가든지 그 지역, 단체, 무리에는 남들과는 조금 다른 성격이나 행동을 하는 사람들이 있기 마련이다. 당연히 강호에서도 그런 사람들을 많이 볼 수 있었는데, 삼광이라 불리는 이들도 그들 중 한 무리였다. 다만 그 무공이나 그들이 문파나 지역에서 차지하는 비중이 만만치 않기 때문에 조금 더 명성을 떨치고 있을 뿐이었다.

색광(色狂) 여의공자(如意公子) 형조문!

산서에서 제법 유명한 무가로 알려진 형씨 가문의 삼대독자인 그는 어려서부터 여색을 탐하여 나이 스물일곱에 색도(色道)를 이루었다고 스스로 자부하며 다녔다. 과연 그의 말대로 그를 거쳐 간 여자들은 그 수를 헤아릴 수조차 없었고, 특히 그가 떴다는 소문이 들리면 근처의 기루의 기녀들은 하나같이 장사를 때려치우고 그를 향해 미친 듯이 달려갔다. 하지만 여자들이 그토록 따르는 형조문은 얼굴이 그다지 잘생긴 것도 아니고 언변이 뛰어난 사람도 아니었다. 게다가 수없이 많은 여색을 탐하면서도 한 번의 분란도 일으키지 않으니 사람들은 그 점을 매우 이상하게 생각했다.

무광(武狂) 검치자(劍癡者) 곽검명!

화산파 장문인의 둘째 아들로 태어난 그는 말 그대로 검에 미친 자였다. 그와 만나는 사람들은 항상 인사말로 '한 수 배울까요?' 를 들을 수 있을 것이다. 그의 검은 남녀노소를 가리지 않았다. 그저 무인이라 생각되면 때와 장소를 가리지 않고 비무를 신청했다. 소림에서도 방장인 영오 대사에게 대뜸 비무를 청하였다가 그의 아버지인 곽무웅에게 죽지 않을 정도로 맞은 적이 있었다. 특히 그는 검에 미쳐 밤낮을 가리지 않고 검법에 몰두했는데 그 정도로 검에 미친 사람이 비무를 할 때마다 한 번을 이겨보지 못하니, 사람들은 이를 참으로 이상하게 생각하고 있었다. 하지만 지는 것도 아니었다.

주광(酒狂) 상취개(常醉丐) 단견!

다음 대의 개방의 방주가 될 그는 어려서 어미 젖 대신 사부인 황충이 주는 술을 먹고 자랐다고 한다. 그래서인지 술이라면 사족을 못 썼다. 밥 대신 술을 먹었고 물 대신 술을 마셨다. 주독이 올라 항상 코끝이 빨갛게 되어 있는데, 사람들은 술만 준다면 개방이라도 능히 팔아먹을 놈이라고 말하곤 했다. 다만 술 취한 상태에서 발휘되는 강룡십팔장(降龍十八掌)은 원래의 위력에 취권(醉拳)의 묘미까지 더해져 그 적수가 없다고 알려질 정도였다.

유유상종(類類相從)이라고 사람들로부터 미치광이 취급을 당하는 이들은 서로의 특이함에 이끌렸다. 만나자마자 의기투합을 하게 되고 만남을 기념하기 위하여 그들이 처음 만난 북경의 한 기루에서 형제의 연을 맺으니 사람들은 이를 일컬어 삼광결의(三狂結義)라 하였다.

그런 삼광 중의 막내인 상취개가 시도 때도 없이 술을 구해다 주는 소문을 싫어할 리가 없었다. 소문 또한 술을 좋아하는 사람치고 마음이 악한 사람이 없다는 말을 굳게 믿고 있어서 그런지 자신보다 어린 그를 매우 좋아하게 되었다. 소문이 단견과 이렇게 자주 어울리다 보니 삼광의 나머지 사람들과도 자연스레 친하게 되었다.

장강을 얼마 남기지 않고 노숙을 하는 지금도 그들은 서로 모여 술을 마시며 얘기를 나누고 있었다.

"여자야말로 세상을 살아가는 기쁨이자 보람이요, 낙(樂)이지. 만약에 여자가 없는 곳에서 살라면 난 그날로 세상을 하직하고 말 것이네. 두 아우가 무공과 술에 미쳐 있는 것을 탓하려는 것은 아니지만 자네는 결코 그런 것에 연연하지 말게나. 자네가 원한다면 내 그동안 갈고 닦은 나의 색도를 알려주도록 함세."

"허, 형님, 또 한 명의 색마(色魔)를 만드실려고 그러십니까? 남자라면 자고로 강함이 미덕 아니겠습니까? 무공이 최고지요. 강한 무공을 위해 끊임없이 자기를 갈고닦는… 카! 얼마나 멋진 말입니까?"

형조문의 말에 곽검명이 강하게 반발을 했다. 소문은 그저 웃을 뿐이었다.

'하하! 정말 재밌는 사람들이란 말야.'

"허, 모르는 소리. 색마라니? 내 말은 소문 아우를 색마로 만들자는 것이 아니네. 자네는 소문 아우의 말도 못 들었는가? 지금 사천으로 신부감을 보러 간다고 하지 않았는가? 자고로 한 여자를 신부로 맞이하려면 많은 여자를 알아야 하네. 이 여자도 만나보고 저 여자도 만나보고 신분의 귀천(貴賤)에 관계없이 많은 여자를 사귀어 봐야 진짜 제대로 된 여자를 만날 수가 있는 법이지. 이보게, 소문 아우! 자네는 여자를 얼마나 아나?"

"예?"

곽검명과 형조문의 말다툼을 재밌게 구경하던 소문은 형조문이 갑자기 말을 바꾸어 자신에게 말을 걸자 당황을 했다. 여자라니… 여자라면 제대로 보지도 못하고 말도 해본 적이 없지 않은가?

소문이 말을 하지 못하고 우물쭈물거리자 그럴 줄 알았다는 듯 형조문은 고개를 끄덕였다.

"쯧쯧, 내 저럴 줄 알았지. 키는 커다래서 아직 총각 딱지도 못 뗀 어린아이였구만! 그래가지고서야 신부를 얻는다 해도 어디 첫날밤이라도 제대로 치르겠나? 하지만 걱정하지 말게. 내 자네를 위해 이론(理論)부터 실전(實戰)까지 모든 것을 가르쳐 줌세. 그러니 나만 믿고 따라오게나. 하하하!!"

형조문은 소문의 어깨를 잡고 자신을 굳게 믿으라는 말과 함께 호탕하게 웃어 젖혔다. 그러자 여지껏 술만 마시던 단견이 아직 넘기지 않은 음식물을 씹으며 소문에게 말을 걸었다.

"그것이 참말이오, 아직 여자를 경험해 보지 않았다는 말이? 헤헤, 이것 참. 나이는 내가 어리지만 어른이 된 것은 내가 빠르니 이제부터는 내가 형님 노릇을 할 거요. 하하하!"

웃고 있을 수만은 없었다. 여자를 모르는 게 무슨 죄라고 졸지에 이런 처지를 당한단 말인가. 소문은 반격을 하고자 마음먹었다.

"어허, 모르시는 말씀! 자고로 저희 조선에서는 일부종사(一夫從事)라는 말이 있지요. 아내는 남편을 끝까지 믿고 따라야 한다는 말입니다. 그런 아내를 두고 어찌 딴 여자를 품는단 말입니까? 그 또한 대장부가 취할 행동이 아니지요."

"허, 무슨 말을… 옛 성현(聖賢) 말씀에 영웅(英雄)은 삼처사첩(三妻四妾)을 두어도 흠이 되지 않는다는 말이 있네. 여자를 많이 취해보는 것도 영웅이 갖추어야 할 덕목이라 할 수 있지. 암!"

소문이 그런 말을 모르는 것은 아니었다. 게다가 조선에서도 양반가들은 몇 명의 첩을 두고 있었으니까. 하지만 이미 자존심을 건 말싸움은 시작되었고 여기서 물러설 소문이 아니었다. 짐짓 화가 난 듯 목소리를 높였다.

"허허, 어떤 미친놈이 그 따위 말을 했단 말입니까? 공자(孔子)가 그랬습니까, 아님 노자(老子)가 그랬습니까? 그건 중원에서나 있을 법한 말이지요. 군자(君子)의 나라인 조선에서 그런 말을 했다면 성현은커녕 맞아 죽기 십상일 것입니다. 다시는 그런 말씀 하시지 마십시오!"

"아니, 누가 뭐라나? 그리 열을 낼 문젠 아닌데……."

형조문은 소문이 흥분해서 말을 하자 일순 당황을 했다. 자신이 조선에 가본 적이 없으니 뭐라 말을 하진 못하고 그저 소문의 화가 가라앉기만을 바랄 뿐이었다.
"하하하! 거보슈. 내 그럴 줄 알았다니까. 잘 알지도 못하면서 나섰다가 무슨 망신이오? 내가 알기로도 옛 성현들이 그런 말을 한 적은 없는 걸로 알고 있는데… 그거 형님이 만든 말 아니오? 하하하!"
"클클클!"
"쩝, 오늘 내 망신을 단단히 당하는구만!"
곽검명과 단견은 서로 마주 보며 낄낄대고 웃었다. 그런 그들을 보며 형조문도 마주 웃어주었다.
큰 소리로 웃고 떠드는 그들을 지켜보는 못마땅한 얼굴이 있었다. 아까부터 계속 여자 어쩌구 할 때부터 지켜보던 곽영이었다. 형조문이 삼처사첩이란 말을 할 때 발작적으로 뛰어나가려다 간신히 화를 눌러 참았었다. 그런데 소문이 형조문의 말에 멋드러지게 반박을 하자 제법 기분이 나아졌다. 해서 자신도 모르게 소문을 칭찬하는 말을 하고 말았는데 그것이 소문과 곽영을 아주 원수지간으로 만드는 결정적인 역할을 하였다.
"흥, 꼴에 입은 있다고 저래도 말은 제법 옳게 하는구나!"
곽영과 그들의 거리가 얼마 되지 않았기에 모여 있는 모든 사람은 곽영의 말을 들을 수 있었다. 곽영은 나름대로 칭찬을 했는데 듣는 소문은 그게 아니었다.
'뭐? 꼴에? 저년이 미쳤나? 네가 정말 죽여달라고 아주 사정을 하는구나. 사정을 해!'
'꼴에' 라니? 생각할수록 괘씸하고 기도 안 차는 말이었다. 소문이 지그시 입술을 깨물고 곽영을 바라보고 있는데 그것을 아는지 모르는

지 곽영은 계속해서 떠들어대고 있었다.

"조선에서 온 촌뜨기도 여자를 존중하고 있는데 조문 오라버닌 중원 망신 그만 시키고 그 여자타령은 그만 하세요. 창피하지도 않나요?"

"아 그게… 저……."

형조문이 뭐라 대답을 못하고 머리를 긁적이고 있을 때 그를 구해주는 한줄기 음성이 있었다.

"하지만!! 비록 많은 여자를 탐하지 말라는 말이 있지만 저희 조선에서도 여자에 대해 전해오는 말이 있습니다."

"그래? 그게 무엇인가?"

옆에 앉아 흥미진진하게 사건의 추이를 지켜보던 곽검명이 재빨리 물어왔다. 그러자 소문은 앞에 놓인 술을 한 잔 들이키더니 차분한 그러나 힘있는 어조로 말을 이었다.

"싸가지없는 마누라는 북어와 마찬가지로 삼 일에 한 번씩 복(伏)날개 패듯이 패라는 말이죠!"

"이… 이……!!"

곽영은 어이가 없어서 도끼눈을 하고 소문을 노려보고 있었지만 소문은 안색 하나 변하지 않고 그런 곽영을 마주 보고 있었다.

"오호라! 그런 심오한 뜻이 있었구나. 암, 싸가지없는 마누라는 어쩔 수가 없지."

형조문은 마치 곽영 보고 들으라는 듯 큰 소리로 박장대소(拍掌大笑)를 했다. 졸지에 망신을 당한 곽영은 독기 어린 눈으로 소문을 노려보며 말을 했다.

"누가 당신의 신부가 될지 모르겠지만 참으로 불쌍하군요!"

"낭자보고 내 신부가 되라는 소리는 안 할 테니 걱정 마시구려."

"뭐야! 누가 네놈 같은 잡놈의 신부가 되기나 한다드냐?!"

"걱정하지 마시오. 나도 낭자 같은 사람은 수레로 실어다 주어도 싫소. 에그, 차라리 혀 깨물고 죽고 말지."

"네, 네놈이… 죽고 싶어서 환장을 했구나!"

곽영은 결국 참지 못하고 칼을 뽑았다. 당장이라도 소문의 목을 날려 버릴 듯한 기세로 칼을 들었다. 하지만 그녀는 함부로 칼을 휘두르지 못했다. 여지껏 웃고만 있던 곽검명이 갑자기 안색을 바꾸어 그녀를 꾸짖었기 때문이다.

"무슨 짓이냐? 당장 칼을 거두지 못하겠느냐?"

"오, 오라버니! 저놈이……."

"어서!"

곽영은 억울하다는 듯이 곽검명을 쳐다보았지만 평소에는 부드럽다가도 한번 화를 내면 그 누구보다 무서운 게 곽검명이라는 것을 잘 알고 있는 곽영은 결국 칼을 거두고 말았다.

"흑! 흑!"

곽영은 칼을 거두고 갑자기 울음을 터뜨렸다. 그러더니 뒤도 안 돌아보고 자신의 자리로 돌아갔다. 그러자 난처해진 것은 소문이었다.

"형님, 죄송합니다. 제가 괜한 말을 해서……."

"흠, 아닐세. 저 애의 행동이 잘못이었지, 자네가 무슨 잘못이 있었겠나. 술이나 드세."

사실 곽검명도 소문의 말이 조금은 과했다 싶었다. 하지만 그동안 소문에 대해 끊임없이 욕을 해오던 곽영인지라 뭐라 말을 하지 못할 뿐이었다.

'크크크! 그것 봐라. 다시 한 번 내 욕을 한다면 그때는 오늘처럼 간

단히 끝나지 않을 것이다. 다시는 그 따위 행동을 하지 못하도록 자근자근 밟아주마! 카카카!!'

 소문은 여전히 미안한 표정을 지으며 곽검명이 따라주는 술을 받고 있었지만 실은 자신의 자리에 돌아가 여전히 울고 있는 곽영을 바라보며 회심의 미소를 짓고 있었다. 이렇게 또 하룻밤이 지나고 있었다.

 선발대가 소림을 떠난 지 만 나흘이 되던 날 이들은 장강을 건널 수 있었다. 이제 하루만 더 달려가면 남궁세가에 도착할 수 있었다. 하지만 풍전등화(風前燈火)의 남궁세가와 마찬가지로 이들에게도 서서히 위기는 다가오고 있었다.

서전(緒戰)

서전(緖戰)

"뭣이! 그쪽에서도?"

"예, 군사 어른! 흑면도(黑面刀) 이귀(李鬼) 이하 삼십 명이 모조리 전멸당했다고 합니다."

귀곡자는 계속해서 들려오는 소식에 짧은 신음성을 내뱉었다. 단 하루 동안 무려 백여 명에 이르는 부하들이 전멸당했다는 소식은 그의 기분을 몹시 언짢게 만들었다.

"흠, 소수의 인원으로 이런 기습 작전을 펼칠 줄이야… 백도에서 이런 방식으로 싸움을 하다니 이거 예상 밖이로군."

"그만큼 저들이 당황하고 있다는 증거 아니겠나? 너무 심려치 말게. 어차피 이미 모일 병력은 다 모이질 않았는가?"

"물론 그렇습니다만 사망자가 무려 백여 명이 넘습니다. 제가 염려하는 것은 이렇게 당하다가는 수하들의 사기에도 제법 문제가 있을 듯

해서……."

"군사의 말에도 일리가 있지만 너무 그렇게 큰 걱정을 하는 것도 가히 좋지 않은 모습일세. 자넨 이번 작전의 최고 책임자가 아닌가 여유를 가지게."

"무슨 그런 말씀을… 최고 책임자라니요. 저야 그저 머리를 쓰는 것이지요. 이번에 남궁세가를 굴복시키느냐 못하느냐는 다 어르신의 손에 달린 일입니다."

"허허허, 말이 또 그렇게 되나?"

천살검존(天殺劍尊) 궁사흔(弓沙痕)은 귀곡자의 말에 너털웃음을 지으며 자신의 주변에 서 있는 호법들을 바라보았다.

강남의 백도를 낙엽 쓸듯 쓸어버린 흑도의 무리들은 패천궁의 지휘 아래 남궁세가가 위치하고 있는 유가촌에서 남쪽으로 이십여 리 떨어진 하애장(荷愛藏)에 집결하고 있었다. 수십 갈래로 분산하여 이동한 이들은 병력의 대부분은 이미 도착하여 휴식을 취하고 있었고, 단지 몇 무리의 인원들의 도착이 늦어지고 있을 뿐이었다.

이번 남궁세가와 세가를 돕기 위해 나선 백도의 무인들을 제거하는 백도멸살지계(白道滅殺之計)의 총책임은 패천궁의 군사인 귀곡자가 맡고 있었다. 하지만 그는 형식적인 책임자일 뿐이고 실질적으로 병력을 움직일 자는 패천궁의 태상장로(太上長老)인 천살검존 궁사흔이었다. 이곳에는 궁사흔 이외에도 패천궁의 호법(護法)인 염왕도(閻王刀) 헌원강(軒轅强), 귀면쌍살(鬼面雙煞) 형제, 환혼객(還魂客) 목사혁(木赦革) 등 패천궁의 기라성(綺羅星) 같은 고수들이 운집해 있었다. 특히 세인들에게 공포의 대상으로 알려진 혈참마대도 대거 포진하고 있었다.

"태상장로님! 이제 공격을 하시지요. 더 이상 기다리면 저들에게 시간만 벌어주는 것 아니겠습니까?"
"그렇게 하시지요. 이미 충분한 휴식도 취했으니 이쯤에서 공격을 하여 단번에 쓸어버리시지요."
호법인 귀면쌍살 형제는 더 이상 두고 볼 것도 없다는 듯이 당장 공격을 감행하자고 주장했다. 궁사혼도 이만하면 모든 준비는 충분히 되었다고 여기고 있었다. 하지만 이곳의 책임자는 어디까지나 군사인 귀곡자였다.
"이보게, 군사. 이제 공격을 함이 어떠한가? 너무 기다리는 것도 좋지 않은 듯싶은데……."
"예, 저도 이미 그런 생각을 하고 있었습니다. 오늘 밤을 기해서 공격하시도록 하십시오. 하지만 지금 소수로 움직이고 있는 자들도 잡을 필요가 있습니다. 계속 그들에게 당하는 것은 사기에도 문제가 있고 하니……."
"그 문제일랑 걱정 마시게. 그들은 내가 맡도록 하지. 저들이 기습을 한다면 역으로 함정을 만들면 되겠지. 걸리고 안 걸리고는 저들의 운이겠지만."
귀곡자의 말에 자신의 애도인 묵향(墨香)을 품에 안고 있던 염왕도 헌원강이 나서며 말을 했다. 그의 말에 귀곡자는 반색을 했다.
"감사합니다. 염왕도 어르신이 나서주시면 이 문제는 간단하게 해결될 것입니다. 그럼 그들에 대한 걱정은 접고 오늘 밤에 어찌 공격을 할 것인지를 의논하도록 하겠습니다."
"허, 이 사람! 의논을 할 게 뭐 있겠나? 그냥 밀고 들어가는 것이지."
"하하! 환혼객 어르신은 언제 보아도 믿음직스럽습니다. 하지만 저들은 우리의 공격에 만반의 준비를 하고 있을 것이니 저희도 또한 준비를 해야겠지요. 특히 남궁세가의 근처를 정탐하고 있는 비혈대(秘血隊)의 요원에게서 들어온 말로는 남궁세가의 주변에 강력한 진이 설치되어 있다고 합니다."

"진이?"

"예, 태상장로님. 아마도 제갈세가의 인물이 설치한 듯합니다."

귀곡자의 말에 궁사흔은 상당히 심각한 얼굴이 되었다.

"제갈세가는 병법과 진법에서 그 능력이 탁월한 곳이 아니던가? 그렇다면 그 진 또한 만만치 않을 터인데, 진을 뚫을 방책은 있는 것인가?"

"물론 제가 직접 가서 진을 파해한다면 시간은 제법 걸리겠지만 못 할 것도 없습니다. 하나, 그렇게 하면 그동안 힘들게 얻어놓은 시간을 허비하게 될 뿐입니다."

"그렇다면 어떻게 하려는가?"

귀곡자는 자신만만하게 웃음을 보였다. 그리고는 수하를 시켜 커다란 상자를 하나 들고 오게 하였다. 상자를 앞에 둔 귀곡자는 그 상자를 열어 좌중의 사람들에게 내용물을 보여주었다.

"아니, 이것은 폭약(爆藥)이 아닌가? 이런 걸 어찌?"

"폭약이라면 국법으로 군에서만 쓸 수 있는 것 아닌가?"

패천궁의 수뇌들은 깜짝 놀라 귀곡자를 쳐다보았다. 귀곡자는 여전히 여유있는 모습이었다.

"남궁세가의 주변에 진이 펼쳐져 있다는 말을 듣고 급히 구했습니다. 비록 법으로 금지를 하고 있다고는 하지만 소량이면 그리 큰 문제 될 것이 없습니다. 그리고 이미 관에는 손을 써두었습니다. 그리 걱정하지 않으셔도 될 것입니다."

"흠… 그렇다고 하여도 이 폭약으로 어찌 진을 뚫는단 말인가? 진의 범위가 보통이 아닐 텐데……."

"태상장로님의 말씀이 옳기는 하지만 이 진이라는 놈은 그 일부가 무너지면 나머지 부분도 그 힘을 제대로 발휘하지 못하는 법입니다. 이 폭약을 이용해 진의 일부분을 파괴하면 그 진은 자연스럽게 무너질 것이고, 그런 연후에 밀고 들어가면 쉽게 승리를 얻을 수 있을 것입니다."

귀곡자의 자신만만한 말에 이의를 제기한 사람은 지금껏 구석에서 회의를 지켜보던 혈참마대의 대주인 냉악이었다.

"지금 쉽게 승리를 얻을 수 있다고 하셨습니까? 결국 우리가 이기기야 하겠지만 이번 싸움은 결코 쉬운 싸움은 아닙니다. 남궁세가라는 이름 하나만으로도 우리에게 주는 존재감이란 대단한 것입니다. 우리도 엄청난 피해를 감수해야 할 것입니다."

"그렇겠지. 남궁세가… 이름만으로 오백여 년을 버텨온 곳은 아니지. 자네 말대로 힘든 싸움이 될 게야. 물론 이기는 것은 당연히 우리겠지만 말일세. 선봉은 내가 맡겠네. 군사!"

"그럼 왼쪽은 우리가 맡지."

목사혁이 나서서 선봉을 맡는다고 자청하자 귀면쌍살 형제도 지지 않고 나섰다.

"그럼 우측은 저희가 맡아야 하겠군요."

냉악이 희미하게 웃으며 말했지만 그의 말은 단번에 귀곡자의 반박을 받았다.

"아니네. 자네와 혈참마대는 우리 패천궁의 실질적인 주력이 아닌가? 처음부터 나서서 희생을 당할 필요가 없네. 자네들을 대신해서 싸울 다른 많은 흑도의 무인들이 있네. 자네들은 최후의 순간에 저들의 숨통을 조이는 역을 하게 될 것이네. 다른 호법님들께서도 처음엔 우리 패천궁의 수하들은 나서지 않을 것이니 다른 흑도문파의 제자들을 이끌고 공격을 하도록 하십시오. 그들에겐 미안한 일이지만 우리의 적은 여기 있는 남궁세가라기보다는 강북에 있는 구파일방입니다. 그 전까지 전력을 최대한 보호해야 할 것입니다."

"……."

하지만 대답이 없었다. 아무리 명목상(名目上)으로 패천궁의 수하들이 아니더라도 패천궁은 이미 흑도를 통일했지 않은가? 저들 또한 패천궁의 수하였다. 그리고 이들 역시 패천궁이 만들어지기 전에는 그저 흑도의 한 무인이었을 뿐이었다. 미묘한 기류가 잠시 흐르자 결국 궁사혼이 나섰다.

"저들도 우리의 수하라네. 군사는 그 생각을 바꾸도록 하게. 그러나 군사의 말에도 일리는 있네. 우리의 주력은 아낄 필요가 있어. 훗날을 대비해서라도 말이지……."

"예, 태상장로님. 명심하겠습니다."

귀곡자는 냉큼 고개를 숙이며 자신의 실수를 인정하고 사과했다. 그런 귀곡자의 등에는 식은땀이 흐르고 있었다. 귀곡자가 그렇게 나오자 다른 사람들이 이견이 있을 리가 없었다. 이후의 계획은 일사천리(一瀉千里)로 수립되었다. 그때 회의장으로 한 수하가 뛰어 들어왔다.

"군사님, 강북에 있던 비혈대의 요원에게서 연락이 왔습니다."

"오, 그래. 이리 가져와 보게."

수하는 전서구를 통해 날아온 서찰을 귀곡자에게 공손하게 올리고는 뒤로 물러섰다. 차분히 서찰을 읽던 귀곡자의 안색이 잠시 흐려졌다. 궁사혼은 그 안의 내용이 궁금했다.

"그래, 무슨 연락인가?"

"예, 강북의 구파일방이 중심이 되어 만들어진 정도맹에서 병력을 모으고 있다고 합니다. 또한 그전에 거의 백여 명에 이르는 병력을 먼저 파견했는데 그들이 어느새 장강에 이르렀다는 전갈입니다."

"흠, 일이 급하게 되었구만. 그들이 온다고 해도 달라질 건 없겠지만 귀찮기는 하겠지. 빨리 일을 마무리해야 하겠어."

궁사혼의 말에 귀곡자는 천천히 고개를 가로젓더니 말을 했다.

"아닙니다. 오히려 더 좋은 기회입니다."

"기회라니?"

"저들은 지금 남궁세가를 돕기 위해 정신없이 이곳으로 달려오고 있을 것입니다. 아예 매복을 하고 있다가 기습을 한다면 이들을 쉽게 제압할 수 있을 것이고, 그리만 된다면 백도의 무리에게 상당한 타격을 주는 것이며 정도맹에서 지원 병력을 보낸다 하더라도 우리는 이미 남궁세가를 무너뜨리고 있을 것입니다."

"매복이라… 하지만 저쪽이 숫자는 적어도 그 무위가 범상치 않을 것 같은데 쉽사리 되겠는가?"

궁사혼은 짐짓 염려가 된다는 듯한 표정을 지었다. 그러자 옆에 서 있던 목사혁이 껄껄 웃었다.

"염려 마십시오. 제가 다녀오겠습니다. 어차피 이곳은 제가 없어도 무리는 없을 듯싶으니 아예 퇴로도 끊을 겸해서 제가 매복을 하여 지원 오는 병력을 쓸어버리겠습니다."

"자네가? 그래 자신은 있는가?"

"태상장로님, 무슨 그런 섭섭한 말씀을 하시는 겁니까? 자신이라니요… 자신이 아니라 확신입니다."

"허허허, 알았네. 그럼 자네가 맡아서 처리하도록 하게. 사람 참… 허허허!"

궁사혼이 너털웃음을 내뱉자 좌중의 사람들이 일제히 웃음을 보였다.

"하지만 저들도 만만치는 않을 겁니다. 하니 혈궁단(血弓團)의 인원을 데리고 가십시오. 큰 도움이 될 것입니다."

"헛, 혈궁단까지? 알았네. 그들까지 지원을 해준다면 더 바랄 게 무엇이 있겠나. 그리하지."

물론 자신이 있었지만 목사혁은 혈궁단을 지원해 주겠다는 말에 크게 흡족해했다. 혈궁단이 무엇인가? 비록 세인들에겐 혈영대나 혈참마대만큼 알려지지 않았지만 패천궁 안에서는 그들의 능력이 실로 높게 평가받고 있었다. 이들은 적색(赤色) 갑옷을 입고 개인마다 거의 오 척(五尺)에 이르는 큰 강궁(强弓)을 지니고 있었는데 화살을 하나같이 강철로 만들어 그 위력이나 파괴력에서 다른 어떤 궁수대도 보여주지 못하는 힘을 보여주고 있었다. 게다가 이들은 열 명이 한 조가 되어 마치 하나의 몸처럼 속사(速射)며, 연사(連射)며 자유자재로 구사하는 통에 이들에게 걸리면 웬만한 병력은 눈 깜짝할 사이에 사라지고 말았다. 그런 그들까지 지원해 준다 하니 목사혁이 그리 흡족해하는 것도 당연했다.

"저는 쥐들을 잡으러 이만 나가보겠습니다."

"그럼 난 고양이 떼인가요? 하하! 저도 지원군을 잡으러 떠나겠습니다."

헌원강이 몸을 일으키자 목사혁도 덩달아 일어났다. 출전하는 두 호법을 향해 귀곡자는 깊게 읍을 했고, 태상장로인 궁사혼은 웃음으로 그들을 격려했다. 결전의 분위기는 점점 무르익고 있었다.

"서둘러라. 우리가 제일 늦은 것 같다. 더 이상 지체하다간 문책을 당하기 십상이다. 이제 길이 멀지 않았다."

앞서 가던 독신수(毒神手) 마무백(馬霧伯)은 자신을 따라오는 이십여 명의 수하에게 걸음을 서두르라고 벌써 여러 번 독촉을 하고 있었다. 어느새 해는 지는데 아직도 본진에 도착하려면 한 시진 정도는 죽어라 뛰어야 할 듯싶었다. 수하들은 긴 여정에 많이 지친 모습들을 하고 있었지만 여기서 머뭇거릴 수는 없었다.

"힘든 것은 안다. 하지만 이미 도착했을 다른 친구들 또한 우리처럼 먼 곳에서 달려온 친구들도 있을 터. 기운을 내도록 하자. 잠시만 더 가면 편히 쉴 수 있을 것이다."

그렇게 수하들을 격려하고 있을 때였다.

"으악!"

"컥!"

"적이다!"

갑자기 대오의 후미에서 비명성이 들려왔다. 마무백은 갑작스런 상황에 깜짝 놀랐지만 재빠르게 대처를 했다.

"당황하지 말고 원을 형성하여 한곳으로 모여라. 적의 위치를 파악하고 암습(暗襲)에 대비하라!"

마무백은 자신의 검을 빼어 들고 후미로 뛰어가며 소리를 질렀다. 어느새 자신의 수하 일곱 명이 싸늘한 시체가 되어 누워 있었다.

"독이 묻은 암기(暗器)에 맞은 듯싶습니다."

수하 하나가 마무백에게 달려와 보고를 했다.

"독? 이런! 어떤 놈이냐? 비겁하게 숨어서 암기나 날리지 말고 모습을 드러내라."

마무백은 사위를 둘러보며 소리를 쳤다. 하지만 대답 대신 그에게 날아온 것은 몇 개의 비침(飛針)이었다.

"흥, 이따위 잔재주를······."

마무백은 날아오는 비침을 검을 들어 모조리 쳐냈다. 하지만 그것이 전부는 아닌 듯했다. 자신의 뒤에 서 있던 수하들은 덩달아 날아온 암기에 또 몇 명이 쓰러진 듯했다. 벌써 자신을 따라온 수하의 반이나 되는 숫자가 힘 한번 써보지 못하고 암습에 당해 버렸다. 마부백의 얼굴에 핏대가 섰다.

"나와라! 더 이상 암습 따위의 더러운 수작은 그만두고 정정당당(正正堂堂)하게 붙어보자. 나와라!"

"하하하! 언제부터 네놈들이 정정당당을 찾았지? 지나가던 개가 웃겠구나. 하지만 정히 원한다면 그리 못할 것도 없지."

마무백의 외침에 좌측 숲의 풀이 움직이며 한 사내가 나타났다. 그와 더불어 사방에서 인영이 나타났다. 마무백의 말에 대답을 한 남궁진은 한 덩어리로 뭉쳐 있는 적들에게 다가갔다. 마무백은 싸늘한 음성으로 정체를 물었다.

"누구냐?"

"남궁진!"

"강남잠룡?"

마부백이 깜짝 놀라 되묻자 남궁진은 고개를 끄덕였다.

"여기가 네놈들의 무덤이 될 것이다. 벌써 여럿이 묻혔으니 그리 아쉬울 것은 없을 것이다."
 남궁진은 자신의 검을 빼어 들며 말을 했다. 그러자 차가운 미소를 지으며 검을 고쳐 잡은 마무백은 조금도 꿀림없이 남궁진에게 대꾸를 했다.
 "쿡쿡, 그 건방진 자신감이 어디서 나오는지 모르겠구나. 목이 땅에 떨어지고도 그런 말이 나오나 두고 보자."
 마무백은 말을 마치자마자 뒤에 서 있는 수하들에게 손짓을 했다. 이것을 신호로 양측의 무인들이 서로 뒤엉키기 시작했다. 하지만 애초에 싸움이 될 수가 없었다. 이쪽은 남궁세가에서 고르고 골라 보낸 습격조(襲擊組)로 대부분이 각 문파의 후기지수(後期之手)인 반면에 상대는 오랜 여행에 지쳐 있는 상태였다. 특히나 이들은 당문의 삼 형제에 의해 반수나 되는 동료들이 순식간에 목숨을 잃자 이미 사기가 떨어질 대로 떨어진 상태였다. 다만 한 목숨 구하고자 발악을 하고 있기는 하였지만 역부족이었다.
 당문의 형제들은 자신들이 할 일은 다했다는 듯이 아예 손을 멈추고 뒷짐을 지고 서 있었고, 이들 대신 팽씨 가문의 형제와 황보세가의 남매만이 무섭게 손을 쓰고 있었다.
 "크악!"
 "아악!"
 황보장의 성명절기(姓名絶技)인 벽력장법(霹靂掌法)이 시전될 때마다 흑도의 무인들은 삼사 장씩 날아가 땅에 처박히고, 황보영의 쾌검이 한 번씩 지나면 그 자리에는 목 없는 흑도의 무인들의 땅에 쓰러지고 있었다. 이에 질세라 팽가의 두 형제 또한 다른 사람이 쓰는 무기의 거의 두 배나 됨직한 도를 들고 흑도의 무인들을 핍박하고 있었다.

'이럴 수가……!'

남궁진과 대치하면서 장내의 상황을 살피던 마무백의 신형이 크게 흔들렸다. 좋지 않을 줄은 알았지만 이 정도일 줄은 미처 생각하지 못했다. 자신의 앞에 서 있는 남궁진만 해도 상대하기 곤란하다고 여기고 있었는데 다른 이들 또한 그 무위가 보통이 아니었다.

'내가 오늘 여기서 뼈를 묻겠구나…….'

싸움은 차 한 잔 마실 시간도 되지 않아서 끝나고 말았다. 이미 마무백이 이끌고 온 수하 중에 두 다리로 서 있는 사람은 아무도 없었다. 단지 마무백 혼자 남궁진과 대치하고 있을 뿐이었다.

"우리도 어서 끝을 내야 하지 않을까?"

남궁진은 서서히 마무백에게 다가갔다. 그러자 마무백 역시 남궁진에게 다가왔다. 서로 간에 노려보던 대치 상태도 잠시 마무백이 먼저 공격을 시작했다.

"지옥검세(地獄劍世)!"

마무백은 남궁진의 오른쪽으로 신형을 돌리더니 처음부터 자신이 지닌 최고의 절기를 사용했다. 어차피 살아가기는 힘든 것. 후회라도 없이 싸우기로 작정을 한 듯싶었다. 하지만 자신의 옆구리를 노리며 빠르게 다가오는 검을 보는 남궁진의 모습은 너무나 태연했다. 그저 약간의 움직임으로 검을 피한 남궁진은 당황하는 마무백에게 한마디 말을 던졌다.

"나의 검에 인정은 없다. 그러니 최선을 다하도록. 그런 공격으로는 나를 어찌하지 못한다."

마무백은 입술을 깨물었다. 상대에게 이런 말을 듣는 것은 무인으로서의 수치였다. 그는 다시 한 번 공격을 시도했다. 아까와는 다르게 처음 일 초와 이 초는 남궁진의 눈을 현혹하려는 의도로 다소 과장된 움직임이 섞인 허초(虛招)를 뿌려댔다. 진짜는 세 번째에 시전되는 초식으로 자신의 온 힘을 쏟아 부은 것이었다. 예상대로 남궁진은 자신의 허초에 잠시 혼란을 일으킨 것 같았다. 마무백은 회심의 미소를 지으며 남궁진의 머리를 노리고 도약을 했다. 그의 검이 막 남궁진의 머리에 도착할 때 그때 마침 자신을 쳐다보는 남궁진의 눈을 볼 수 있었다. 입가에 살짝 비웃음을 띠고 눈은 살기로 번뜩였다.

'아차, 함정!'

마무백은 재빨리 공격을 거두어들이고 뒤로 물러서려고 했지만 남궁진은 그런 그를 가만히 놔두지 않았다.

"흥, 도망을 가겠다고? 그리는 안 되지."

뒤로 물러나는 마무백을 향해 신형을 날린 남궁진의 검이 허공을 갈랐다. 어떤 특별한 초식도 아니었다. 그저 한 번의 휘두름이 있었을 뿐이었다. 하지만 이미 기세가 꺾여 뒤로 물러나던 마부백은 참으로 허망하게 쓰러지고 말았다.

"비… 러머… 글… 이런… 식은… 아닌… 데……."

마무백은 억울하다는 듯 감기는 눈을 뜨고자 몸부림을 쳤지만 죽음의 사신은 그런 그를 용납하지 않았다. 결국 마무백마저도 먼저 간 수하들과 마찬가지로 차디찬 땅에 몸을 누이고 말았다.

"후, 이것으로 벌써 여섯 번째인가?"

남궁진은 피 묻은 검을 닦을 생각도 없이 그대로 검집에 넣으며 중얼거렸다. 그러자 그의 곁으로 나머지 습격조들이 다가왔다.

"수고했네. 이번은 그다지 어렵지 않게 일을 마칠 수 있었군."

팽문호의 말에 남궁진은 그저 가볍게 고개를 끄덕였다. 그러자 곁에 있던 황보영이 말을 이었다.

"그런 말이 어딨어요. 저들이 오랜 여행으로 지쳐서 그랬지, 저기 누워 있는 자도 결코 쉬운 상대는 아니었을 거예요."

"그, 그런가?"

팽문호가 머리를 긁적이며 멋쩍어하자 그 모양을 보는 팽후가 싱글싱글 웃음을 지었다.

"그렇긴 뭐가 또 그렇다고… 그저 누님의 말 한마디에 꼼짝 못하니, 그러는 걸 보면 앞으로 남자 망신은 혼자서 다 시킬 것 같단 말야……."

"이놈이!"

팽문호가 도끼눈을 뜨고 동생을 노려보자 사람들은 저마다 크게 웃음을 지었다. 그때였다. 한줄기 음침한 소리가 그들의 뇌리를 파고들었다.

"실컷 웃어두게. 자네들이 이승에서 마지막으로 웃는 웃음일 것이니……."

"누구냐?"

갑자기 들려온 말에 습격조는 황급히 주위를 살폈다. 어느새 검은 무복을 입은 사람들이 자신들의 주위를 포위해 오고 있었다.

"자네들을 보기 위해 아침부터 지금까지 이곳저곳 돌아다니지 않은 곳이 없었지. 결국 이렇게 만나게 되었군!"

무리의 가운데 여유있는 모습으로 그들을 지켜보는 노인이 있었다. 가슴에는 칙칙한 빛이 뿜어져 나오는 도를 도집도 없이 가슴에 품고 있는, 자세히 보면 왼쪽 얼굴엔 관자놀이부터 턱 밑까지 날카로운 상흔(傷痕)이 자리 잡고 있는 노인이었다. 아무도 알아보지 못한 그를 알아본 것은 의외로 황보영이었다.

"호, 혹시 염왕도 헌원강……?"

"호… 날 아는 사람이 있다니 의외인걸."

헌원강은 별거 아니라는 듯이 말을 했지만 듣고 있는 사람들의 심정은 전혀 그렇지 않았다.

염왕도 헌원강!!

칼을 차고 무림인 행세를 하는 사람치고 이 이름을 모른다면 그 사람은 삼류(三流)는커녕 사류무사(四流武士) 취급도 못 받을 것이었다. 원래 흑도의 자그마한 문파인 도역방(刀易幇) 출신이었던 그는 비교적 늦은 나이인 서른에 강호에 출도했다. 이후 기라성 같은 고수들을 꺾고 지금까지 수없이 많은 비무를 했지만 오직 단 한 번 패천궁의 궁주인 구양풍에게만 무릎을 꿇었다는 전설적인 인물이었다. 특히 그의 독문도법인 염왕도법(閻王刀法)은 구양풍도 감탄을 금치 못했을 정도의 뛰어난 무공이었다. 이후 혼자서 강호를 독보하던 그는 홀연히 패천궁에 들어가게 되고 호법이라는 막강한 자리를 차지하게 되었다. 비록 흑도의 인물이었지만 그 인물 됨됨이가 피를 싫어하고 호방하며 의리를 지킬 줄 아는 자라 해서 백도에서도 어느 정도 인정을 하고 있는 무인이었다. 그런 그가 자신들을 상대하고자 나타났으니 기겁을 할 수밖에…….

'여, 역시… 전해져 오는 저 엄청난 기!'

남궁진은 담담하게 서 있는 헌원강의 몸에서 자연스럽게 뿜어져 나오는 예기에 숨이 막힐 지경이었다. 비단 그뿐만 아니라 옆에 있던 습격조 전원이 그런 느낌을 받고 있었다. 마치 호랑이 앞에 선 동물들이 그 존재감에 달아날 엄두를 못 내듯이 이들의 행동이 지금 그러했다.

"어린 자네들을 해치고 싶진 않으니 칼을 버리고 투항을 하게. 내 자네들의 목숨은 책임지지."

"……."

헌원강은 자신을 알아보는 사람이 있다는 것에 기분이 좋았는지 부드럽게 항복을 권했다. 하지만 습격조의 누구도 입을 여는 사람이 없었다. 그들의 마음은 하나였다.

'죽는 한이 있어도 항복은 없다!'

이들의 마음을 읽기라도 했는지 헌원강은 안색을 굳히고 품에 있던 염왕도에 손을 가져갔다.

"자네들이 굳이 벌주를 택한다면 나도 어쩔 수가 없지. 그래, 누가 먼저 나서겠는가? 물론 합공을 해도 개의치 않겠네."

합공이라… 다른 사람 같으면 자신들을 모욕한다고 방방 뜨고 난리가 났겠지만 헌원강의 입에서 그런 말이 나오자 너무나 자연스러웠다. 절대강자의 여유였다. 하지만 그들도 나름대로의 자존심이 있는 명문대파의 후예였다.

"제가 먼저 가르침을 받겠습니다. 남궁가의 장자 남궁진입니다."

남궁진이 굳은 얼굴로 헌원강의 앞에 나서며 포권을 했다. 그러자 헌원강의 얼굴에 흥미롭다는 표정이 떠올랐다.

"호, 자네가 검성의 손자란 말인가? 내 아직 자네의 조부와 겨루어 보지는 못했지만 내심 그분을 존경하고 있었네. 이렇게 그분의 후예를 만나니 반갑구만. 그래 어디 솜씨를 구경해 볼까?"

남궁진은 신중에 신중을 기했다. 상대는 자타가 공인하는 최강의 무인 중 한 사람이었다. 조금의 실수도 용납이 안 되는 상대였다. 그는 신중하게 초식을 전개하기 시작했다. 자신이 알고 있는 남궁가의 최고의 검법인 창궁무애검법이었다.

"창궁무애검법(蒼穹無涯劍法) 제1초 창궁약연(蒼穹躍鳶)!"

남궁진은 푸른 하늘을 날던 소리개가 먹이를 낚아채듯이 헌원강의 신형에 신속하게 접근하여 일검을 날렸다. 하지만 헌원강은 막지도 그렇다고 반격을 한 것도 아니고 그저 남궁진의 공격을 흘려보냈다. 남궁진은 이를 악물었다.

"창궁무애검법(蒼穹無涯劍法) 제2초 창궁무한(蒼穹無限)!"

아까와는 다른 기운이었다. 첫 번째 공격에서 전혀 이득을 얻지 못한 남궁진은 함부로 움직이지 않았다. 검에서 일어난 기운이 천천히 그러나 상대방의 움직임을 낱낱이 파악하며 다가갔다. 일순 헌원강의 얼굴에 놀람의 빛이 드러났다.

"허, 창궁무애검법이라… 대단한걸. 하지만 자네의 화후가 아직 나를 핍박할 정도의 실력은 아니구만!"

헌원강은 감탄을 하면서도 묵향을 들어 검기를 막고 손을 한 번 휘두르는 것으로 남궁진의 공격을 무위로 만들어 버렸다.

'빌어먹을… 역시 안 되는 것인가?'

남궁진의 마음속에 절망감이 싹텄다. 하지만 이대로 포기할 순 없었다. 남궁진은 흐트러진 마음을 고쳐 잡았다.

'아직 제대로 익히지 못했지만…….'

"창궁무애검법(蒼穹無涯劍法) 제3초 창궁조화(蒼穹調和)!"

마침내 남궁상인을 검성의 위치까지 끌어올린 창궁무애검법의 마지막 초식이 시전되었다. 남궁진은 아직 그 오의조차 제대로 깨닫지 못하고 있었지만 그럼에도 위력은 방금 전의 시전했던 일초와 이초의 위력에 비할 바가 아니었다. 그 이유로 여지껏 여유가 있던 헌원강이 처음으로 자세를 고쳐 잡고 있었다.

"허허, 좋구나!"

헌원강은 아직 남궁진의 검이 다가오지도 않았지만 밀려오는 압박감에 온몸을 떨고 있었다. 그동안 잊어왔던 이 긴장감. 그는 어쩔 수 없는 무인이었다.

'그래 어쩌면 그동안 너무 편안히 놀고 있었는지도 모르지……'

온몸의 세포 하나까지도 곤두서는 이 긴장감을 즐기는 헌원강이었다. 잠시 잊고 있었던 하지만 가장 좋아했던 이 느낌을 다시 맛보게 해준 남궁진에게 고마운 마음까지 느껴졌다. 무인의 보답은 무공으로 보여주는 것! 헌원강은 처음으로 자신의 무공을 시전했다. 남궁진처럼 큰 동작은 없었다. 그저 자신의 애도인 묵향을 들어 일직선으로 내려치는 간단한 동작을 취했을 뿐이었다. 하지만 공격을 하던 남궁진은 그게 아니었다. 헌원강의 너무나 간단한 동작 하나에 자신이 그토록 심혈을 기울여 뿜어내었던 기가 뿔뿔이 흩어지고 그 여세를 멈추지 않고 도기는 어느새 자신에게 밀려오고 있었다.

"크윽!"

남궁진은 검을 잡고 비틀거리며 뒤로 물러났다. 필사적으로 버텨보려 했지만 계속해서 밀려오는 힘이 그를 가만두지 않았다. 무려 오 장이나 밀려가고 나서야 간신히 그 기운을 해소할 수 있었다. 남궁진은 심한 내상을 입었는지 입에서 연신 피를 흘리고 있었다.

경악이었다. 남궁진과 헌원강의 대결을 지켜보던 이들은 경악을 금치 못했다. 남궁진의 동료들은 물론이고 헌원강이 데려온 수하들마저도 입을 딱 벌리고 놀라고 있었다. 그들이 보기에 남궁진의 마지막 초식은 상상을 불허하는 위력을 담고 있었다. 하지만 너무나도 간단히 그저 단 한 번의 움직임으로 남궁진을 저런 꼴로 만들다니……

헌원강이라는 이름! 역시 명불허전(名不虛傳)이었다.

간신히 신형을 지탱하고 있는 남궁진을 향해서 헌원강은 담담한 미소를 지었다.

"옛날의 나를 기억하게 해준 보답으로 내 독문무공을 보여주었네. 이름은 염왕현신(閻王現身)이라 하지."

"손에 사정을 두어서 고맙습니다."

"자네의 검은 훌륭했네. 다만 내공과 화후에서 나를 따르지 못했을 뿐이라네."

남궁진은 힘들게 몸을 지탱하고 있었다. 남궁진을 재빨리 잡은 사람은 황보장이었다. 그는 비틀거리는 낭궁진을 부축하며 멍청하게 서 있는 동료들에게 전음성(傳音聲)을 보냈다.

[지금 상황이 몹시 좋지 않소. 너무 강한 적을 만났소이다. 하지만 이대로 잡힐 수는 없는 법. 내가 남궁 형을 대신해서 헌원강에게 도전을 할 터이니 내가 공격을 하는 순간 그 틈을 타서 일제히 도주를 하시오.]

황보장의 말에 그의 동생인 황보영이 뭐라 말을 하려 했지만 황보장의 눈짓에 의해 멈추어지고 말았다.

[영아는 움직이지 말거라. 너는 오라비를 믿지 못하느냐? 이기는 것은 힘들어도 쉽게 지지는 않는다. 문호는 내 동생을 잘 부탁하네. 그리고 가급적 뭉치지 말고 흩어져서 도주를 하게. 한 사람이라도 더 살아야지. 여기 남궁 형은 경공이 가장 뛰어난 당씨 형제들이 맡아주시구

려. 그럼 내 공격을 신호로 하여 일제히 움직이도록 하시오.]

황보장은 누가 뭐라 할 틈도 없이 헌원강 앞에 나섰다.

"이번에 제가 한번 나서 보겠습니다. 황보세가의 황보장입니다."

"허허, 참으로 안타까운 일이네… 하지만 내 도에는 눈이 없으니 그리 알게."

헌원강은 뻔히 다칠 줄 알며 자신에게 도전하는 이들이 안쓰러웠지만 어쩔 수 없는 일, 이들은 자신이 속한 단체의 적이었다.

"그럼 제가 먼저 손을 쓰겠습니다."

황보장은 자신이 끌어 모을 수 있는 최대한의 내공을 끌어 모았다. 그런 그의 주위로 주변의 공기가 모여들며 작은 회오리를 만들고 있었다.

[지금이다. 어서!]

황보장은 헌원강에게서 눈을 떼지 않고 전음성을 날렸다. 황보장의 전음을 받은 습격조는 동시에 세 방향으로 달리기 시작했다. 당문의 당소기, 문호 형제는 다친 남궁진을 안고 동쪽으로 달렸고, 팽문호는 황보영의 손을 잡고 북쪽으로 치달았다. 나머지 팽후와 당소걸은 서쪽으로 달렸다.

여전히 그들을 포위하는 헌원강의 수하들이 있었지만 한참 긴장되는 마음으로 황보장과 헌원강의 대결을 지켜보던 그들은 갑작스런 공격에 미처 대비를 하지 못하고 도주하는 그들을 놓치고 말았다.

"추격하라. 어서!!"

그들이 비록 일순간의 방심을 틈타 포위망을 벗어나기는 하였지만 그것이 전부는 아니었다. 이쪽에서도 제법 높은 자가 있었는지 우왕좌왕하는 수하들을 다그쳐 추격을 시작했다. 결국 헌원강을 따라왔던 수하들은 모두 세 갈래로 도주하는 습격조를 잡기 위해 뿔뿔이 흩어지고 이곳에는 여전히 내공을 끌어올리고 있는 황보장과 그런 황보장을 무심히 바라보는 헌원강과 수하 두어 명만이 남게 되었다.

헌원강은 황보장을 쳐다보며 말을 했다. 그러나 노기 어린 음성은 아니었다.

"흠, 이것이었나? 자네가 뜸을 들인 것이?"

"염왕도 어르신을 이길 자신이 없으니 도망갈 수밖에요."

"딴은 그렇군. 하지만 과연 벗어날 수 있을까?"

"그건 그들의 운에 맡길 뿐입니다."

"그건 그렇고 자네는 언제까지 그렇게 서 있으려나? 어서 오도록 하게."

헌원강은 말을 마치고 진지한 표정으로 서 있었다. 마치 맛있는 음식을 눈앞에 둔 표정이었다. 헌원강 자신은 잘 인식을 못하겠지만 지금의 그의 모습은 과거 비무를 하며 상대방의 무공에 호기심을 보이던 바로 그 모습이었다.

"그럼 가겠습니다."

황보장은 입을 굳게 다물고 자신이 알고 있는 무공을 떠올려 보았다. 그 어떤 무공을 동원한다 해도 이길 자신이 없었다. 아니, 서 있는 저 자세도 무너뜨릴 자신이 없었다. 자신의 무공이 약해서라기보다는 상대의 무공이 그만큼 절대적이기 때문이었다. 그러나 곧 피식 웃고 말았다.

'내가 언제부터 이리 생각이 많아졌지……'

"벽력파천(霹靂破天)!"

결국 황보장은 자신이 알고 있는 가장 강한 무공을 시전했다. 검기에 못지 않은 엄청난 강기가 휘몰아쳤다. 그것은 남궁진이 최후에 보여줬던 검기의 위력에 조금도 손색이 없는 위용을 담고 있었다. 하지만 상대는 헌원강이었다.

"크흑!"

약간의 노기는 있었을까? 헌원강이 휘두르는 도의 위력은 아까와는 다르게 제법 힘을 싣고 있었다. 남궁진이 간신히 버틴 반면 황보장은 이미 공중에 떠서 뒤로 날아가고 있었다. 황보장의 점점 희미해져 가는 의식의 너머로 자신의 동생이 보이는 듯했다.

'부디 살아서… 영아… 야…….'

"죽지는 않을 것이니 본진으로 데려 간다."

"존명!"

세가를 돌며 방어 준비를 살펴보던 남궁검과 남궁우가 막 연무장을 지날 때 허겁지겁 뛰어오는 수하가 있었다.

"가주님!"

"무슨 일이냐?"

남궁검 대신 옆에 서 있던 남궁우가 급히 물었다.

"저들이 사신(史臣)을 보내왔습니다. 어찌할까요?"

"뭐야! 사신? 어찌할까요, 형님?"

"사신이라… 뭐 특별한 말이야 있겠는가. 이리 불러오게."

남궁검은 별로 대수롭지 않게 대답을 했다. 대답을 듣고 정문을 나선 수하는 한 명의 흑의무복 사내를 데리고 왔다. 패천궁에서 사신이 왔다는 소리에 순식간에 많은 사람들이 연무장으로 몰려들었다. 모여든 사람들을 뚫고 당당하게 걸어온 그는 남궁검을 한눈에 알아본 듯

다가와 인사를 했다.

"패천궁의 흑기당(黑氣堂)을 맡고 있는 은세충(殷世忠)이오."

"호오, 자네가 그 유명한 비도탈명(飛刀奪命)이로군."

"그저 허명일 뿐이오."

"그래, 무슨 일로 왔는가?"

남궁검은 그가 온 이유가 몹시 궁금했다. 사신이란 무언가 협상할 거리가 있어야 오고 가는 것인데 지금 처지는 죽느냐 사느냐의 문제가 걸려 있을 뿐 애당초 협상이란 것은 있을 수가 없는 상황이었다.

"나는 이번 출정의 책임자인 패천궁의 군사인 귀곡자 어르신의 말을 전하고자 왔소. 이곳에는 이미 많은 흑도의 문파의 무사들과 우리 패천궁의 흑기당이 함께 와 있소. 전력 면에서도 이곳에 모인 사람들과 비교가 되지 않소. 하지만 백도에서 생각하는 것처럼 패천궁은 피를 좋아하는 문파가 아니오. 해서 귀곡자 어르신이 말씀하시길, 이쪽에서 항복을 하고 삼 년 간 봉문을 약속한다면 이대로 조용히 물러가신다 하셨소. 어차피 싸움이 시작되면 이곳에 있는 그 누구도 살아날 수 없소. 물론 우리도 어느 정도 피해는 입겠지만 남궁세가나 이곳의 무인들이 입는 피해에 비하면 조족지혈(鳥足之血)이오. 투항을 하는 것이 남궁세가와 강남 백도의 명맥을 잇는 유일한 수단이 될 것이오."

"하하하하하하하!!"

비도탈명 은세충은 자신은 진지하게 말을 했건만 듣고 있는 남궁검이 자신의 말에 커다란 웃음을 터뜨리자 기분이 상했다. 하지만 그런 걸 내색할 만큼 수양이 얕지는 않았다.

"지금 항복이라 했는가? 삼 년 간 봉문을 하라고? 그걸 지금 말이라고 하는 것인가? 내가 그 따위 제안을 받아들일 것이라 생각했단 말이지… 하지만 칼을 물고 죽으면 죽었지 그런 일은 절대 없을 것이니 그리 알고 물러가라!"
 남궁검의 목소리는 싸늘하다 못해 냉기를 풀풀 풍기고 있었다.
 "후회하게 될 것이오!"
 "후회를 해도 내가 할 것이다. 하지만 그 후회는 너희들에게도 포함된단 말을 해주고 싶군!"
 "곧 다시 보게 될 것이오."
 은세충은 마지막 말을 끝으로 뒤를 돌아 자신의 본진으로 걸어갔다. 한 치의 두려움도, 주저함도 없는 걸음걸이에서 그의 자신감을 읽을 수 있었다.

 "흠, 거절을 했다 이거지……. 하하, 당연하겠지."
 귀곡자는 은세충의 말을 듣고 이미 예상을 했다는 듯이 껄껄 웃었다. 그런 귀곡자의 모습에 의문을 가진 은세충이 그 이유를 물었다.
 "뻔히 거절할 것을 알면서 소신을 보낸 까닭이 무엇입니까?"
 "하하, 그것 말인가? 별거 아니네. 강자의 도리라고나 할까… 한 번의 항복을 권고할 수 있는 여유라고 해야 할까? 아무튼 별 의미는 없었던 거라네… 하하하!"
 '역시 무인이 아니라 그런 것인가? 상대방의 자존심을 헤아려 주는 무사의 도리를 모르는군…….'
 은세충은 가볍게 얼굴을 찌푸렸다. 중앙의 의자에 깊이 몸을 묻고 있던 궁사혼도 이런 귀곡자의 행동을 영 못마땅하게 생각하고 있었다. 당연히 말속에 냉기가 묻어 나왔다.
 "그럼 공격은 언제 시작을 하면 되겠나?"

"이제 저의 역할은 끝났으니 모든 것은 태상장로님께서 결정을 해주십시오. 저는 뒤로 빠지겠습니다."

눈치 빠른 귀곡자가 궁사혼의 불편한 심기를 눈치 못 챌 까닭이 없었다. 재빨리 자신을 낮추고 모든 것을 궁사혼에게 넘겨 버렸다.

"흠, 알았네. 밤도 제법 깊었으니 그럼 예정대로 공격을 시작하도록 하지."

말을 마친 궁사혼은 천천히 몸을 일으켰다. 사람은 위치나 상황에 따라서 그 인물됨이 변한다고 하던가? 의자에 앉아 있을 때만 해도 그저 책이나 읽는 노인처럼 보이던 궁사혼이 싸움을 시작하고자 몸을 일으키자 그 기도가 확연하게 변했다. 말투마저 변하고 있었다.

"귀면쌍살!"

"예, 태상장로님!"

"자네들은 지금 즉시 휘하의 수하들을 이끌고 남궁세가의 동편을 쳐라!"

"존명!"

"마검풍(魔劍風), 독패존(獨覇尊)!"

"예, 태상장로님!"

"너희들은 남궁세가의 서편을 쳐라!"

"존명!"

"그리고 냉악!"

"예……."

"자네와 혈참마대는 여기 남아서 본진을 지키고 흑기당은 나를 따라 정면을 친다."

"예……."

서전(緒戰) 223

명령은 신속하게 이루어졌다. 명을 받은 이들은 자신의 수하들을 데리고 순식간에 어둠 속으로 사라졌다. 그러나 궁사혼은 서두르지 않았다. 남궁세가를 향해 천천히 걸음을 옮겼을 뿐이었다. 많은 흑도의 무인들이 그런 그를 따랐고 맨 뒤에는 은세충의 명령 아래 흑기당의 무인들이 움직이고 있었다.

밤이 어두워졌지만 남궁세가를 밝히고 있는 불빛은 이런 어둠을 무색하게 하는 밝음이 있었다. 남궁세가에 모인 백도인들은 적이 언제 쳐들어올지 모르는 상태라 기습 공격에 대한 만반의 준비를 하고 있었다. 지금도 이들의 수뇌들은 세심각에 모여 머리를 맞대고 있었다.

"저들이 너무 조용하지 않습니까? 여기서 얼마 떨어지지 않은 곳에 이미 집결을 했다고 들었습니다만… 게다가 보내온 사신도 그냥 돌려보냈거늘……."

"예. 오늘 오후에 들어온 보고에 의하면 우리와 마찬가지로 그들 역시 모든 준비를 끝내고 공격의 기회를 엿보고 있다고 합니다."

"흠, 그럼 이제 곧 공격이 시작되겠구려."

황보천악은 남궁검의 말에 고개를 끄덕였다. 황보천악은 차라리 이런 지리한 대치보다는 화끈하게 붙어서 승패를 가늠하는 것이 더 좋다고 여기고 있었다. 하지만 이 자리에서 자신의 생각을 밝힐 수는 없었다.

"그래도 쉽게는 들어오진 못할 것입니다. 제갈 가주께서 기솔들을 이끌고 세가의 주변에 오행쇄금진(五行鎖禁陣)이라는 천고의 절진을 펼쳐 놓으셔서 기습이라는 것은 감히 꿈도 못 꿀 것입니다."

"이런, 하하 너무 과찬을 해주시는구려!"

제갈공은 남궁검의 말에 살짝 안색을 붉히며 겸양의 말을 하였지만 그 말투에는 은근한 자부심이 내포되어 있었다. 남궁검이 말한 오행쇄금진은 제갈공이 자부심을 가질 만한 충분한 자격이 있는 위력적인 진이었다.

오행쇄금진은 허공을 운행하는 화(火), 수(水), 목(木), 금(金), 토(土)의 다섯 가지의 기들을 이용하여 오행상생(五行相生)과 오행상극(五行相剋)의 이치를 담아 하나의 커다란 공간을 만드는 것이었다. 그 안에 들어선 모든 사람은 진을 설치한 사람의 의도에 따라 환상(幻想)과 착시(錯視) 등을 일으키고, 또한 진의 안에선 그 어떤 물리적인 힘도 통하지 않게 하는 실로 엄청난 위력을 지닌 진이었다.

제갈공은 이런 오행쇄금진을 남궁세가 주변의 지형지물과 교묘하게 뒤섞어 배치하여 흑도의 무리들은 물론이고 세가에 모인 사람들의 이동까지도 철저하게 차단하고 있었다. 그러니 남궁검이 이리 안심을 하는 것도 당연했다. 하지만 이들의 생각은 폭약이란 엉뚱한 물건에 의해 산산조각이 나고 말았다.

꽝! 쿠우우우우우!!

콰광, 꽝!

갑자기 엄청난 폭발음과 함께 대지를 뒤흔드는 울림이 있었다.

"무슨 일이냐? 빨리 가서 알아보라!"

남궁검은 갑작스런 소란에 주변의 수하를 시켜 그 원인을 알아보고자 하였으나 그 수하가 나가기도 전에 밖에서 급한 연락이 왔다.

"가주님! 크, 큰일 났습니다!"

"무슨 일이냐? 당황하지 말고 차근차근 말하여 보거라."

"그, 그게 세가를 둘러싸고 있는 진의 한쪽에서 폭약이 터지는 소리가 들리더니 그곳을 통해 패천궁의 무리들이 진 안으로 진입하여 이곳으로 몰려오고 있습니다."

급하게 뛰어왔는지 여전히 숨을 헐떡이고 있는 수하의 말을 들은 남궁검과 주위의 수뇌들은 깜짝 놀라 자리에서 벌떡 일어나고 말았다.

"뭐, 뭣이? 폭약? 이럴 수가! 폭약이라니… 저들이 미치지 않고서야 어찌 폭약을?"

남궁검은 믿기지 않는다는 듯 말을 더듬었다. 하지만 보고를 듣던 제갈공은 두 눈을 지그시 감고 생각에 잠겨 있었다.

'아뿔싸! 내가 왜 폭약을 생각하지 않았더란 말인가? 비록 관에서 금지하고 있다고는 하지만 그것처럼 빠르게 진을 뚫을 수 있는 것이 없거늘……'

자신의 자만심을 책망하던 제갈공은 천천히 눈을 뜨고 당황하는 남궁검에게 말을 했다.

"저들이 관에서 금지하는 폭약을 사용할 줄은 꿈에도 몰랐습니다. 저처럼 자신있게 사용하는 것을 보아 이미 관에도 손을 써놓은 듯합니다. 이미 상황은 돌이킬 수 없이 되어버렸습니다. 진은 뚫렸으니 이렇게 앉아만 있을 것이 아니라 지금이라도 당장 전열을 정비하여 밀려오는 적을 막아야 할 것입니다"

하도 황당해서 일순 말을 잃었던 남궁검은 제갈공의 말을 듣고는 재빨리 정신을 수습했다. 아닌 게 아니라 이러고 있을 시간이 없었다. 제갈공의 말대로 전열을 정비하는 것이 중요했다.

"다들 나가서 준비를 하십시다. 비록 진은 뚫렸지만 저들이 순순히 이곳으로 오게 만들 수는 없지요. 자, 갑시다."

남궁검이 자신의 검을 들고 밖으로 나가자 모여 있던 수뇌들도 분분히 따라나섰다. 이미 연무장에는 세가의 무인들과 남궁세가를 지원하고자 몰려온 무인들로 가득 차 있었다. 하나같이 긴장된 얼굴로 모여 있는 그들은 아무 말도 하지 않고 그저 자신들의 무기만을 힘껏 잡은 채 남궁검의 말이 떨어지기만을 기다렸다. 남궁검은 어깨를 펴고 당당하게 그들의 앞에 섰다.

"저들이 드디어 이곳까지 마수를 뻗치고 있소. 하지만 우리가 그리 만만한 상대가 아니라는 것을 보여줍시다. 우리가 무너지면 장강 이남의 백도는 전멸이오. 나는 이런 치욕을 당하느니 차라리 죽는 게 낫다고 생각하고 있소. 그리고 그것은 비단 나뿐만 아니라 여러분도 같을 거라 믿고 있소. 비록 우리가 그 수에 있어서는 저들보다 열세이기는 하지만 죽기를 각오하고 싸운다면 이기지 못할 것도 없소. 우리는 반드시 승리할 것이오."

남궁검의 말에 모여 있던 무사들은 너나 할 것 없이 소리를 질렀다. 남궁검의 말에 동의하는 것도 있겠지만 이렇게 소리를 지름으로써 약간의 두려움이나마 덜자는 생각들도 가지고 있었다. 남궁검은 함성이 잦아질 때까지 잠시 기다렸다가 말을 이었다.

"저들은 지금 그 수를 세 곳으로 나누어 몰려오고 있다고 하오. 정면은 우리 남궁세가가 맡을 것이오. 좌측은 황보세가와 하북 팽가에서 책임져 주시고 우측은 당가와 강남의 백도 여러분이 맡아주시오. 제갈가의 사람들은 각각 흩어져 병력을 통솔해 주십시오."

"맡겨주시구려."

"하하! 이곳은 염려 마십시오!"

남궁검의 말에 수뇌들은 저마다 자신감이 넘치는 어조로 대답을 하였다. 남궁검은 다시 고개를 돌렸다.

서전(緒戰) 227

'허허, 이중에서 과연 얼마나 살아남을 것인가?'

이들의 사기를 위해서 말은 그리 했지만 저들의 병력이나 무위로 보아 힘든 싸움이 될 것이 틀림없었다. 필시 엄청난 희생이 뒤따를 터, 남궁검은 안타까운 맘을 금할 길이 없었다. 천천히 입을 열었다.

"죽지 마시오. 남겨진 자의 슬픔을 조금이라도 헤아린다면… 죽지… 마시오!!"

남궁검의 비장한 말에 사람들은 모두 다 침묵을 지켰다. 그리곤 자신의 주변에 있는 사람들의 얼굴을 쳐다보았다. 다 형제같이 친하게 지낸 사람들이 아닌가? 모여 있는 모두가 언제나 같이 술 한잔을 할 수 있고 힘들면 힘들다고, 기쁘면 기쁘다고 말을 하고 나눌 수 있는 친구요, 형제요, 가족이었다. 남궁검의 마지막 말은 모여 있는 이들의 전의를 불태웠다. 자신이 아닌 옆의 동료를 위해서라도 반드시 이겨야 하는 싸움이었다.

잠시 후, 각각의 위치를 배정받은 사람들은 자신들이 지켜야 할 곳으로 이동을 했다. 그 모양을 보던 남궁검은 자신의 옆에 있는 막내 동생을 쳐다보았다.

"식솔들은 안전한 곳으로 이동을 시켰겠지?"

"예, 형님. 이미 가솔들은 근처의 마을과 친척 집으로 다 돌려보냈고, 가족들은 지금쯤은 장강을 넘고 있을 것입니다. 하지만……."

"하지만 뭔가?"

"셋째 형수님이 부득불 우겨서 그분은 아직 이곳에 남아 계십니다."

"허, 이런 낭패가… 하긴, 제수씨 성정에 떠나라고 떠날 사람도 아니고……."

남궁검은 잠시 자신의 제수씨를 생각해 보았다.

이가희(李歌喜)! 화산에서 얼마 떨어지지 않은 섬서 이가의 딸이었다. 섬서 이가가 비록 중원의 오대세가에 비해 다소 손색이 있긴 했지만 그 규모가 작아서 그런 것이지 무공이 떨어지는 것은 절대 아니었다. 그리고 어려서부터 무가에서 자란 그녀는 얼굴이 아름다울 뿐 아니라 무공은 오히려 그녀의 남편인 남궁수민보다 한 수 위였다. 다만 그녀가 내색을 하지 않을 뿐이었다. 당연히 시댁의 존망이 걸린 싸움에 나서지 않을 그녀가 아니었다.

남궁검이 그녀를 생각하며 고소를 짓고 있을 때 세가의 서편에서 최초의 충돌음이 들려왔다.

"쳐라!"

남궁세가의 서쪽 문을 부수고 난입하는 흑도의 무인들을 맞이한 것은 황보세가의 가주인 황천악의 싸늘한 음성이었다.

"와아!"

"죽어라!"

황보천악의 명령이 떨어지자 황보세가의 무인들은 적들을 향하여 일제히 달려나갔다. 황보세가의 무인들은 대체로 권장법이 능해서 대부분이 맨손으로 뛰어 나갔으나 개중에는 검을 들고 나서는 자들도 있었다. 이와는 다르게 팽가의 무인들은 그들의 독문 도법인 혼원벽력도(混元霹靂刀)를 주로 사용하기에 한결같이 거대한 도를 들고 싸움에 임했다.

먼저 기선을 잡은 쪽은 이대세가였다. 이대세가의 무인들은 벌 떼처럼 달려드는 흑도의 무인들을 마구잡이로 상대하는 것이 아니라 두세 명이 교묘하게 짝을 이루어 적을 베어 나갔다. 비록 급조해서 만든 연합공격술(聯合攻擊術)이었지만 이렇게 다수를 상대하는 데에는 톡톡히 효과를 발휘하고 있었다. 이들 중에 특히 뛰어난 실력을 보인 것은 팽도정, 팽조윤 남매였다. 이들은 마치 오랜 동안 합격술(合擊術)을 연마한 것처럼 서로가 상대의 위기를 보호해 가며 흑도의 무인들을 무자비하게 쓸어갔다. 이들이 지나간 자리에는 멀쩡하게 서 있는 사람들이 아무도 없을 정도였다.

"제법 상황이 좋소이다."

전황을 주시하던 제갈공이 약간은 안심이 된다는 듯이 말을 했다.

"하하! 저따위 오합지졸이야 그 수가 아무리 많으면 무엇하겠소."

"짧은 시간이었지만 그래도 짝을 지어 공수에 대비한 연습을 한 것이 매우 주효했소이다."

황보천악과 팽언문은 여유있는 모습으로 말을 주고받았다. 과연 그들의 말대로 공격을 하는 흑도의 무인들은 계속 쓰러지고 있었지만 이 대세가의 무인들은 어쩌다 한두 명이 쓰러지고 있을 뿐이었다. 그러나 이들의 여유로운 모습과는 달리 상당히 초초해하는 이들도 있었다.

"오대세가가 강하다는 것은 알았지만 이렇게 밀릴 줄은 몰랐소. 허……."

"그것보다는 저들이 일 대 일을 피하고 무리를 지어 우리의 공격을 막아내는데 그게 우리의 수하들을 당황하게 하는 이유가 되는 것 같소이다. 우리의 공격에 대비해 급히 연습한 것 같은데… 아무래도 우리가 나서야겠소이다."

궁사혼으로부터 남궁세가의 서쪽을 공격하라는 명을 받은 파력궁(波力宮)의 궁주 마검풍 유경(劉璟)과 잔결방(殘缺幇)의 방주인 독패검 좌광두(左狂頭)는 공격해 들어간 흑도의 무인들이 형편없이 몰리자 내심 당황했다. 아무리 숫자가 많아도 이름도 없는 소문파의 무인들론 오대세가의 정예를 상대하기란 역시 역부족임을 느끼고 있었다. 결국 자신들의 직계 수하들에게 공격 명령을 내릴 수밖에 없었다.

"가라! 우리의 미래가 이곳에 달려 있다. 가서 공을 세우라!!"

유경의 말에 지금껏 뒤에서 관망만 하고 있던 파력궁의 문도들이 일제히 함성을 지르며 달려갔다. 이들은 앞서 공격했던 자들이 당하는 것을 보았기 때문에 상당히 신중을 기해서 접근을 했다. 이들은 자신들의 수가 적에 비해 월등한 것을 이용해 연합 공격을 펴는 이들을 아예 둘러싸고 공격을 했다.

그러자 지금까지 일방적으로 도륙을 당했던 흑도의 무사들도 제법 대등하게 대응을 하기 시작했다.

이대세가의 무인들에게 특히 위협이 되는 것은 잔결방의 방도들이었다. 잔결방은 말 그대로 몸 어느 한 부분이 정상인과는 다른 자들로 이루어져 있었다. 남들과 다르다 보니 성장 과정에서 많은 서러움을 겪었고, 그 서러움이 쌓이고 쌓여 이들에게 남은 것은 깡과 독기뿐이었다. 이대세가의 무인들에게 상처를 당하면 그 빚을 갚고자 몸을 아끼지 않았다. 이들이 하는 대부분의 공격도 무인들이 가장 금기시하는 동귀어진(同歸於盡)의 수법이었다. 게다가 이런 기도가 실패하면 아예 몸을 던져 자신을 희생하곤 동료에게 기회를 열어주는 극단적인 수를 쓰기도 했다. 잔결방의 방도가 하나둘씩 쓰러져 갔지만 그에 따라 이대세가의 무인들도 상당히 많은 수가 땅에 쓰러지고 있었다. 전세는 서서히 변하고 있었다.

"저… 저!"

여지껏 여유롭게 상황을 지켜보던 삼대세가의 수뇌들은 경악을 금치 못했다. 자신들의 수하들이 무공이 월등함에도 잔결방의 악독한 수에 속수무책으로 당하고 있었다. 또한 잔결방과 함께 뒤늦게 공격을 시작한 파력궁의 무인들도 만만치 않은 실력을 지니고 있는지라 어찌어찌 방어는 하고 있었지만 이대세가의 무인들은 급격히 밀리고 있었다.

"이놈들!"

결국 팽언문이 더 이상 참지를 못하고 들고 있던 도를 앞세우고 싸움에 뛰어들었다. 삼국 시대의 맹장(猛將) 여포(呂布)의 용맹이 이러했을까? 닥치는 대로 베어 넘기는 그의 도를 그 누구도 받아내지 못하였다. 그렇게 지독하게 무인들을 물고 늘어졌던 잔결방의 방도들 또한 팽언문에게는 감히 덤비지 못하고 피해 다녔다.

"허, 대단하구만. 내 일전에 그의 형의 무위를 본 적은 있지만 이 친구는 더 대단한 것 같군. 그러나 나도 구경만 할 수는 없지!"

팽언문의 활약을 잠시 지켜보던 황보천악도 싸움에 끼어들었다. 황보천악과 팽언문의 등장에 잠시 기가 꺾여 있던 세가의 무인들은 다시금 전열을 정비하였다. 반대로 잔결방의 희생(?)으로 기선을 잡아가던 흑도의 무인들은 그 기세가 주춤했다. 더구나 맨 마지막에 싸움에 뛰어든 황보천악에게 그들의 우두머리 중 하나였던 잔결방주 좌광두가 미처 삼 초를 버티지 못하고 피를 뿌리며 쓰러지자 그들의 사기는 급격하게 떨어지고 있었다. 남궁세가의 서쪽의 싸움이 점차 백도 쪽으로 유리하게 돌아가고 있는 반면에 당가와 함께 싸우고 있는 동쪽의 백도세는 고전을 면치 못하고 있었다.

동쪽의 흑도세를 이끌고 있는 자들은 패천궁의 호법인 귀면쌍살이었다. 그 무공이나 흑도에서 차지하고 있는 비중이 마검풍이나 독패존에 비교할 바가 못되었다.

귀면쌍살은 손속에 인정을 두지 않았다. 형인 대살(大煞)은 쌍륜(雙輪)을 무기로 사용하며 닥치는 대로 살상을 하고 있었고 동생인 소살(小煞)도 자신만큼이나 무식하게 생긴 부(斧)를 휘두르며 백도 진영을 휘젓고 있었다. 그러나 강남 백도의 우두머리라는 자들은 이들을 슬슬 피하며 겨우 조무래기 몇몇을 상대하기 급급했다. 결국 싸움이 시작된 지 얼마 되지 않아서 많은 백도의 무인들이 쓰러졌다. 백도인들이 그나마 버티고 있는 것은 당가의 무인들의 암기가 적절한 시기에 그들을 도와주고 있기 때문이었다.

폭풍처럼 백도의 무인들을 쓸어가던 대살을 막아선 것은 당문성과 말리는 아버지를 끝까지 졸라 남궁세가에 온 당소미(唐昭美)였다. 당문성은 대살과 직접 손을 섞고 있었고 당소미는 자신의 아버지와 싸우는 대살의 틈을 파고들며 비침을 날리곤 했다.

당가의 부녀가 대살을 막는 동안에도 소살은 백도의 진영을 마음껏 휘젓고 있었는데, 그를 막고자 청룡문의 문주인 상방충과 그의 수하들이 막아섰지만 역부족이었다.

당문은 도나 검보다는 독(毒)과 암기에서 중원의 그 어떤 무가보다 최고로 인정받고 있다. 하지만 그 암기나 독이라는 것은 근거리보다는 원거리에서 적을 상대하기에 더 편리하다. 전체적으로 보아 같은 실력을 지녔다면 아무래도 근거리에선 검이나 도를 익힌 무인보다는 다소 손색이 있는 것이다. 그런데 대살과 당문성의 무공은 애초에 큰 차이가 나는 데다가 처음부터 대살이 당문성에게 좀처럼 거리를 주지 않고 집요하게 쫓아다니며 공격을 하자 당문성은 겨우 몸만 빠져나가는 상황에 처해 버렸다. 때때로 도움을 주는 당소미의 암기가 없었다면 이미 목숨을 잃어버릴 수도 있는 상황이었다. 하지만 결국 대살은 또 한 번 자신이 쌍륜을 피하며 달아나던 당문성에게 오른쪽 손에 들고 있던 륜을 집어 던졌고, 그 륜은 정확하지는 않았지만 당문성에게는 치명적일 수 있는 상처를 입히고 말았다. 호연십팔보(湖燕十八步)를 이용해 간신히 륜을 피하던 당문성에게 허벅지의 상처는 곧 죽음을 의미했다.

"흐흐, 어디 더 도망가 보거라!"

대살은 이를 악물고 멈춰 서 있는 당문성을 보며 입가에 조소를 지었다.

"멈춰라, 악적!"

당소미는 대살이 자신의 아버지에게 다가가자 급한 나머지 손에 들고 있던 모든 암기를 던져 보았다.

따다당!

대살이 가볍게 륜을 들어 올리자 날아오던 암기는 벽에 가로막힌 듯 모조리 땅에 떨어지고 말았다. 당소미가 던진 최후의 암기를 막은 대살은 당문성에게 한 걸음씩 다가갔다. 처음에는 몰랐지만 대살이 사용하는 륜에는 독이 발라져 있는 듯싶었다. 치명적으로 목숨을 뺏는 독은 아닐지라도 온몸에 힘이 빠지고 한 걸음도 움직일 수 없게 만드는 것을 보면 상당히 위력적인 독인 모양이었다.

'제길 독에 당하다니…….'

중원에서 독만큼은 최고라고 자부하던 당가의 후손이었기에 밀려오는 수치감은 그 누구보다 더 했다.

"흐흐, 이제 보니 당가의 암기도 별것이 아니로군 그래! 그 많은 비침을 날리고도 나에게 상처 하나를 입히지 못하니… 하하핫!"

굳은 듯이 땅에 앉아 있는 당문성에게 다가간 대살은 살짝 고개를 돌려 어쩔 줄을 몰라 하는 당소미를 쳐다보며 앙천광소(仰天狂笑)를 터뜨렸다. 그때였다.

"너 따위가 비웃을 당가가 아니다."

한줄기 음성과 함께 대살을 향해 무엇인가가 엄청난 속도로 날아오고 있었다. 대살은 황급히 들고 있던 륜을 들어 날아오는 무엇인가를 막았지만 엄청난 힘의 여파에 의해 그는 몇 발자국 뒤로 물러서고서야 신형을 바로 세울 수 있었다.

'헛! 아무리 내가 급하게 막느라고 내공을 제대로 싣지 못했지만 이런 위력은 무엇이란 말인가?'

대살은 황급히 자신을 물러나게 한 힘의 주인을 찾아 고개를 돌렸다. 그러자 우측에 깔끔한 당의를 입은 오 척 단구의 노인이 조약돌 몇 개를 들고 서 있는 것이 보였다.

"아, 아버님!"

"할아버지!!"

당문성과 당소미는 그 노인을 보고 동시에 소리를 질렀다. 하지만 그 의미에는 약간의 차이가 있었다. 당문성은 이런 꼴을 보인 것을 죄송스러워했고, 당소미는 겁에 질려 있다가 구원자를 만났으니 환호성을 지른 것이었다. 당천호는 그런 자신의 손녀에게 부드러운 미소를 보이더니 여전히 앉아 있는 당문성에게 시선을 주었다. 당천호의 시선을 받은 당문성은 부끄러움에 고개를 들지 못했다. 당천호는 아무 말도 하지 않고 긴장하며 서 있는 대살에게 조용히 말을 했다.

"우리 당가는 너희 형제 따위에게 조롱을 당할 정도로 약하지 않다. 왜 그런지는 이제 곧 알게 될 것이다."

당천호의 싸늘한 눈빛을 보고 있는 대살은 온몸에서 소름이 끼치는 것을 느낄 수 있었다.

'암왕이라니… 빌어먹을! 남궁세가에 이 인간이 와 있단 소식은 듣지 못했는데… 오늘은 득보단 실이 많겠구나!'

대살은 형세의 불리함을 깨닫고 잽싸게 자신의 동생에게 전음을 보냈다.

[아우야, 빨리 이곳으로 와라. 급하다.]

사실 귀면쌍살이 패천궁의 호법이 된 것은 아주 최근의 일이었다. 이들은 오랫동안 패천궁의 소궁주였던 관패의 호위를 맡다가 이번에 관패가 궁주가 되면서 그 공을 인정받아 호법이 된 자들이었다. 실력 면에서 헌원강이나 목사혁에 비해 한참 모자람이 있었다.

자신을 막던 상방춘을 거의 빈사 상태까지 몰고 갔던 소살은 대살의 전음을 받고 쏜살같이 다가왔다.

"두 놈이면 상황이 다를 줄 아느냐?"

그 모양을 지켜보던 당천호는 비릿한 웃음을 지었다.

"이런 쥐방울만한 영감탱이가 감히!"

소살은 당천호에게 버럭 소리를 질렀다. 자기 딴에는 위협을 주려고 한 것이었지만 활활 타오르는 불에 기름을 끼얹는 꼴이 되고 말았다. 소살은 자신의 앞에 있는 노인이 누구인지 몰랐다. 오랫동안 관패의 옆을 지키느라 패천궁을 잠시도 떠나보지 않았기 때문인데 그것은 대살도 마찬가지였다. 다만 대살은 당문성이 아버지라 부르고 당소미가 할아버지라고 부르는 것을 듣고서 당천호의 정체를 알아차릴 수 있었다. 하지만 급하게 온 소살은 그 노인이 누구인지 알 리가 없었다. 그저 건방진 꼴이 우스워 그렇게 소리를 지른 것인데…….

"쥐방울이라……."

소살의 말을 다시 한 번 되새김질하던 노인의 자그마한 몸에서 갑자기 엄청난 살기가 뿜어져 나왔다. 명성에 걸맞지 않게 왜소한 몸이 언제나 마음에 걸린 그였다. 그래서인지 자신의 몸에 대한 말이 나오면 언제나 예민해하던 당천호였다.

달라진 당천호의 기도에 흠칫한 소살은 슬쩍 대살에게 눈길을 보냈다. 그 눈길의 의미를 알고 있는 대살은 소살에게 전음성을 보냈다.

[경거망동하지 말아라! 저 늙은이가 암왕이라 불리는 늙은이다. 너와 내가 죽기를 각오하지 않으면 당하기 힘든 상대다. 저 늙은이가 손을 쓰기 전에 우리가 먼저 공격을 해야 한다. 그럼 준비해라!]

대살은 계속해서 당천호를 노려보며 소살에게 은밀히 기습을 제의했다. 그의 판단은 정확했다. 그들이 당천호를 상대로 이기는 방법은 당천호가 암기를 발출하기 전에 손을 써서 그 기회를 주지 않는 것뿐이었다. 그가 손을 쓴다는 것은 그땐 이미 그들이 죽음을 선고받는 것과 마찬가지의 의미였다. 대살은 당천호를 향해 정중하게 인사를 했다.

"용서하시오. 제 동생이 어르신을 잘 몰라서… 하앗!"

인사를 하던 대살은 온 힘을 모아 쌍륜을 던졌다. 그것을 신호로 소살도 자신의 부를 휘두르며 당천호에게 달려들었다. 대살이 던진 쌍륜은 두 갈래로 갈라져 당천호를 노렸는데 그 빠르기나 기묘한 변화가 몹시 위력적이었다. 게다가 그 뒤에서는 소살이 덤벼들고 있으니 함부로 몸을 움직이기도 뭐했다. 하지만 당천호는 여유가 있었다.

"흥!"

가만히 서 있던 당천호는 자신의 가슴을 노리고 왼쪽으로 파고드는

류에게 오히려 달려가더니 재빨리 몸을 돌려 류을 낚아챈 다음 돌아가는 몸의 탄력에 힘을 실어 그 류을 자신에게 달려오는 소살에게 던지고 자신의 오른쪽을 파고드는 류은 미처 잡지 못하고 가볍게 흘려 버렸다.

대살이 던진 류을 피해 어떻게든지 행동을 보일 당천호의 약점을 파고들려 했던 소살은 갑작스럽게 자신의 눈앞에 형이 던진 류이 나타나자 허겁지겁 몸을 돌려 피할 수밖에 없었다. 당천호가 던진 류은 소살의 간발의 차이로 머리카락만을 자르고 멀리 날아가 버렸다.

되돌아오는 하나의 류을 잡은 대살은 그저 어안이 벙벙했다. 세상에 자신의 류을 피하기는커녕 오히려 그걸 무기 삼아서 자신의 동생을 공격하다니… 하지만 감탄을 하고 있을 수많은 없었다. 공격을 당했던 당천호의 손이 서서히 움직이고 있었기 때문이었다.

"조심해라!"

대살은 재빨리 경고를 했다. 하지만 소살도 이미 만반의 준비를 하고 있었다.

"탈영비접(奪影飛蝶)!"

느릿하게 움직이던 당천호의 손이 순간 사라졌다. 그리곤 세 개의 자그마한 물체가 소살에게 날아갔다. 조그마한 노리개의 크기를 지닌 나비 모양의 암기[鐵蝶]였는데 손의 빠름에 비교해서는 너무도 느리게 날아오고 있었다. 하지만 소살은 나비처럼 너울거리며 날아오는 그 암기의 움직임을 도무지 파악할 수가 없었다. 그렇다고 저리 느리게 날아오는 암기를 피해 뒤로 도망을 가자니 체면이 서질 않았다.

"어디 이따위 것으로… 꺼져라! 부풍파암(斧風破巖)!!!"

"안 돼!!"

소살은 대살의 만류에도 불구하고 날아오는 암기를 향해 자신의 무기를 휘둘렀다. 하지만 그렇게 느리게 날아오던 철접은 마치 살아 있기라도 하듯이 소살의 부를 피해 그의 정수리와 목, 그리고 가슴에 깊이 박혀 버리고 말았다.

"이, 이……!"

소살은 대살을 보며 뭐라 말을 하려 했지만 끝내 아무런 말도 하지 못하고 쓰러지고 말았다. 평생을 자신과 같이 보낸 세상에 하나뿐인 혈육이었다. 소살의 죽음을 본 대살은 이성을 잃어버리고 말았다.

"죽어라!"

대살은 하나뿐인 륜을 들고 오연하게 서 있는 당천호에게 마구잡이로 덤벼들었다. 하지만 이미 홍분을 한 대살의 공격은 더 이상 위력적이지도, 위협적이지도 않았다.

당천호는 그저 몇 개의 우모침(羽毛針)을 선사했을 뿐이었다. 그것으로 끝이었다. 패천궁에서 새롭게 호법으로 발탁된 귀면쌍살 형제는 그렇게 땅에 쓰러지고 말았다. 당천호는 나란히 쓰러져 있는 그들을 보며 조그맣게 읊조렸다.

"그 누구도 당가를 모욕할 수는 없다. 설령 그가 신이라 할지라도……"

싸움은 이미 끝이 난 것이나 마찬가지였다. 당천호의 등장은 단지 귀면쌍살의 죽음으로만 끝난 것은 아니었다.

절대고수의 등장!

백 마리의 이리가 편을 나누어 치열하게 싸우고 있는데 홀연히 나타난 호랑이 한 마리가 어느 한 편을 든다고 생각해 보라. 이미 그 싸움

서전(緒戰) 239

은 끝이 난 것이나 마찬가지였다. 게다가 그 호랑이가 자신들의 우두머리를 단번에 물어 죽인다고 하면……
 장내의 싸움은 한순간에 끝나고 말았다. 결국 사기가 오른 백도의 일방적인 도살만이 있을 뿐이었다.

 이렇게 남궁세가의 동쪽과 서쪽에서 치열한 교전이 있었지만 사실상의 주력인 남궁세가의 무인들과 궁사혼이 이끄는 흑도의 무인들이 맞붙은 정문의 싸움보다는 다소 모자람이 있었다. 어느새 서로의 사상자가 반수를 넘고 온몸에 피를 뿌리지 않은 자들이 없었다. 이곳 또한 흑도의 이름없는 문파의 무인들을 앞세우고 남궁세가의 무인들의 힘을 뺀 다음 그들의 수가 현저하게 줄어들자 이번 전투에서 처음으로 패천궁의 정예인 흑기당이 나서는 방식으로 싸움이 진행됐다.
 흑기당은 앞선 흑도의 무인들과는 애초에 수준이 달랐다. 물론 패천궁을 제외하고 흑도에서도 큰 문파가 없는 것은 아니었다. 하지만 그들은 패천궁주의 명령에 의해 이번 싸움에 참여를 하지 않았다. 그들도 훗날을 대비한 중요한 전력이기 때문이었다. 당연히 패천궁에서 파견한 무인들보다는 실력에서 많이 처짐이 당연했다.
 각설하고 처음으로 싸움에 나선 흑기당은 당주인 은세충의 명령에 따라 일사불란하게 움직였다. 남궁세가의 무인들은 오늘날에 대비해 가주인 남궁검이 심혈을 기울여 연습시킨 오행검진(五行劍陣)을 펼치며 필사적으로 대항하고 있었다. 다섯 명이 한 조를 이루어 만드는 오행검진은 무당의 칠성검진(七星劍陣)이나 소림의 나한진(羅漢陣)에 비할 바는 아니지만 나름대로 공수의 짜임이 탄탄한 검진이었다. 하지만 그들을 상대하는 흑기당 또한 그들 나름대로의 방법을 만들어 공격을 하였는 데 이들이 만들어낸 방법은 처음부터 의도한 것이 아니라 오랜 싸움의 경험을 통해 저절로 터득하게 된 실용적인 연수 공격 방법이었다.

지금껏 뒤에서 전투를 지휘하던 남궁검도 지금은 흑기당의 당주인 은세충과 부당주인 추혼마도(追魂魔刀) 요양(堯洋)을 맞이하여 치열하게 싸우고 있었다. 이 대 일의 싸움임에도 조금도 밀리지 않는 남궁검의 모습은 세가의 무인들에게 큰 힘이 되고 있었다.

"허허, 오행검진인가 봅니다. 대단하외다."

"글쎄요, 그것에 맞서 싸우는 저들 또한 상당한 실력을 지닌 자들 같소이다."

중앙의 치열한 싸움과는 다르게 한가로이 노니는 두 명의 노인이 있었다. 백의를 입은 노인은 백도에서 검성이라 칭송받는 남궁상인이었고, 맞은편의 갈의를 입은 노인은 남궁세가를 치기 위해 패천궁을 이끌고 온 천살검존 궁사혼이었다.

궁사혼이 남궁세가의 무인들이 펼치는 오행검진을 칭찬하자 남궁상인도 흑기당을 치켜세웠다. 하지만 이들의 내심을 살펴보면 그것이 전부는 아니었다.

'헐, 예상은 했지만 역시 대단하군! 많이 지쳐 있을 터인데 흑기당을 상대로 저리 버티다니! 역시 흑기당을 뒤로 돌리기를 잘했구나! 처음부터 나섰다면 상당한 피해를 보았을 터!'

'흑기당이 저 정도면 아직 나서지 않은 패천궁의 고수들의 무위는 어느 정도란 말인가? 정녕 하늘은 우리 남궁가를 버리시려는 것인가?'

두 절대자는 서로의 마음을 감춘 채 더욱더 치열하게 전개되고 있는 장내의 싸움을 살펴보고 있었다. 그때 남궁세가의 동쪽에서 일단의 무인들이 나타났다. 갑자기 등장한 그들을 보며 장내의 사람들은 잠시 싸움을 멈추고 나타나는 이들을 주시했다. 과연 어느 쪽의 사람들인가? 남궁세가를 지원하는 무인들인가? 아님 그들을 전멸시킨 흑도의 무인들인가?

"와아!!"

"이겼다!!"

남궁세가의 무인들이 칼을 높이 쳐들고 환호성을 지르고 있었다. 새벽의 미명(微明)을 배경으로 하여 나타난 사람들은 당가와 백도의 무인들이었다. 동쪽으로 침입했던 흑도의 무인들은 모조리 전멸시킨 이들은 암왕 당천호를 필두로 하여 당당하게 걸어오고 있었다. 그런 그들을 보는 궁사혼의 모습은 담담했지만 내심 크게 당황하고 있었다.

'아뿔싸! 당천호가 이곳에 있을 줄이야… 멍청한 놈들! 당가의 인물이 왔다고만 했지. 왜 그 속에 당천호가 있음을 몰랐단 말인가? 오늘은 힘들 것 같군. 빌어먹을!'

"오늘은 이쯤 합시다. 암왕이 있는 줄은 미처 몰랐구려. 허허허, 당형! 오랜만이외다."

궁사혼은 남궁상인에게 조용히 말을 한 후 고개를 돌려 자신에게 다가오는 당천호에게 반갑게 인사를 했다.

"오! 이게 누구신가? 천살검존 아니시오? 참으로 오랜만이외다."

당천호 또한 반갑게 인사를 했다. 사람들은 정신을 차릴 수가 없었다. 수하들은 죽을 둥 살 둥 싸우고 있는데 그 우두머리 되는 자들은 서로 반갑게 한담이나 나누고 있다니…….

남궁검을 비롯하여 백도를 이끈다는 사람들이 이러니 그 밑의 수하들의 혼란은 더욱 심할 수밖에 없었다. 그건 백도의 무인뿐만 아니라 궁사혼을 따라온 흑도의 무인들 또한 마찬가지였다. 하지만 세 명의 절대자들은 이들이 어찌 생각을 하건 자기들끼리 한담을 나누고 있었다.

우두머리가 이러니 싸움이 될 리가 없었다. 그 치열했던 싸움은 순식간에 멈추어 버렸다. 도대체 자신들이 싸우기는 한 것인가? 하고 의심을 하는 자들도 있었다.

"그럼, 난 이만 돌아가리다. 조만간 다시 인사를 하러 오겠소이다. 그때는 각오를 좀 더 단단하게 하셔야 할 것이외다."

"하하하! 좋소. 인사라면 얼마든지 받아줄 것이니 염려일랑은 붙들어 매시구랴!"

당천호가 남궁상인을 대신하여 호탕하게 외쳤다.

"돌아간다!"

궁사혼은 남궁상인과 당천호에게 가볍게 포권을 하고 뒤돌아 멍청히 서 있는 은세충에게 명령했다. 그리곤 뒤도 안 돌아보고 남궁세가를 빠져나갔다. 은세충은 뭐라 말을 하고 싶었지만 자신의 옆을 스쳐지나가는 궁사혼의 얼굴에 깔린 살기를 보곤 입을 다물고 말았다. 그제야 상황 파악이 됐다. 믿기진 않지만 이번 싸움에선 자신들이 패한 것이다. 다른 사람이면 몰라도 당천호가 나타났다는 것은 내포하는 그 의미가 달랐다. 결국 자신들을 이끌고 온 궁사혼은 치욕스럽게 물러설 수밖에 없었던 것이다. 겉으로는 옛 강호 동도를 오랜만에 만나 웃음으로 헤어진다는 미명 하에……

흑도의 무인들은 올 때도 그랬지만 사라질 때도 매우 신속하게 사라졌다. 그들이 사라지자 비로소 싸움이 끝났음을 실감할 수 있었다. 싸움은 끝났지만 단 한 번의 싸움으로 잃은 것이 너무나 많았다.

삼백을 헤아리던 남궁가의 무인들이 무려 백여 명이 목숨을 잃고 또 그 정도의 수가 부상을 입었다. 서쪽을 맡았던 황보세가에서 삼십 명, 팽가에서도 삼십여 명이 죽었고, 특히 동쪽을 맡았던 백도의 무인들이 피해가 막심했는데 삼백의 인원 중 살아남은 자가 고작 칠십 명에 불과했다. 가장 피해가 적었던 곳은 싸움엔 직접 참여를 하지 않았던 제갈세가와 단 두 명만을 잃은 당가였다.

흑도의 피해는 이보다 훨씬 컸다. 호법인 귀면쌍살을 비롯하여 동쪽으로 쳐들어왔던 인원 사백이 모조리 전멸했고 서쪽으로 쳐들어왔던 적들 또한 이백에 가까운 시체를 남기고 물러갔다. 정문의 인원까지 합하면 최소 구백에 이르는 흑도의 무인들이 쓰러졌다.

단 한 번의 싸움으로 무려 천삼백에 달하는 무인들이 죽어버렸다. 지금까지 이처럼 많은 사망자를 낸 싸움이 없을 정도였으니 오늘밤의 치열함을 능히 짐작할 수 있으리라……!

하지만 문제는 아직 싸움이 끝나지 않았다는 것이다. 남궁세가가 무너지거나 그들이 아예 이곳을 포기하거나 하는 결말이 날 때까지 이 싸움은 계속될 것이었다. 이것이 대승을 거두고도 백도인들이 근심하는 이유가 되었다.

그리고 이들은 알지 못하고 있었지만 이번 싸움과 연장선상에 있는 또 다른 싸움이 일어날 조짐이 보이고 있었다. 그 시작은 패천궁의 또 다른 호법 목사혁이 혈궁단 이십 명과 이백여 명의 수하를 이끌고 남궁가에서 정확하게 오십 리 북쪽에 있는 야산에 매복을 하면서부터였다.

제14장

매복(埋伏)

매복(埋伏)

아침 일찍 장강을 넘은 정도맹의 선발대는 이제 막 동정호를 지나고 있었다. 혈운이 감도는 남궁세가가 얼마 남지 않았음인지 이들의 모습에서 상당한 긴장감을 찾아볼 수 있었다. 어젯밤에 있었던 남궁세가의 혈전은 이미 파다하게 퍼져 장강을 막 넘던 이들에게도 그 소식이 들려왔다. 우려와는 달리 다행스럽게도 남궁세가는 잘 버티고 있는 듯하였다.

소식을 접한 곽무웅은 지금까지 빠르게 이동한 것과는 달리 무리의 속도를 상당히 줄이라 명령하였다. 이는 새벽까지 치열한 싸움이 있었다면 서로 전열을 가다듬을 시간이 있어야 했기에 잠시 동안은 싸움이 없을 것이라는 것과 이미 이들이 장강을 넘은 것을 패천궁에서도 알고 있을 것이고, 기왕이면 남궁세가에 집중한 병력을 이쪽으로 조금이라도 끌어올 수 있다면 좋겠다는 곽무웅의 무모하리만치 강한 자신감 때문이었다. 무리의 이동 속도가 늦춰지자 그동안 말 등에 얹혀왔던 소문이 처음으로 허리를 펼 수 있었다.

"내 보다보다 자네같이 말을 못 타는 사람은 본 적이 없네. 아무리 처음 타는 말이라도 그렇게 달려왔다면 지금쯤은 최소한 허리라도 펼 수 있어야 하는 것 아닌가?"

"헤헤, 사람마다 다 다르지요. 말과는 영 인연이 아닌지라……."

"그런 말도 안 되는 소리하지 마시구랴. 서당 개 삼 년이면 풍월을 읊는다 했소. 형님의 말이 그게 씨알이 먹힐 소리 같소?"

"……."

검치자 곽검명의 말에 소문이 짐짓 어설픈 대꾸를 하자 그런 소문의 변명을 단번에 뭉개 버린 단견은 상취개라는 그의 별호답게 연신 술을 마시고 있었다.

"허허, 우리 소문을 너무 무안하게 하지 말게. 그 아이가 겁이 많아 그렇지 조금만 더 시간이 나면 잘 탈 수 있을 것이라네. 그래도 못 탄다면 그게 어디 인간인가? 미련 곰퉁이만도 못하지. 하지만 우리 소문이는 그리 미련하지 않으니 조금만 더 시간을 주게나!"

"안타까워서 그런 것이지요. 저희가 어디 소문 아우를 무안 주려 그러했겠습니까? 하하하!"

소문의 뒤에서 따라오던 구양풍의 말에 곽검명은 너무 염려 말라는 듯 크게 웃었다.

'저, 영감탱이가 또… 어쩐지 처음엔 말이 번지르르하더라. 내 이럴 줄 알았다. 사악한 영감 같으니라고…….'

처음 소림을 나설 때만 하더라도 조용히 따라오던 구양풍은 점차 자신의 세력권을 넓히더니 이제 소문의 일이라면 참견을 하지 않는 곳이 없었다. 그때마다 이런 식으로 도와주는 척하며 망신을 주고 있으니 그런 그를 바라보는 소문의 눈이 고울 리 없었다.

"이보게, 소문 아우. 저게 무엇인 줄 아는가?"

웃으며 소문을 바라보던 형조문이 엄청나게 넓은 호수를 가리키며 물어왔다. 분명히 바다는 아닌 것 같은데(물론 본 적도 없었지만) 그냥 호수라 하기에도 너무 컸다.

"글쎄요. 호수 같긴 한데 정말 크네요."

"이게 그 유명한 동정호라는 것이지. 지금은 근처에 큰 싸움이 있어 사람들의 발길이 뜸한 것이지 평소 같으면 항상 사람들로 북적거린다네."

"아……!"

"동정호는 중원의 동서를 가로지르는 장강에 의해서 만들어진 것인데 장강에는 동정호뿐만 아니라 많은 볼거리가 있네. 특히 저기 보이는 악양루를 비롯하여 무한의 황학루(黃鶴樓)와 남창의 등왕각(藤王閣)은 강남 3대 명루로 꼽히지."

"그렇군요!"

소문은 형조문의 말에 감탄을 하는 척했다. 사실 소문이 보기엔 동정호가 크기는 컸지만 별로 다가오는 느낌이 없었다. 그리고 악양루라고 해서 별거 있는 것은 아니었다. 그저 조금 화려한 느낌을 줄 뿐이었다. 소문이 이처럼 별 감흥을 느끼지 못하고 있을 때 옆에 있던 상취개가 한마디 했다.

"그래두 누가 뭐라 하든지 황학루가 최고요. 화려한 전각에 아름다운 그 자태란! 거지인 내가 봐도 뭔가 다른 느낌이 옵디다."

상취개의 말에 형조문이 갑자기 섭선을 꺼내 들더니 한 수의 시를 읊었다.

옛사람 황학 타고 가뭇없이 사라져
이곳엔 황학루만 외로이 솟았구나.
(昔人已乘黃鶴去, 此地空餘黃鶴樓).

한번 떠난 황학은 돌아오지 아니하고,
천고로 흰구름만 유유히 흘러가라.
(黃鶴一去不復返, 白雲千載空悠悠).

해맑아 한양 물가 무성한 나무 역력하고
앵무주 만화방초 만천지를 뒤덮어라.
(晴川歷歷漢陽水, 芳草處處鸚鵡州).

해 지는 이 저녁에 내 고향은 어디메냐?
강에 피는 물안개 향수만 자아내라.
(日暮鄉關何處是, 烟波江上使人愁).

"옳거니! 최호(崔顥)가 황학루에 올라서 읊었다는 시로구나. 그 유명한 이백(李白)이 황학루에 올랐다가 그 시를 보고 감히 시 한 수 짓지 못하고 내려오게 만들었다는……."
"예, 어르신. 소문이 자네는 이 시를 알고 있었는가?"
"……."
알 리가 없었다. 형조문은 그럴 수도 있다는 듯이 빙그레 웃고는 다시 한 번 물었다.
"그럼 이백은 알고 있겠지?"
"……."
"설마… 이백을 모른다는 소린 아니겠지?"
"……."
 소문은 아무 말 할 수 없었다. 이백이라는 말은 어디서 들어본 것 같기도 했지만 기억이 나지 않았다. 이런 소문을 황당하게 쳐다보는 것은 비단 형조문만이 아니었다. 주위에 있던 모든 사람들이 어처구니없다는 표정으로 쳐다보고 있었다.
 '젠장, 이백이라는 놈이 뭣 하는 놈이기에 이런 시선으로 쳐다보는 거야? 명나라의 임금이라도 되나?'
 원래는 이런 시선에도 아랑곳 없을 소문이었지만 그래도 다른 사람이 다 알고 있는데 자기만 모른다는 것에 대해 약간의 부끄러움을 가지고 있었는데…….
 "홍, 기대할 인간에게 기대를 하세요. 촌구석에서 살다온 사람이 중원이 낳은 위대한 문장가를 알기나 하겠어요?"
 일행의 뒤에서 들려오는 아름다운 목소리! 하지만 듣는 소문은 전혀 그렇지 않은 목소리가 들려왔다.
 '저것이 또? 오호라. 네가 아직도 정신을 못 차렸구나!'
 갑자기 나타나 소문을 무시하는 곽영을 보며 소문이 사악한 미소를 지었다. 그리곤 정중하게 물었다.
 "아가씨께선 포은(圃隱) 정몽주(鄭夢周) 선생을 아시오?"
 "정몽주?"
 곽영이 곰곰이 생각해 봐도 들어본 적이 없는 인물이었다. 해서,

"흥, 그 따위 인물을 내가 알게 무어란 말이냐?"

하고 외치자 기다렸다는 듯이 소문의 반격이 이어졌다.

"허허, 이럴 수가 목숨을 바쳐 고려(高麗)에 대한 절개를 지킨 정몽주 선생을 모르는 무식한 인간이 여기 또 있을 줄이야!!"

"뭐야? 내가 네놈 나라의 사람을 알게 뭐냐?"

"그럼 내가 당신 나라의 시인인지 뭐인지 하는 이백이란 인간을 알게 무어란 말이오?"

소문의 말에 일순 말이 막힌 곽영은 잠시 후 소문에게 반격을 했다.

"흥! 중원은 세계의 중심이니 그 정도는 당연히 알고 있어야 하지 않겠느냐?"

"오호, 중원이 세계의 중심이니까 중원에서 유명한 사람은 누구나 알고 있어야 한다?"

"당연하지!"

곽영은 의기양양하게 말을 했다. 그러자 갑자기 소문이 황당한 표정을 지으며 곽영을 쳐다보았다.

"정말 대단한 아가씨구려. 소림사의 방장이 언제 측간을 가는지까지 알고 있는 아가씨를 만나게 되다니……."

"뭐라구? 내가 그 따위 것을 어찌 안단 말이냐? 말 같지 않은 불결한 소린 그만 해라!"

곽영은 소문의 말에 소리를 빽 질렀다. 소문과 곽영의 말싸움을 흥미진진하게 쳐다보는 사람들도 하나같이 의아심을 가졌다.

'흠, 드디어 처음으로 영아가 이기는 것인가?'

곽검명은 지난번에 크게 망신을 당한 자신의 여동생이 그 이후로

틈만 나면 소문에게 싸움을 거는 것을 보았다. 하지만 그때마다 소문의 반격에 항상 지고 물러나는 것만을 보았는데 오늘은 왠지 자신의 동생의 승리로 끝날 것 같았다. 하지만 소문의 반격은 실로 무서웠다.

"허, 답답한 아가씨로고. 방금 아가씨가 중원은 세계의 중심이고 그 중원에서 이름을 드높인 거… 그래 이백이라는 사람을 아는 것은 당연하다 하지 않았소?"

"그래! 그런데 그게 소림사 방장하고 무슨 관계가 있다는 것이지?"

"중원무림의 중심은 당연히 소림사가 아니겠소. 아가씨의 말에 의한다면 그런 소림사의 가장 중요한 방장에 대해선 모르는 게 없어야 할 것 아니오. 그가 언제 밥을 먹는지, 측간에 가는지… 안 그렇소?"

"이… 이……."

소문의 어거지 논리에 뭐라 말을 하지 못한 곽영은 한참 동안 소문을 노려보다 경멸스런 표정으로 고개를 획 돌리고는 뒤로 가버렸다. 그런 곽영과 소문을 번갈아가며 지켜보던 사람들은 절로 입이 벌어졌다.

"꼬투리를 잡고 늘어지는 영아도 우습기는 하지만 그런 황당한 말을 지어내는 자네의 말솜씨는 그저 감탄을 자아내게 하는구만!"

곽검명이 실로 감탄했다는 듯이 말을 내뱉었다. 소문은 그런 곽검명을 보고 쓴웃음을 지을 뿐이었다. 그때 갑자기 무리의 앞에서 소란이 일었다.

"무슨 일이지?"

단견이 고개를 빼들고 무슨 일인지 궁금해했다. 곧 한 명의 개방 방도가 단견에게 뛰어왔다.

"소방주님!"

"뭔 일 있어?"

"남궁세가에서 탈출한 세 명의 무인이 도착했습니다. 세 명 다 온몸에 상처를 입고 있는데 그중 한 명은 그 상태가 아주 안 좋습니다."

"흠, 그래, 알았다."

단견이 천천히 무리의 앞으로 움직이자 이들도 덩달아 따라가기 시작했다. 그곳에는 이미 곽무웅을 비롯하여 수뇌들이 모여 있었다. 탈출을 했다는 세 사람은 헌원강에게 내상을 당한 남궁검과 그를 데리고 도망을 친 당씨 형제였다. 어찌어찌하여 추격을 하는 흑도의 무인들을 따돌릴 수는 있었지만 남궁검은 내상이 악화가 됐는지 여전히 정신을 차리지 못하고 있었고 그를 데리고 탈출한 당씨 형제들 또한 온몸에 크고 작은 상처를 입고 있었다.

"고생했네. 아무튼 이렇게라도 살아 있으니 다행 아닌가? 어차피 우리도 남궁세가로 가고 있으니 우리와 함께 가도록 하세."

"남궁 공자를 위해 간단하게 수레라도 하나 구해야 할 듯싶습니다. 저렇게 정신을 차리지 못하고 있으니……."

"그래야겠지요. 구 장로님께서 신경을 써주십시오."

"그러리다."

구육개는 수하들을 시켜 수레를 하나 마련하라고 명을 내렸다. 잠시 후 개방의 방도들이 급하게 준비해 온 수레는 비록 볼품은 없었지만 한두 사람 운반하는 데는 큰 지장이 없을 듯싶었다. 남궁검과 당가의 형제 중 가장 상처를 많이 입은 당문호가 그 수레에 누워 이동을 했다.

선발대의 이동은 순조로웠다. 상처 입고 도망쳐 온 이들 세 사람을 본 선발대의 무인들은 이제 본격적인 싸움이 얼마 남지 않았음을 몸으로 느끼고 있었다.

"그들은 어디쯤 오고 있다 하더냐?"

목사혁은 자신의 앞에 서 있는 혈궁단의 수뇌인 주율막(朱律幕)에게 물었다. 이번 매복에 따라온 혈궁단은 두 개 조로 그 수는 이십이었는데 선임 조장인 주율막이 이끌고 있었다. 주율막은 깊이 고개를 숙이고 대답을 했다.

"척후병의 말에 의하면 곧 이곳을 지나갈 것이라 합니다. 이제 준비를 해야 할 듯싶습니다."

"알았다. 말했다시피 우선 혈궁단이 나서서 적의 예봉을 꺾도록 하고 반대 편에 매복하고 있는 자들에게도 준비를 시키거라!"

"예, 호법님!"

주율막이 명을 받고 물러가자 목사혁은 잠시 생각에 잠겼다.

'이런 싸움은 별로 하고 싶지 않은데… 남자라면 자고로 정면으로 붙어 승부를 봐야 하는 것인데. 하지만 어쩔 수 없지, 저들은 하나같이 정예이고 정면 승부론 승산이 없으니…….'

"여기가 그 유명한 비천불(飛天佛)이 조각되어 있는 곳이라네. 산은 별로 높지 않으나 골이 깊어 좌우에 한 10여 장의 깎아지른 듯한 절벽이 있지. 그런데 누가 만들었는지는 모르나 그 한쪽 절벽에 하늘로 올라가고 있는 부처의 모양이 새겨져 있다네. 가히 장관이라 할 수 있지."

형조문은 소문의 옆에 붙어 계속해서 이것저것 알려주고 있었다.

"또한 삼국 시대에는 이곳 절벽에서 매복하던 백여 명의 병사에게 그 열 배에 달하는 병사가 몰살한 유명한 장소이기도 하지."

"그렇군요."

소문은 고개를 끄덕였다. 잠시 후 일행은 계곡의 초입에 들어섰다.

'어라? 뭐지 이건?'

동물적인 감각을 지니고 있는 소문에게 이상한 기운이 느껴졌다. 지난번 표행에서 느꼈던 비슷한 느낌, 하지만 이번은 그때의 기운보다 훨씬 강했다. 상대방이 기운을 철저하게 숨기고 있었지만 미세하게 흘러나오는 기척은 소문을 긴장시키기에 충분했다.

"형님, 저기 절벽에 누가 있는 것 같은데요?"

"뭐라고?"

형조문은 깜짝 놀라 반문을 했다. 절벽에 누가 있다면 매복 아닌가? 그는 온몸의 감각을 끌어올려 주위를 살폈다. 하지만 아무런 기척도 발견할 수가 없었다.

"하하, 자네가 내 얘기를 듣고 괜한 걱정을 하는구만. 걱정 말게 저 위에선 아무런 기도 느껴지지 않으니……."

'아닌데…….'

사실 지금 무리를 이끌고 있는 곽무웅도 매복에 대해 생각을 하지 않은 것은 아니었다. 그래서 자신이 무리에 가장 앞장서서 주위를 살피고 있었는데… 하지만 매복자들은 그리 어리석지 않았다. 지금 절벽 위에 있는 사람들은 자신의 기를 철저하게 숨길 수 있는 고수들과 혈궁단만이 위치해 있고 다른 이들은 모두 멀찌감치 떨어져 최대한 기척을 숨기고 있었다. 곽무웅이 아무리 주의를 기울여도 이들을 발견할 수는 없었다.

하지만 소문은 이런 그들의 기척마저 감지하고 있었다.

'어차피 말해 봐도 믿지 않을 것이고…….'

소문은 우선 자신의 어깨에 앉아 있던 철면피를 날려보냈다. 그리곤 구양풍에게 다가가 조용히 말을 했다.

"매복이 있어요. 이들은 모르지만 기운이 느껴집니다. 심상치 않은 기운이… 암튼 조심하세요."

구양풍은 소문의 말에 흠칫 놀랐다. 자신이 지금 부상으로 인해 대부분의 내공을 상실해서 소문이 말하는 기척을 느끼지 못하는지는 몰랐지만 그는 소문의 실력을 알고 있는 몇 안 되는 사람이었다. 특히 지난 번 자신을 구하며 보여준 그의 무위는 상상을 불허하는 것이었다. 자연 긴장을 하지 않을 수 없었다.

'제기랄, 위험을 알면서도 기어 들어가는 기분 참 더럽네…….'

소문도 나름대로 긴장을 하며 말을 몰고 있을 때였다.

핑!

"으악!"

"캑!"

무리의 이곳저곳에서 비명성이 들리며 무인들이 말에서 굴러 떨어지고 있었다. 하나같이 몸체가 핏빛 일색인 커다란 화살이 꼽혀 있었다.

"매복이다. 신속하게 이곳을 이탈해라. 어서!"

곽무웅은 목이 터져라 외쳐 댔지만 그의 이런 말은 잠시 후 무리의 앞과 뒤에서 들려오는 엄청난 굉음에 묻히고 말았다. 절벽에서 큰 바위며 나무 등이 쏟아져 선발대의 앞과 뒤의 진로를 아예 진로를 막아 비리는 소리였다.

'아뿔싸! 패천궁과 혈궁단이라니… 내가 너무 성급했구나. 좀 더 주

의를 했어야 하는데…….'

하지만 이미 늦어버렸다. 벌써 많은 수의 무인들이 혈궁단의 화살에 목숨을 잃고 말았다.

"절벽이다. 최대한 몸을 절벽으로 붙이고 몸을 숨겨라."

곽무웅의 외침에 하늘에서 빗발처럼 쏟아지는 화살에 정신을 차리지 못하던 군웅들은 재빨리 양쪽 절벽에 몸을 밀착시키고 바위나 절벽의 틈을 이용해 몸을 숨겼다. 하지만 위에서 쏘는 화살은 피할 수 있었지만 마주보는 절벽에서 쏘는 화살에는 여전히 위험을 지니고 있었다. 한참을 그렇게 쏟아지던 화살이 잠시 멈추고 절벽 위에서 한줄기 음성이 들려왔다.

"나는 패천궁의 호법을 맡고 있는 목사혁이오. 이런 매복이 치졸한 것인지는 알지만 어쩔 수 없는 일. 이미 그대들의 퇴로는 끊기고 이곳에서 살아 나갈 방법은 없을 것이오. 항복을 한다면 목숨은 보존하게 해줄 것이오. 무리의 수뇌는 나의 제안을 어찌 생각하시오?"

"후배는 화산파의 곽무웅이외다. 제의는 고맙지만 그건 우리의 자존심이 허락하지 않소이다. 우리가 모두 이곳에서 뼈를 묻는 한이 있더라도 항복은 없을 것이오."

"오! 곽무웅 장문인이었구려. 그대의 의기는 이해하지만 다시 한 번 잘 생각해 보시오."

"우리는 이곳에서 뼈를 묻을 것이오!"

곽무웅은 더 이상 말을 하지 않겠다는 뜻을 내비쳤다. 절벽에서 안타깝다는 탄식이 들린 이후 다시 화살이 날아오고 있었다. 지상에서 절벽까지는 무려 십여 장의 높이, 물론 곳곳에 바위나 나무들이 있어서 오르자면 웬만한 무인이라며 쉽게 오를 수 있는 절벽이었다. 하지만 문제는 혈궁단이었다. 조그만 틈이라도 보이면 어김없이 날아와 목숨을 빼앗는 화살에는 곽무웅도 속수무책이었다. 만약 저 화살을 감수하고 절벽을 오른다면 몇 명은 살아서 오를 수 있겠지만 절벽 위에는 또 많은 적들이 있을 것이니 함부로 결정을 내릴 문제도 아니었다. 어느새 곽무웅의 주변으로 구육개와 영각 대사, 운경 진인이 화살을 피해가며 다가왔다.

"우리 방도들의 태반이 쓰러졌소이다."

구육개는 피눈물을 흘리고 있었다. 자신을 따라온 개방의 방도들은 아무래도 다른 이들보다는 무공이 떨어졌다. 당연히 피해가 클 수밖에 없었는데 영각 대사는 그런 구육개를 보며 연신 불호를 외쳐 댔다.

"아미타불, 우리 소림에서도 많은 피해가 있었소이다. 장문인은 이 상황을 어찌 타개할 생각이시요?"

"아무리 생각해도 방법이 나질 않습니다. 어떡하든지 절벽 위로 올라가야 하는데 혈궁단이 버티고 있으니……."

곽무웅이 난처한 얼굴을 하자 그를 쳐다보던 구육개와 영각 대사 또한 무거운 침음성을 내뱉었다. 그들도 잘 알고 있었다. 문제는 혈궁단이었다.

"하지만 이리 당하고만 있을 수는 없는데……."

운경진인의 탄식이 수좌들의 마음을 더욱 착잡하게 했다.

한편 이들과는 다른 의미에서 화를 내고 있는 사람이 있었다.

'저것들이 미쳤나? 감히 누구 앞에서 건방지게 화살을 날려대! 네놈들이 활에는 제법 자신이 있는가 본데, 네가 한 수 가르쳐 줄 테니까 어디 한번 잘 막아보거라!'

곽무웅과 수뇌들이 있는 절벽의 반대 편의 절벽 아래의 바위 뒤에 숨어 있는 소문은 자신의 철궁을 잡아갔다. 그러자 주변에 있던 이들이 이상하다는 듯이 쳐다보았다.

"자네, 지금 무엇을 하려 하는가? 활로는 절벽 위에 있는 적을 죽일 수 없다네. 아주 운이 좋지 않은 이상! 괜히 위험한 짓 하지 말게!"

"놔두세요, 오라버니. 겁에 질려 미쳐 버린 모양이네요. 멍청하기는……."

곽영은 말리는 곽검명에게 냉소를 지으며 말을 했다. 하지만 소문은 그런 말에는 신경을 쓰지 않았다. 화살은 널리고 널렸다. 얼마나 많은 화살을 쏟아 부었는지 땅에는 온통 시뻘건 화살로 뒤덮여 있었다. 소문은 화살 하나를 집어 들더니 활시위를 재었다.

"제가 이래 봬도 유명한 사냥꾼 아니겠습니까? 한번 믿어보시라구요!"

소문은 앉은 자리에서 하늘 높이 활을 치켜들더니 화살을 날렸다. 화살은 순식간에 하늘 높이 사라졌다.

"야이, 미친놈아! 가뜩이나 어려운 처지에 장난치지 말고 가만히 있어! 그 따위로 화살을 쏘는 것은 내 보다 첨 봤다."

혹시나 하는 사람들도 소문이 너무 어이없게 화살을 날리자 적지 않게 실망을 하고 있었다. 하지만 소문은 아무런 대꾸도 하지 않고 또 하나의 화살을 집어 들었다.

"이놈이!"

곽영은 더 이상 참지 못하고 소문에게 덤비려 하였지만 그런 그녀를 잡는 손이 있었다.

"놔두게. 활이라면 일가견이 있는 아이일세. 저렇게 쏘는 이유가 다 있을 것이네."

구양풍이 조용하게 말을 했다. 곽영은 나이 든 사람이 나서서 소문을 두둔하자 불만은 있었지만 어쩔 수 없이 물러서고 말았다. 하지만 두 눈은 여전히 소문을 쏘아보고 있었다.

핑!

또 하나의 화살이 하늘을 갈랐다.

"헉!"

한참 신나게 활을 쏘고 있던 혈궁단의 한 명이 비명을 지르고 쓰러졌다.

"뭐, 뭐야?"

"잘 모르겠어. 화살을 맞은 거 같은데……."

"말이 안 되잖아. 어떻게 화살이 정수리에 박히나? 크악!"

한참을 말하던 사내는 자신의 머리에서 오는 엄청난 통증에 비명을 지르고 말았다. 사내의 머리에 박힌 화살은 그 끝이 안 보일 정도로 몸 깊이 꿰뚫어 버렸다.

"저, 저기!"

쓰러진 동료를 보며 경악하던 혈궁단의 인원들은 자신들의 맞은편 바위 뒤에서 계속해서 화살이 날아오르는 것을 보고 있었다. 막 하나의 화살이 그들의 머리 위로 떨어지고 있었다. 제법 빠른 속도로 떨어지고 있었지만 주의해서 본다면 피하지 못할 정도는 아니었다.

"흥, 이따위 것에 목숨을 잃을 줄이야!"

사내는 자신의 머리 위로 떨어지는 화살을 잡아갔다. 하지만 그것은 사내의 엄청난 오산이었다. 방금 화살에 맞아 죽은 동료를 살펴볼 때 화살이 얼마나 깊게 박혔는지를 헤아려야 했다.

"캑!"

 사내의 손에 잡힌 화살은 그 힘을 조금도 잃지 않고 머리를 뚫어버렸다. 사내는 마치 화살로 자신의 머리를 자해하고 죽은 모양으로 쓰러져 있었다. 그제야 사람들은 그 화살에 담긴 힘을 알 수 있었다.

 "무조건 피하고 보라!"

 화살을 잡다가 죽임을 당한 동료를 본 혈궁단은 날아오는 화살을 감히 잡을 생각을 하지 못하고 피하기에 급급했다.

 '어라, 피한다? 저것들을 확 이기어시로 날려 버릴까? 아니지… 한두 놈도 아니고 힘들어서 그 짓을 어찌… 오호, 바람이 지금 역으로 불고 있네… 그렇다면!'

 맞은편의 적을 어느 정도 혼란하게 한 소문은 활을 거의 수직으로 세웠다. 그리고는 마찬가지로 하늘 높이 화살을 날렸다. 어느 순간 정점에 오른 화살은 불어오는 바람에 소문의 바로 위의 절벽의 사람들에게 떨어졌다. 그 모양을 보던 맞은편의 사람들은 저마다 뭐라 지껄였지만 이미 때는 늦었다.

 "으악!"

 "큭!"

 영문도 모르게 동료들을 잃은 그들은 맞은편의 사람들보다 더 큰 혼란을 일으켰다. 맞은편에 있던 사람들은 날아오는 화살의 위치를 금방 파악할 수 있었지만 그들은 바로 밑에서 올라와 순식간에 하늘로 사라지는 화살을 미처 파악하지 못하고 있었다. 물론 소문도 보고 쏘는 맞은편과는 달리 적들의 위치가 잘 보이지 않아서 적중시키는 데 상당한 어려움이 있었지만 한 번에 세 발의 화살을 날리는 연환사를 이용해 그런 부정확성을 물량으로 극복하고 있었다.

"뭣들 하느냐? 어서 저놈에게 집중 공격을 퍼부어라!"

소문이 자신의 동료들에게 화살을 날려대자 맞은편의 남아 있는 혈궁단은 정신을 수습하고 일제히 소문에게 화살을 날렸다. 하지만 소문은 아예 바위 뒤에서 숨어서 화살을 날리는지라 전혀 문제가 없었다. 그러는 동안에도 계속해서 연환사로 화살을 날려대는 소문의 손은 쉴 틈이 없었다.

"크악!"

세 발을 한 번에 발사하면 어김없이 한 번의 비명성은 들리고 있었다. 이제 소문 위에 서 있는 모든 사람은 그저 하늘만 바라보며 화살이 혹시나 자신에게 떨어지나 살피고 있었다.

"안 되겠다. 바위 때문에 아무런 위협이 되지 못하는구나! 다들 힘을 한곳으로 모으라!"

맞은편에서 혈궁단을 지휘하는 듯한 자가 명령을 했다. 그러자 살아남은 혈궁단원 일곱은 재빨리 일렬로 섰다. 우두머리인 자가 활을 들고 나머지 혈궁단원은 그의 뒤에서 격체전공(隔體傳功)으로 힘을 하나로 모으고 있었다.

핑!

쌔애액!

맨 앞에서 힘을 받던 우두머리가 시위를 놓자 핏빛 화살은 엄청난 파공성을 내며 소문에게 쏘아져 갔다.

꽝!

"이크크! 무식한 놈들!"

화살은 소문이 몸을 숨기던 암석을 단번에 박살을 내버렸다. 소문은 기겁을 하고 뒤로 물러섰다. 날아오는 화살의 파공음에 예상은 했지만 이토록 커다란 암석을 산산조각을 내버리는 위력이라니…….

"이때다! 쏴라!"

암석이 박살나고 소문의 몸이 드러나자 혈궁단은 일제히 사격을 했다. 어이없게 당한 동료들과 일순 당황했던 자신들의 망신을 갚고자 하는 듯 화살을 있는 대로 쏟아 붓고 있었다. 물론 자신은 한 대도 안 맞을 자신이 있었지만 주변에 숨어 있는 동료들이 혹시나 눈먼 화살에 맞을까 걱정을 한 소문은 아예 절벽 아래에서 길 중앙으로 나와 버렸다.

"저… 저!"

"쏴라! 마구 쏴라!"

당황하기는 주변의 인물이나 혈궁단이나 마찬가지였다. 중앙으로 스스로 걸어나오다니… 이건 아예 죽여달라고 염불을 하는 것이나 마찬가지였다. 하지만 다행히도 소문의 위에 있던 혈궁단은 여전히 하늘만 바라보며 혹시라도 떨어질 화살을 염려하고 있었다.

소문은 여유가 있었다. 자신에게 비록 수없이 화살이 날아오고 있었지만 일부러 화살이 자신의 몸에 닿기 바로 전에 간발의 차이로 모든 화살을 피해냈다. 이러니 쏘는 사람이나 보는 사람이나 혀가 타는 느낌을 버릴 수가 없었다. 맞은편 혈궁단의 인원들은 화가 머리끝까지 뻗어 악을 써가며 화살을 날리고 있었지만 아래에서 숨죽이고 있는 선발대의 무인들은 그저 조마조마한 마음으로 소문을 쳐다볼 뿐이었다.

'크크! 장난은 이쯤하고, 또 한 번 쏴볼까나!'

소문은 재빨리 출행랑을 시전하여 이번엔 정반대의 절벽에 몸을 숨겼다. 소문이 몸을 숨긴 바로 옆에는 선발대의 수뇌들이 감탄이 서린 눈으로 소문을 바라보고 있었다. 그들의 시선에는 아랑곳없이 소문은 화살을 날려댔다. 아까와 똑같은 상황이 벌어졌다. 아까 있던 자리와는 달리 이쪽에서는 바람이 순풍으로 불고 있어서 자신의 위에 있는 사람들을 쏘려면 몸을 조금 뒤로 젖히는 위험을 감수해야 했기 때문에 그냥 맞은편의 상대에게만 화살을 날려댔다. 소문의 화살이 하늘 위에서 쏟아지자 그제야 아까 자신의 머리 위로 떨어지던 화살의 주인을 찾게 된 혈궁단은 분기탱천하여 소문에게 화살을 날려댔다. 하지만 정확하게 날아오는 화살은 암석에 의해 막혀 버렸고, 비슷하게 날아오는 화살들은 소문을 보호하기 위해 어느새 접근한 선발대의 수뇌들에 의해 모조리 부러지고 말았다.

"저런, 저쪽의 동료들이 힘을 모은 까닭이 있었구나! 우리도 힘을 모은다. 모여라!"

이곳에 모인 혈궁단을 이끄는 주율막은 자신의 뒤로 혈궁단을 불러 모았다. 그리고 아까 맞은편의 혈궁단원들이 한 것처럼 힘을 자신에게 집중시키고 있었다.

'얼레? 저것들이 한 번 통했다고 되도 않는 수를 또 쓰려고 하네! 네 놈들이 그리 나온다면 나도 생각이 있다, 이놈들아!'

소문은 시위에 재었던 화살을 땅에 내려놓고 화살도 없는 시위를 힘껏 당겼다.

쐐애액!

아까와 마찬가지로 엄청난 파공음과 함께 화살 하나가 소문을 노리고 날아오고 있었다.

"피하게!"

그 화살의 위력을 감지한 수뇌들은 저마다 자리를 박차고 좌우로 물러섰다. 하지만 소문은 얼굴 가득 비웃음을 띠고 당겼던 시위를 놓았다.

핑!

나즈막한 소리와 함께 시위는 원위치로 되돌아왔지만 소문은 피할 생각을 하지 않았다. 소문을 지켜보던 사람들은 저마다 외마디 소리를 지르며 눈을 가렸다. 이제 혈궁단에 맞서 고군분투(孤軍奮鬪)하던 청년이 사라지는 모습을 차마 볼 수 없어서인데…….

꽝!!

엄청난 굉음과 함께 무서운 속도로 날아오던 핏빛 화살은 공중에서 흔적도 없이 사라지고 말았다. 자신이 날린 무영시의 위력을 만족스럽게 보던 소문은 손을 들어 맞은편 절벽에서 경악을 하고 있는 주율막에게 엄지를 펴 보이며 한껏 조롱을 했다.

"이럴 수가… 어찌 이런 일이! 지금까지 저것을 받아낸 사람이 과연 있었던가? 모두 다 피하느라 급급했거늘… 어찌……."

"조장님, 저놈도 화살을 날린 것입니까?"

"글쎄다. 나도 날아오는 화살은 보지 못했는데… 도무지 영문을 모르겠다!"

혈궁단이 놀라는 만큼 다른 사람들도 놀라고 있었다. 특히나 소문의 옆에서 지금의 광경을 직접 목격한 수뇌들은 도무지 믿어지지 않는 광경에 경악을 하고 있었다.

"자, 장문인! 내 눈에는 틀림없이 화살이 안 보였는데……?"

"소승의 눈에도 그리 보였습니다만……."

"아마도 화살 대신 기로써 화살을 대신한 듯합니다."

곽무웅은 놀랍다는 듯 소문을 쳐다보고 있었다.

"기, 기라고 했소? 내 검기나 도기라는 말은 들어보았으나 화살에서

기를 날린다는 말은 처음 듣소이다."

"하지만 그것이 아니고는 설명이 되지 않으니······."

이들이 소문에 대해 이러쿵저러쿵하고 있을 때 마음껏 혈궁단을 조롱하던 소문이 그들에게 다가갔다.

"다들 괜찮으시지요?"

"아미타불! 시주의 활약 덕에 많은 사람들의 목숨을 구할 수 있었소이다."

영각은 소문에게 연신 합장을 하며 그의 공을 칭찬했다. 그러자 오히려 더 부담을 느낀 소문은 재빨리 말을 돌렸다.

"제가 이곳으로 온 이유는 여기를 탈출할 방법이 있는지 궁금해서 왔습니다."

"아니, 그래서 그런 위험을 감수하고 온 것인가? 그런 거라면 전음으로 얼마든지 물어보면 가능한 것을······."

곽무웅이 어이없다는 듯이 소문을 쳐다보았다. 하지만 소문의 말은 그보다 더 충격적이었으니······.

"저기··· 전음이 뭔지······?"

"엥? 전음성을 모른다는 말인가? 전음이란 멀리 떨어져 있는 상대에게 입을 열지 않고도 자신의 말을 전달하는 방법으로 어느 정도의 실력에 들면 다 하는 것인데······?"

구육개는 도무지 이해가 안 간다는 듯이 반문을 했다. 하지만 답답하기는 소문이 더 했다. 아니, 입을 열지 않고 말하는 방법이 세상에 어디 있다는 말인가? 그때 갑자기 소문의 귀에 들려오는 말이 있었다.

[소문 아우! 자네의 활 솜씨는 진정 대단하구만. 우형은 감탄을 금치 못했네. 참, 그리고 자네 전음을 모른다며? 구육개 어르신이 자네에게

전음을 날리라고 하셨다네. 정말 이상한 사람이야, 자네는! 그만한 무공을 지녔으면서 전음을 못하다니…….]

'뭐냐, 이건? 목소리는 틀림없는 검명 형님인데…….'

"어떤가? 지금 검명의 목소리가 들리지 않는가? 이게 바로 전음이라는 것일세. 자네는 정말 신비한 사람이구만."

"그게, 제가 배운 무공은 그저 활 쏘는 것하고 경공만을 익힌지라… 다른 무공은 배운 것이 없습니다."

소문의 말에 수뇌들은 그저 고개만 흔들 뿐 아무런 말을 하지 못했다. 그런 그들을 보며 고소를 지은 소문은 곽무웅에게 말을 했다.

"계속 이러고 있을 수는 없지 않습니까? 무슨 방법을 세워야지요."

"흠, 자네 말이 맞네. 방법은 우리가 절벽을 올라가야 하는 것인데 혈궁단이 버티고 있으니 그게 쉽지가 않으이. 저들만 없다면 어찌 한 번 해볼 터인데……."

곽무웅의 아무런 말 없이 잠시 생각을 하던 소문은 한 가지 방법을 곽무웅에게 내놓았다.

"어차피 이렇게 오래 있다가는 정말 힘들어집니다. 우선 한쪽 절벽이라도 올라가야지요. 제가 시선을 끌 테니 그 시간에 절벽을 단숨에 올라갈 수 있는 고수들을 선별하여 치고 올라가도록 하죠?"

"하지만 그게 그리 쉬운 것이 아닐 텐데… 혈궁단도 있지만 다른 적들도 많이 있으니…….'"

구육개가 어두운 얼굴로 말을 하자 소문은 다시 한 번 설명을 했다.

"보아하니 저들 중에서 활을 쏘는 자는 혈궁단인가 하는 자들 밖에는 없는 듯싶습니다. 그러니 우선 그들의 행동을 묶기만 하면 절벽을 오르는 것은 그리 어렵지 않을 것입니다. 게다가 이쪽 절벽에 숨어 있는 사람들은 바로 위에 있는 혈궁단이 미처 움직임을 파악하지 못하고 있을 터이니 한꺼번에 달려나간다면 저들도 제대로 맞출 순 없을 것입니다. 그리고 저들이 당황하는 동안에 저쪽 절벽에 숨어 있는 사람들도 틈을 노려 절벽을 오른다면 틀림없이 성공할 것입니다. 다만 저 정도의 절벽은 단숨에 올라갈 고수여야 할 것입니다."

"그 정도의 고수는 꽤 있다네. 하지만 역시 관건은 혈궁단이네!"

곽무웅이 신중하게 말했다.

"그건 제게 맡겨주시고 여기 계시는 분들은 그 전음인가 뭔가 하는 것으로 제 계획을 알려주시기 바랍니다. 엇차!"

소문은 말을 하면서도 계속 날아오는 화살을 잡아채고 있었다. 그런 소문을 보던 곽무웅은 결국 결심을 했다.

"알았네. 어차피 무엇을 하든 해보긴 해야겠지······."

잠시 동안 곽무웅과 구육개, 운경 진인, 영각 대사는 자신의 수하들에게 전음을 날리느라 말이 없었다. 전음을 날리던 곽무웅은 고개를 돌려 소문을 바라보았다.

"준비는 다 시켰다네. 이제 자네가 나설 차례네. 과연 어떻게 혈궁단의 시선을 잡을 것인지 궁금하구만."

"하하! 별거 아닙니다. 그냥 조금 무식하게 화살을 날리는 것이지요."

말을 마치자마자 소문은 주위에 모아놓은 화살을 무섭게 날리기 시작했다. 소문은 연환사를 이용해 한 번에 세 개씩 화살을 날렸는데 날리는 화살마다 힘과 높이를 조정해 수십 발의 화살이 거의 동시에 땅에 떨어지게 만들었다. 주변에 있던 화살을 다 날린 소문은 재빨리 뛰어나갔다.

"자! 지금입니다."

소문의 말에 세 명의 수뇌들과 주변의 수하들이 화급히 뛰어나갔다. 그러자 절벽 위에 있던 흑도의 무리들은 기겁을 했다.

"뭣들 하느냐? 쏴라!"

바로 위에 있던 혈궁단은 연신 화살을 쏘아댔다. 하지만 그 화살에 맞는 무인은 거의 없었다. 반면에 백도의 무인들이 뛰어 올라가는 절벽에 위치한 혈궁단 이하 흑도의 무인들은 까맣게 뒤덮고 내리 쏟아지는 화살을 피하느라 정신이 없었다. 잠시 한눈을 팔면 어느새 화살이 머리를 꿰뚫고 지나가니 밑에서 올라오는 무인들에 대해선 신경을 쓰지 못했다. 소문이 날린 화살이 한바탕 쓸고 지나간 절벽에 가장 먼저 도착한 것은 역시 소문이었다. 그 뒤를 이어 선발대의 수뇌들과 선별된 고수들이 올라왔다. 그리고 잠시의 틈을 이용해 바로 아래의 절벽에 숨어 있던 무인들도 재빨리 절벽에 올라왔다.

절벽에 제일 먼저 올라온 소문이 가장 먼저 한 일은 감히 자신에게 화살을 쏘아댄 혈궁단에게 소리도 없이 무영시를 날리는 것이었다. 혈궁단은 절벽을 오른 무인들을 보며 당황한 나머지 아무런 기척도 없이 날아오는 무영시에는 속수무책이었다. 눈 깜짝할 사이에 혈궁단의 단원 일곱이 모조리 쓰러지고 말았다. 싸움은 일방적이었다. 비록 절벽에 올라온 무인들이 삼십에 불과하다지만 고르고 고른 고수들이었다.

특히 사랑하는 방도들을 많이 잃은 구육개의 손속은 실로 무서웠다. 그리고 사정을 보지 않고 손을 쓰는 것은 곽무웅이나 영각 대사 또한 마찬가지였는데 지객원을 맡고 있는 영각은 그 부드러웠던 성정과는 다르게 손속은 구육개 못지 않게 무서웠다. 이처럼 흑도의 무인들이 도륙을 당하자 맞은편의 흑도 진영에서 심각한 동요가 있었다. 특히 지금까지 아무런 말 없이 소문의 활약을 지켜보던 목사혁은 감탄을 금 치 못하고 있었다.

'허, 정말 대단하군, 대단해! 하지만 이렇게 당한다면야 말이 안 되지!'

"내려간다. 따르라!"

목사혁은 명령을 내리곤 바로 절벽 아래로 뛰어 내려갔다. 비록 저 위의 수하들은 목숨을 잃겠지만 아래의 백도인들을 모조리 잠재운다면 그들로서는 별로 손해 보는 일은 아니었다. 목사혁을 따라 흑도의 무인들이 절벽을 내려왔다. 같은 수준의 같은 병력이라도 그 무리를 이끄는 수장이 누구냐에 따라 그 전투력은 천양지차로 바뀔 수 있다. 만약 저 위에 흑도인들을 목사혁이 이끌고 있었다면 저리 허망하게 당하지는 않았을 것이다.

절벽 위에 있던 흑도의 무인들이 아래로 내려오자 아래에 있던 선발대 또한 이들과 싸우기 위해서 전열을 가다듬었다. 하지만 적의 수장은 패천궁의 호법인 목사혁이었다. 그 누구도 삼 초를 버티지 못하고 쓰러지고 말았다. 절벽 위에 있던 흑도의 무인들이 이미 전의를 상실해 뿔뿔이 흩어지자 절벽 위에서 싸우던 백도의 고수들이 하나둘씩 아래로 내려왔다. 절벽 위는 어느 정도 정리가 되었다고 느끼는 것일까? 선발대를 이끄는 수장들도 모조리 아래로 내려오고 있었다. 싸움은 새로운 국면으로 접어들고 있었다. 목사혁을 중심으로 한 백여 명의 흑도의 무인들과 곽무웅 등 삼 인의 수뇌가 이끄는 육십여 명의 선발대. 그 짧은 시간 동안 흑도에서는 절반의 병력을 잃었고 선발대에서도 혈궁단에 의한 피해가 상당했다.

"그런 궁술의 귀재가 있을 줄은 내 상상도 못했소이다. 정말 대단한 실력이었소."

목사혁이 진정에서 우러나오는 말을 하자 곽무웅도 정중하게 대답했다.

"대단한 친구지요. 우리 백도의 신진 고수라 할 수 있습니다."

곽무웅의 말에는 자부심이 가득했다. 사실 잘 알지도 못하는 소문이지만 암튼 그런 친구가 백도에 나타났다는 것은 큰 경사라 할 수 있기 때문이었다.

"그건 그렇고, 지금부터 멋지게 어울려 보십시다. 우리가 죽든 그대들이 죽든 후회없는 싸움을……."

목사혁은 천천히 검을 들어 올렸다. 그리고는 검끝을 들어 선발대로 향하게 했다. 그것이 싸움의 시작을 알리는 신호였다.

"와아!"

"공격하라! 공격!"

"죽여라!"

양측의 무인들은 너나 할 것 없이 서로 뒤엉켜 싸우기 시작했다. 사실 절벽에 올라갔던 백도의 무인들이 아래로 내려올 때부터 패배를 예견한 목사혁이었다. 처음부터 자신만만해하던 목사혁은 혈궁단까지 주어지자 필승의 결과를 생각했다. 하지만 그의 예상과는 다르게 급조된 선발대의 무위는 상상외로 강했고, 특히나 믿었던 혈궁단이 초반에만 잠시 활약을 했을 뿐 생전 처음 보는 무서운 활 솜씨를 지닌 청년에게 속절없이 당하자 그저 어이가 없을 뿐이었다. 게다가 수하마저 반으로 줄어버리니 패배를 생각하는 것은 너무나 당연했다.

'후, 너무 오랫동안 궁에만 틀어 박혀 있어서인지 나도 모르게 자만심이 쌓이고 있었구나! 그것이 결국 이런 결과를 가져올 줄이야…….'

후회를 한들 이미 끝나 버린 일이었다. 이제는 정말 자신의 명예를 걸고 후회없이 싸우는 일뿐이었다. 목사혁은 자신의 상대를 찾고 있었다. 자신에게 참담한 패배를 안겨준 젊은 청년, 그는 소문을 찾고 있었다. 소문은 멀찌감치 서서 위험에 처한 선발대를 도와주고 있었다. 싸움이 시작되자마자 좀 전과 마찬가지로 감히 자신 앞에서 활 솜씨를 자랑했다는 이유 하나만으로 혈궁단을 깨끗이 쓸어버린 후였다. 소문을 찾은 목사혁은 천천히 소문에게 다가갔다. 아무도 그를 말리지 않았다. 처음엔 곽무웅이 그를 막아섰지만 목사혁의 눈에 나타난 갈망을 보고 조용히 비켜서 주었다.

"괜찮겠습니까?"

잠시 손을 멈춘 구육개가 염려스런 눈초리로 곽무웅에게 물었다.

"저도 불안은 하지만 목사혁이 저리 원하고 있으니… 그리고 왠지 소문이라는 친구가 호락호락 당하지는 않을 것 같기도 해서……."

대답을 하는 곽무웅은 한편으론 자신의 판단이 틀렸으면 어쩌나 걱정을 했다. 하지만 이미 결정난 일이었다. 여유있게 지원 사격을 하고 있던 소문은 문득 자신에게 다가오는 커다란 힘을 느낄 수 있었다. 긴장을 하고 천천히 몸을 돌리자 적의 수뇌라 하던 노인이 칼을 들고 조용히 바라보고 있었다.

"여기는 너무 번잡하구만. 자네 같은 사람과 이런 곳에서 자웅을 논하고 싶지는 않으이. 자리를 옮기세나."

목사혁은 소문의 대답은 듣지도 않더니 절벽 위로 훌쩍 뛰어 올라갔다. 그러자 소문도 아무 말 없이 그를 따라 절벽 위로 올라갔다.

"정말 대단했어. 하지만 나에겐 활이 통하지 않으니 칼을 들게."

목사혁이 자신을 따라온 소문이 여전히 활을 들고 있자 빙긋이 웃으

매복(埋伏) 273

며 말을 했다. 하지만 소문은 활을 놓지 않았다.
"활이라면 자신이 있는 겁니다. 걱정은 고맙지만 사양하겠습니다."
"흠, 그런가? 알았네. 하지만 조심하는 게 좋을 것이야."
목사혁은 천천히 검을 들어 올렸다. 그리곤 무서운 기세로 소문을 쓸어 왔다. 아직 제대로 공격을 받지도 않았지만 그 기세가 얼마나 대단한지 소문마저 움찔할 정도였다. 소문은 재빨리 출행랑을 시전했다. 뒤로 물러서며 무영시의 수법으로 목사혁을 공격했다.
"허, 보이지도 않는 강기의 화살이라? 정말 대단하군!"
목사혁이 말은 그리 했지만 그다지 큰 위협을 받지는 않은 듯했다. 자신에게 날아오는 무영시의 기운을 신형을 움직여 살짝 피하거나 칼을 들어 막아냈다. 그리곤 여전히 소문을 향해 다가왔다. 하지만 소문도 그리 만만치는 않았다. 자신의 공격을 수월하게 막는 목사혁을 보면서도 별로 당황하지 않고 계속 무영시를 발사했다. 사실 자리에서 멈춰 서서 무영시를 쏜다면 제아무리 목사혁이라도 감히 접근을 하지 못하겠지만 이미 그의 접근을 허용한 상태인지라 계속해서 움직이며 쏠 수밖에 없었고, 목사혁은 느끼지 못하겠지만 지금 소문이 쏘는 무영시에는 그다지 힘이 들어가지 않고 있었다. 물론 출행랑을 최대한 펼친다면 마음 놓고 활을 쏠 수 있는 거리는 쉽게 벌 수 있겠고 보다 많은 내공을 싣는다면 목사혁이 결코 막아내지 못할 것이라 생각은 했지만 왠지 그렇게 하고는 싶지 않았다.
"허, 활 솜씨만 뛰어난 게 아니라 보법 또한 경지를 이루었구나!"
목사혁은 계속해서 감탄을 하고 있었다. 그러나 그에게도 비장의 한 수가 있었다. 소문이 쏘아낸 무영시를 막아낸 목사혁은 갑자기 자신의 칼을 소문에게 던졌다.

"하앗! 낙뢰폭멸(落雷爆滅)!"

목사혁의 손을 떠난 칼은 빛살처럼 소문을 노리고 다가왔다. 위기를 느낀 소문은 재빨리 몸을 틀어 날아오는 칼을 피했다. 하지만 그것이 전부는 아니었다. 소문의 몸을 비껴간 칼이 갑자기 회전을 하더니 다시 소문을 노리고 다가오는 것이 아닌가?

"헛! 이기어검!"

목사혁의 손에서 펼쳐진 것은 검을 쥔 무사라면 꿈에도 그린다는 이기어검의 경지였다. 두 번의 위기는 넘겼지만 세 번째에 가서 결국엔 왼쪽 허리에 약간의 상처를 입고 말았다. 출행랑도 빨랐지만 검의 속도는 출행랑을 능가하고 남음이 있었다. 하지만 돌아오는 칼을 잡는 목사혁의 얼굴에 허탈함이 가득했다.

"이기어검을 시전하고도 겨우 약간의 부상만을 입혔다면 그 말을 믿을 무인이 누가 있겠는가? 허허!"

소문은 자신의 상처를 물끄러미 바라보았다. 중원에 와서 처음으로 입은 상처였다. 약간 화도 났지만 그 화를 누를 만큼 기분도 좋았다. 누가 뭐라 하여도 소문 또한 무공을 익힌 무인이었다. 강한 상대를 만나면 만날수록 투지가 솟아나기 마련이었다. 지금까지의 상대는 다 그저 그런 상대였다. 지난번에 냉악인가 뭔가 하는 인물이 제법 강해 보였지만 그땐 그가 이미 상당한 중상을 입고 있었다. 하지만 눈앞에 있는 이 노인은 정말 강했다. 비로소 자신의 무공을 시험해 볼 만한 상대를 만났다는 생각이 들었다. 저절로 입가에 미소가 그려졌.

"하하! 정말 강하시네요. 중원에 와서 상처를 입기는 처음입니다."

"흠, 그런가? 그러나 패천궁에는 세간에는 잘 알려져 있지는 않지만 나 말고도 훨씬 강한 고수들이 있지. 자네도 언제가 그들을 만나게 될 것이네. 그건 그렇고 계속 활을 사용할 것인가?"

소문은 자신의 활을 쳐다보며 묻는 목사혁에게 살짝 미소를 지었다. 그리고는 담담하게 말을 했다.

"솔직히 무영시를 계속 쓴다 해도 이길 자신이 있지만 제게 싸움의 기쁨을 알게 해주신 답례로 검을 쓰도록 하겠습니다."

어찌 들으면 무척이나 건방진 말로 들리겠지만 지금 말을 하는 소문에게서 쏟아져 나오는 기운들을 몸으로 느끼고 있는 목사혁은 그런 소문의 말을 너무나 당연하게 여기고 있었다. 소문은 주변의 쓰러진 시체에서 한 자루의 검을 집어 들었다. 검을 든 소문의 기도는 활을 들었을 때와는 달리 장중함이 있었다.

"오시지요……."

소문은 정중하게 목사혁을 청했다. 목사혁은 아까와 마찬가지로 자신의 최고 절기인 이기어검의 수법으로 소문을 공격했다. 조금 전에는 피하기에만 급급했던 소문은 어디로 갔는지 없고 다가오는 검을 보는 소문의 모습은 너무나 침착했다. 소문은 천천히 검을 들어 올렸다. 너무나 천천히 움직이기에 목사혁이 날린 검이 소문을 관통하는 것은 순간일 듯싶었다. 하지만 엄청난 위력을 담고 날아오던 검은 무엇인가에 가로막힌 듯 그 속도가 떨어지더니 종내에는 자루만 남기고 산산조각이 나버렸다. 혼신의 힘을 다해 검을 날린 목사혁은 이런 상황이 이해가 가지 않았다.

"그것 무엇인가? 검막(劍幕)인가?"

"제가 배운 무공인 절대삼검(絶對三劍)의 제 이초 무애지검(無愛之劍)이라 합니다. 그것이 검막을 치는 것인진 잘 모르겠지만 수비 초식임에는 틀림없습니다."

"허, 절대삼검이라……."

늘 자신의 실력에 자신을 가지고 있는 목사혁이었지만 소문을 만난 오늘은 그런 자신감이 산산조각 나고 있었다. 허허로운 표정으로 하늘을 보던 목사혁은 고개를 돌려 소문을 바라보았다.

"내가 졌네. 패자는 말이 없는 법! 자네가 좋을 대로 하게"

목사혁은 말을 하고 눈을 감아버렸다. 싸우자면야 더 싸울 수도 있고 방금 당한 것과 마찬가지로 쉽게는 당하지 않을 자신이 있었다. 하지만 패배는 패배였다.

그런 목사혁을 바라보는 소문은 상당히 난처했다. 목사혁이 누군가? 패천궁의 호법이라는 엄청난 위치를 지닌 사람이 아니던가? 그런 그가 죽거나 포로가 된다면 백도에선 대대적인 환영을 할 것이고 흑도에선 상당한 전력의 손실을 입게 될 것이다. 그러나 목사혁에겐 이상하게도 어떤 적의나 살의가 느껴지지 않았다. 영 마음이 내키지 않았다.

'에라, 모르겠다. 도망친 당씨 형제들 말에 의하면 누군가 잡혀 있는 듯하니 그 사람이나 보내달라고 해야지.'

소문은 여전히 눈을 감고 있는 목사혁을 보며 그를 이대로 보내기로 마음을 먹었다. 남들이 알면 기를 쓰고 반대할 일이지만 지금 주변에는 소문을 말릴 아무런 사람도 존재하지 않았다.

"제가 이기어검을 막았다고 싸움이 끝났다고는 볼 수 없지요. 하지만 그리 말하시니 어쩔 수 없군요. 패천궁에서 백도의 무림인을 한 명 포로로 거두었다고 합니다. 그를 돌려보내 주십시오. 그럼 전 이만!"

소문은 자신이 할 말만 하더니 목사혁의 대답을 듣지도 않고 절벽 아래로 재빨리 내려가 버렸다. 잠시 후 혼자 남겨진 목사혁은 감았던 눈을 천천히 떴다.

'빚이라… 빚은 갚아야겠지…….'

목사혁은 소문이 사라진 곳을 한번 쳐다보더니 천천히 발걸음을 돌렸다.

"자네가… 자네가 와주었군! 고맙네…….";

남궁검은 지금 막 정문을 통과하여 세가로 들어오는 선발대를 보면서 그 무리에 가장 앞서서 이끌고 있는 곽무웅을 보고 눈시울을 붉혔다. 비록 피는 섞이지 않은 사이라지만 강호초출에 만나 지금까지 이어온 우정이 결코 헛되지 않았음을 보여주는 것이었다.

"형님! 오랜만입니다. 고생이 많으시지요?"

곽무웅은 자신을 멍하니 바라보는 남궁검을 향해 밝은 얼굴로 인사를 했다.

"고생은 무슨… 자네들의 행색을 보아하니 오는 길에 무슨 일이 있어도 있은 듯한데… 아니 그런가?"

"하하! 역시 눈치 하난 여전하시군요. 이곳에 오는 길에 매복을 하던 흑도의 무리들과 한 번의 충돌이 있었습니다."

"저런! 그래, 어찌 됐나?"

남궁검이 깜짝 놀라 반문했다.

"처음엔 절벽 사이에 갇혀 꼼짝없이 죽는 줄 알았습니다. 절벽 위에서 혈궁단 놈들이 마구 활을 쏴대는 통에… 하지만 다행히도 혈궁단을 물리치고 절벽을 올라가 포위망을 뚫을 수 있었습니다."

"허, 다행이었구만 그래. 그런데 절벽 위에 있던 혈궁단을 어찌 뚫었나? 만만치 않은 희생이 있었겠네! 쯧쯧쯧……."

남궁검은 안타깝다는 듯이 혀를 찼다. 하지만 그런 그를 보는 곽무웅은 예상과는 다르게 밝은 표정이었다.

"하하! 처음엔 소제도 엄청난 희생을 생각했지만 한 청년이 나타나서 혈궁단을 모조리 쓸어버리는 바람에 별 피해 없이 그들을 물리칠 수 있었습니다."

"혈궁단을 쓸어버려? 청년이라니?"

남궁검이 의아하다는 듯이 쳐다보았다.

"그런 사내가 있습니다. 저들에겐 악몽이지만 우리들에겐 하늘이 내려준 구원의 빛 같은 사내가……."

소문이 패배를 인정하고 있던 목사혁을 뒤로하고 절벽에서 내려왔을 때에는 아래의 싸움도 이미 정리되고 있는 상태였다. 비록 급하게 출발한 선발대지만 하나같이 고수 아닌 자가 없었다. 적들도 처음엔 제법 버티는가 싶더니 그들 중에서 어느 정도 위치에 있던 자들이 하나둘 쓰러지자 곧바로 전열이 흐트러지며 선발대의 고수들이 휘두르는 칼에 속절없이 쓰러지고 말았다.

"아, 자네, 무사했구만. 그래, 싸움은 어찌 됐나? 자네가 이리 멀쩡한 것을 보니 이긴 것 같은데?"

막 적을 베어가던 곽무웅은 절벽에서 내려오는 소문을 보며 반색을 하고 달려왔다.

"이기긴요… 그는 제가 이리저리 도망다니며 화살을 날려대자 아래에서 저를 돕고자 올라올 사람들을 두려워했는지 곧 몸을 돌려 떠나버렸습니다."

소문은 담담한 어조로 말을 했다. 하지만 듣고 있던 곽무웅에겐 그렇지 않았다.

"아무튼 다행이네. 자네가 아니었으면 오늘 아주 큰 낭패를 당할 뻔했네. 저들이 이런 매복을 하고 있을 줄이야……."

"제가 한 게 무엇이 있다고요. 제가 아니었어도 충분히 이들을 물리칠 수 있었을 것입니다. 그저 활 쏘는 재주밖에는 없었는데 어쩌다가 이런 기회가 온 것이지요. 제가 조금이나마 도움이 돼서 기쁠 따름입니다."

"하하하! 그런 말 하지 말게나. 누가 보더라도 자네의 활 솜씨는 최고였네. 중원에서 누가 활로써 혈궁단을 감당할 것인가? 자네가 없었다면 모르긴 몰라도 여기에 있는 태반의 무인들이 죽었을 것이네."

어느새 왔는지 구육개가 그런 소리 말라는 듯 곽무웅을 거들고 나섰다. 하지만 소문은 그저 난처할 뿐이었다. 소문이 이들에게 변명을 하는 동안 싸움은 끝이 나고 말았다. 대부분의 흑도문인들이 죽거나 다치고 살아남은 몇 명은 달아나거나 항복을 했다. 조금 전에 처했던 위기를 생각하면 대승이었다.

그러나 이번 습격으로 인해 무려 서른이 넘는 무인들이 죽거나 다쳤다. 아직 본격적인 싸움이 있었던 것도 아닌데 자신의 부주의로 인해 이 많은 피해를 본 것이라며 곽무웅은 홀로 자책했다. 그런 곽무웅을 달래며 선발대는 천천히 그 계곡을 벗어났다.

"목사혁은 어떻게 되었나?"

일행이 계곡을 막 벗어날 때쯤 구양풍이 소문에게 다가오더니 은밀하게 물었다.

"혹시 죽인 것은 아닌가?"

염려가 가득 실린 구양풍의 말에 소문은 실소를 흘렸다.

"걱정 마시구랴. 죽이지는 않았으니… 그나저나 그거 염려예요? 염려라면… 참 속도 좋으십니다. 자신을 몰아낸 자들을 염려하다니…….”

 소문이 비록 내색은 하지 않고 있었지만 남들보다 탁월한 귀를 지니고 있는 그가 지난번 소림에서 노승과 구양풍의 대화를 듣지 못할 까닭이 없었다. 그런데 아는 체하기도 귀찮기도 해서 그냥 모른 척하고 있었는데 구양풍이 이렇게까지 나오자 하도 답답해서 한마디 하고 말았다. 하지만 구양풍은 이미 알고 있었다는 듯 아무렇지 않게 말을 했다.

 “자네가 보기엔 패천궁이 무슨 악마들의 집단처럼 보일지 모르나 자세히 들여다보면 그들은 모두가 강함을 추구해서 패천궁에 들어간 것뿐이라네. 그런 그들에게 그 강함을 뽐어낼 기회를 안 준 내가 잘못한 것이지… 나를 몰아낸 그들을 비난할 필요는 없겠지.”

 “누가 악마의 집단이랍니까? 그건 그거고 주인을 배반한 것 아닙니까? 그게 마음에 안 든다는 것이지요. 사실 난 이 싸움에 끼어들고 싶은 마음은 눈곱만치도 없어요. 그저 내가 가는 길을 방해해서 싸우는 것이지.”

 “아무튼 그를 살려줘서 고맙네. 자네가 그와 싸워봤다면 알겠지만 그는 진정한 무인이지. 멋을 아는 사내이기도 하고… 믿기 어렵겠지만 패천궁에 있는 대부분의 고수들이 그와 같은 무인들이라네. 내가 염려하는 것은 패천궁이 아니라 패천궁의 발호에 맞추어 들고 일어설 다른 흑도의 문파들이라네. 그들은 같은 흑도의 길을 걷고 있지만 우리와는 많은 차이가 있지. 물론 지금 패천궁을 맡고 있을 내 제자가 그들을 제지한다면 그들도 어쩔 수 없겠지만 아마도 내 제자 놈은 그들을 방치할 것이네. 그들이 마음껏 활개를 치면 칠수록 백도의 힘은 약해질 것이고 패천궁을 막기가 그만큼 힘들어질 것이니…….”
 구양풍의 말은 소문의 곁으로 다가오는 여러 사람의 음성에 묻혀 버렸다.
 “하하하! 이제 보니 아우가 절세의 무공을 지닌 고수였구만! 내 그렇게 활을 잘 쏘는 사람은 다시 만나기 어려울 것이야.”
 “암요. 절대로 만나지 못할 겁니다. 세상에 그런 활 쏘기를 누가 상상이나 하겠습니까?”
 형조문의 말에 단견이 맞장구를 쳤다. 그러자 곽검명도 한마디 거들었다.
 “활도 활이지만 소문이 절벽에 오르는 경공술을 보았나? 난 내 눈을 의심했야 했네. 세상에 전음도 모른다는 사람이 그런 경공을 펼칠 수 있다니… 내 이 말을 다른 사람에게 한다면 아마도 날 미쳤다고 할 것이야…….”
 소문의 주위에 모인 사람들은 너도나도 소문의 활약을 칭찬했다. 그런데 말을 하던 곽검명의 눈빛이 요상하게 변하고 있었다. 곽검명은 갑자기 검을 뽑아 들더니 가슴으로 끌어당겼다.
 “화산파의 제자 곽검명이 한 수 가르침을 청하오!”
 “헐!”
 “저럴 줄 알았다. 제 버릇 개 주나…….”
 소문이 깜짝 놀라는 것과는 판이하게 형조문이나 단견은 으레 그러려니 하고 쳐다보았다. 만나는 무인마다 비무를 청하는 그이고 보면 어쩌면 늦은 감이 있었다.
 “아이고! 비무는 무슨 비무요. 무조건 제가 졌어요. 행여나 그런 소리 하지 마시구랴.”

소문은 손을 휘저으며 부리나케 달아나 버렸다. 곽검명은 그런 소문을 보고 어림도 없다는 듯이 말을 이었다.
"허허, 자네가 아무리 그래도 나하고 비무를 해야 할 것이네."
"카~ 병이다, 병이야."
형조문은 그저 고개를 절레절레 흔들며 결의를 다지는 곽검명을 쳐다볼 뿐이었다.

"허허, 정말 대단한 친구구만. 정말 그런 활 솜씨를 지닌 자가 있단 말인가? 도저히 믿기지가 않네."
곽무웅의 설명을 듣던 남궁검은 자신의 무릎을 치며 연신 감탄성을 내뱉고 있었다.
"하하! 눈으로 본 저도 믿지 못하니 당연히 그런 생각을 하시겠지요. 하지만 사실입니다."
"도대체 그 소문이란 친구는 누구인가? 어디서 갑자기 나타난 친구란 말인가?"
"소림사의 방장이 천거해서 이번 길에 같이 온 자입니다. 원래 선발대는 아니고 사천에 볼일이 있어서 잠시 동행하던 친구인데 이렇게 도움을 받을 줄이야… 소제도 전혀 생각을 하지 못했지요."
"소림이라……."
남궁세가는 지금 하늘을 찌를 듯한 기쁨으로 들떠 있었다. 첫 번째 싸움에서 많은 피해를 입었지만 승리를 거두었고 비록 소수이기는 하지만 강북의 백도에서 지원군이 왔다는 것이 남궁세가에 모인 많은 무인들을 기쁘게 했다.
강북에서 온 지원군은 지금 강북에서 남궁세가를 지원하기 위한 대대적인 지원군 파견이 준비되고 있고 곧 이곳으로 달려올 것이라는 말도 전했다. 사람들에겐 이제 그들이 도착할 때까지 어떻게 하든 버티기만 한다면 흑도의 무리들을 물리칠 수 있다는 희망이 싹트기 시작했다.

하지만 모두 기쁜 소식만 있는 것은 아니었다.

당가의 형제와 남궁진이 선발대에 의해 구원을 받을 때 다행히 황보영과 팽문호는 남궁세가로 도주에 성공했지만 팽후와 당소걸은 아직 그 어떤 소식이 없었다. 특히 황보장이 뒤에 남았다는 말에 황보천악은 껄껄 웃으며 과연 황보세가의 장자답다고 하며 장하다는 말은 했지만 그 안에 숨은 비애를 느끼지 못할 사람은 아무도 없었다. 하지만 선발대의 도착은 이런 사람들의 이런 슬픔을 다 덮고도 남을 만큼 반가운 소식이었다.

"흠, 자네도 실패를 했다고?"

궁사혼은 자신의 앞에서 말없이 서 있는 목사혁을 보며 아무런 감정이 느껴지지 않는 어투로 말을 했다.

"부끄럽습니다."

"허! 천하에 환혼객이 불가능한 것도 있었던가? 그래 어찌 된 것인가?"

궁사혼은 도무지 믿기지 않는다는 듯이 말을 재촉했다. 하지만 목사혁은 아무런 말도 하지 않았다.

"답답하네. 뭐라 말을 해보게나. 내 자네의 실패를 추궁하는 것이 아니네. 그들의 전력이 궁금해서 그런 것이지."

궁사혼의 거듭되는 질문에 고개를 숙이고 있던 목사혁은 마지못해 입을 열었다.

"제 말을 들으시면 도저히 믿지 못할 것입니다만 모두 사실임을 염두하시기 바랍니다."

"그래, 어떤 말이길래 그런가?"

옆에 있던 헌원강도 그 이유가 사뭇 궁금했는지 반문을 했다.

"첨에는 모든 것이 순조로웠습니다. 계곡의 앞과 뒤를 막고 혈궁단을 이용해 그들을 제압하고 있는데, 갑자기 한 청년이 활을 들고 나타나더니 혈궁단을 주살하는 것입니다."

"옛? 누가 감히 혈궁단에게 활로써 대항한다는 말입니까?"

혈궁단 단주를 맡고 있는 일견필살(一見必殺) 미지현(米智玄)이 경악하며 소리를 질렀다. 목사혁은 대답 대신 소리가 나는 곳을 조용히 쳐다보았다. 그곳에는 자신만큼이나 커다란 궁을 들고 있는 거구의 사내가 서 있었다. 목사혁의 시선을 받은 미지현은 자신의 실수를 금방 깨달을 수 있었다. 아무리 자신이 혈궁단을 맡고 있다지만 목사혁의 말을 감히 중간에서 끊을 정도의 위치는 아니었다.

"죄, 죄송합니다. 너무 놀라서 그만……."

무릎을 꿇고 사죄를 하는 미지현을 바라보던 목사혁은 담담한 어조로 말을 했다.

"되었다. 그만 일어나거라. 그곳에 있던 나도 믿지 못했거늘… 하물며 보지 않은 네가 어찌 믿을 수 있겠느냐?"

"가, 감사합니다!"

미지현이 어쩔 줄을 몰라 하며 일어나자 목사혁은 다시 궁사흔을 바라보며 말을 이었다.

"혈궁단주가 믿지 못하듯 제 말을 믿기 힘든지는 알지만 모두 사실입니다."

"알았네. 계속하게."

"생전 처음 보는 활 쏘기였습니다. 계곡 아래에서 하늘 높이 날린 화살이 어찌 그리 정확하게 혈궁단의 머리 위로 떨어지는지… 몇 명이 그렇게 죽어가자 모두들 하늘만 바라볼 수밖에 없었습니다. 그사이 그를 필두로 하여 아래에 숨죽이고 있던 많은 고수들이 한쪽 절벽을 타고 올라갔습니다. 그리곤 위에 있던 수하들을 순식간에 도륙하였습니다. 소신은 할 수 없이 절벽 아래로 내려갔습니다. 아래에 숨어 있던 몇 명의 무인을 없애던 중 어느새 위에 있던 고수들이 내려왔습니다. 이미 싸움은 끝난 것이나 다름없었습니다. 하지만 싸워보지도 않고 물러설 수는 없었지요."

"끄응!!"

여기까지 듣던 궁사흔은 한숨을 내쉬었다. 이미 패배를 알고 싸움을 해야 하는 목사혁의 처지가 안타까워서 그리 했으리라…….

"소신은 그 어떤 자도 눈에 들어오지 않았습니다. 오직 이번 매복을 망쳐 버린 그 청년만을 찾고 있었습니다. 그리고 그와 함께 아무도 방해할 수 없는 장소로 이동을 했습니다. 그리곤 싸웠습니다."

"그래서? 그래서 어찌 되었나? 물론 그놈은 피떡을 만들어 버렸겠지?"

목사혁이 잠시 말을 멈추자 헌원강이 급하게 말을 받았다.

"그 친구는 첨엔 활을 사용했습니다. 화살도 없는 활을… 그가 시위를 튕길 때마다 아무런 소리도 형체도 없는, 그러나 엄청난 위력을 지닌 화살이 날아왔습니다. 자네는 그게 어떤 것인지 알겠는가?"

목사혁은 그의 말을 들으며 점점 표정이 변하고 있는 미지현에게 질문을 했다.

"그, 그것이 아마도 궁을 쓰는 사람이라면 누구나 이루고 싶어하는 무형(無形), 무음(無音)을 이룬 궁도의 최고 수준일 것입니다. 검으로 친다면 무형검기(無形劍氣)를 이룬 것이라고나 할까요?"

"허!! 그 정도나……?"

미지현의 설명에 궁사흔은 자기도 모르게 감탄을 하고 말았다.

"하지만 그 정도는 어찌어찌 막아낼 수 있었습니다. 그의 말로는 그 위의 경지도 있다고 했지만 그는 그것을 쓰는 대신에 검을 들었습니다. 그리곤 제가 혼신의 힘을 다해 펼친 이기어검을 한 번의 동작으로 파해시켰습니다."

"그, 그런 말도 안 되는……!"

옆에 있던 헌원강은 물론이고 앉아 있던 궁사흔과 여지껏 말없이 듣고만 있던 귀곡자마저 의자에서 벌떡 일어나며 경악을 했다.

"어찌 그런 무공이 있을 수 있단 말인가? 난 도저히 믿을 수가 없네."

"하지만 사실입니다."

"자넨 나보고 그 말을 믿으라는 것인가?"

헌원강의 목소리엔 불신이 담겨져 있었다. 자신과 호형호제(呼兄呼弟)하는 목사혁의 무공 실력을 익히 잘 알고 있는 그였다. 그랬기에 더욱 믿을 수가 없었다. 하지만 목사혁은 아무 말 하지 않고 고개만 끄덕일 뿐이었다.

잠시의 침묵이 흘렀다. 그 침묵을 깨고 귀곡자가 조용히 입을 열었다.

"아무튼 엄청난 적이 등장한 것은 사실입니다. 지금까지의 모든 작전이 변경되어야 하겠습니다. 후……! 갑자기 이런 문제가 등장하다니… 하지만 너무 염려하지 마십시오. 지금의 이 상황이 한 명의 힘으로 바뀔 수 있는 것은 아니니…….”

『궁귀검신』 3권으로 이어집니다